Hot Milk

Deborah Levy

ホットミルク

デボラ・レヴィ
小澤身和子 訳

ホットミルク

HOT MILK
by
Deborah Levy

Illustration by Misato Ogihara
Design by Shinchosha Book Design Division

古い回路を断ち切れるかどうかは、あなた次第。

——エレーヌ・シクスー『メデューサの笑い』

二〇一五年。アルメリア。南スペイン。八月。

今日、ビーチに建てられたバーのコンクリートの床にノートパソコンを落としてしまった。脇に挟んでいたのが、黒いゴム製のケース（封筒のようなデザイン）からすり抜けて、スクリーン側から地面に落ちていった。液晶画面は割れてかなりひびが入ったけれど、まだ動いている。私の人生のすべてが入っているこのパソコンは、誰よりも私のことをよくわかっている。

つまり、もしこれが壊れたら、私も壊れるということだ。

私のパソコンのスクリーンセーバーは、紫の夜空の写真で、たくさんの星や星座や銀河系（ミルキーウェイ）が写っている。英語のMilky Wayという言葉は、古典ラテン語のlactea（乳白色）に由来する。何年も前に母が、銀河系と書く時はγαλαξίας κύκλοςと書かないといけないとか、現在のテッサロニキから三十四マイル東にあるハルキディキで、アリストテレスが銀河系を見上げていたことを教えてくれた。そこは父が生まれた場所でもある。一番古い星は約百三十億年前のものだけど、私のスクリーンセーバーの星々は二年前のもので、中国製。その宇宙は今、こっぱみじんになっている。

どうすることもできない。どうやら古びた隣町にはネットカフェがあるようで、経営者の男は時折パソコンのちょっとした不具合を修理したりもするみたいだけど、おそらく新しいスクリーンを取り寄せることになり、そうすれば一ヶ月はかかるだろう。私は一ヶ月後もここにいるのだろうか？ わからない。隣の部屋に張った蚊帳の下で寝ている病気の母次第だ。母は目を覚ましたらまずこう叫ぶはず。「ソフィア、水をちょうだい」と。私は水を持っていくけれど、いつも決まって母が求めている水ではない。私にはもう水という言葉が何を意味するのかわからなくなっていて、それでも自分が水だと思うものを母のところへ持っていく――冷蔵庫の中の瓶に入っていた水、冷蔵庫に入れていない瓶の水、一度ヤカンで沸騰させて冷ました水。スクリーンセーバーの星々を眺めていると、すごく変なふうに時間からふわふわと抜け出ていくことがよくある。

まだ夜の十一時だから、海に体を浮かべながら本物の夜空や銀河系を見上げることだってできるはずだけど、クラゲが気になる。昨日の午後に刺されたせいで、左腕の上の方に、鞭で打たれたような紫色のミミズ腫れができたのだ。熱い砂の上を走って、ビーチの端にある救助小屋まで行き、男子学生（たっぷりとしたあごひげをたくわえている）に軟膏をもらう羽目になった。一日中そこに座って、クラゲに刺された観光客の手当をするのが彼の仕事だ。スペインのクラゲはメデューサと呼ばれていると、彼は教えてくれた。メデューサは呪われてモンスターになったギリシャの女神で、彼女の目を見てしまった者は誰でも、その強力な眼差しによって石に変えられてしまうのではなかったっけ。それなのになぜクラゲにその名が付けられているの？ 彼はそうなんだよねと言い、でもクラゲの触手がメデューサの髪の毛に似ているからじゃないかなと当てずっぽうで答えた。たしかに、絵で見るメデューサの髪にはいつも、何匹もの蛇がくねくねと絡まっている。

救助小屋の外に出ている危険を知らせる黄色い旗には、アニメみたいなメデューサの絵が描かれていた。歯は牙みたいで、目つきは怪しい。

「メデューサの旗が立っている時は、泳がないのが一番だよ。それぞれの自己判断に任せているんだけどね」

彼は、温めた海水に浸けたコットンで刺し傷をぽんぽんと軽く押さえると、私に嘆願書のような書類に署名するように言った。それは、その日にビーチでクラゲに刺された人たち全員の名前が書かれたリストで、名前、年齢、職業、出身地を記入するようにできていた。腕が腫れてじんじんしている人に尋ねるには、あまりに情報が多くない？　すると彼は、スペイン経済危機の間も救助小屋を開けておけるように、利用者には記入してもらうように言われているんだよ、と答えた。もし観光客にこのサービスを利用する理由がなければ、彼は仕事を失うことになる。だからどう考えても彼は、メデューサがいることを喜んでいるのだ。メデューサのおかげでご飯が食べられるし、モペッド（原動機付き自転車）にガソリンを入れられる。

書類をじっと見つめていると、ビーチでメデューサに刺された人たちの年齢は七歳から七十四歳で、その大半はスペイン各地から来ていたが、なかにはイギリスからの観光客も数人いて、トリエステから来ている人もいた。私がずっとトリエステに行ってみたいと思っていたのは、地名がトリステッセという愉快な言葉に響きが似ているからだ（フランス語では悲しみという意味なのだけど）。スペイン語で悲しみはトリステツァと言い、フランス語の悲しみよりも重たく、囁き声というよりはうめき声を表す。
泳いでいる間は一匹もクラゲを見なかったが、男子学生はクラゲの触手はとても長く、遠くにいても刺されることがあると言った。彼の人差し指は、私の腕に塗り込んでいる軟膏でベトベトしている。彼はクラゲに精通しているようだった。メデューサが透明なのは、九十五パーセントが水分でできているからで、だから簡単に身を隠すことができるんだ。それから、世界中の海にこれほどたくさんメデューサがいる理由の一つには、魚の乱獲がある。重要なのは、ミミズ腫れになったところをこすったり引っ掻いたりしないこと。まだクラゲの細胞が腕に残っているかもしれないから、傷をこすると、細胞がさらに毒を放ってしまう。でもこの特別な軟膏をつければ、刺胞の効力がなくなるってわけ。彼が話している間、私はその柔らかいピンク色の唇が、ひげの真ん中でメデューサみたいに脈打つのを見ていた。小さくなった鉛筆を私に手渡しながら、彼は書類に記入するように言った。

名前：ソフィア・パパステルギアディス
年齢：二十五
出身地：イギリス
職業：

クラゲは私の職業なんて知ったことじゃないのに、記入する意味がどこにある？　職業についてはまさに痛いところで、刺された傷よりも痛く、誰にもまともに発音できたり書けたりしない私の名字よりもやっかいだった。人類学の学位を持っているけれど、一時的に西ロンドンのカフェで働いていると私は説明した。〈コーヒー・ハウス〉という名前のカフェで、無料でワイファイが使えて、椅子は教会の座席を改良したものを使っているの。自分たちでコーヒー豆を焙煎していて、玄人好みのエスプレッソを三種類出しているんだけど……だから「職業」のところになんて書いたらいいかわからない。

男子学生は、あごひげをぐいっと引っ張った。「人類学者っていうのは、原始人かなにかを研究するの？」

「そう、でも実際に私が研究したことのある唯一の原始人は、私自身なんだけどね」

突然、イギリスの穏やかで湿気の多い公園が懐かしくなった。葉と葉の間にクラゲが浮いていたりなんてしない緑の芝生の上に、この原始の肉体を横たわらせて、思い切り伸びをしたくなった。アルメリアには、ゴルフコース以外に緑の芝生はない。埃まみれの荒廃した丘はからからに乾燥しているので、マカロニ・ウェスタンはここで撮影された。クリント・イーストウッドが主演した作品もある。本物のカウボーイたちはいつも唇がひび割れていたに違いない。私の唇は太陽光のせいでひび割れ、毎日リップクリームを塗っている。カウボーイは代わりに動物の脂を使っていたのかも？　無限の空を見上げて、キスや抱擁を恋しく思ったりしたのかな？　彼らが抱えていた問題は、ときどき私がひびの入ったスクリーンセーバーの銀河を見ている時にそうなるみたいに、宇宙の神秘のなかへと消えていった？

男子学生は、クラゲと同様に人類学についても詳しいようだった。スペインにいる間に「一風変わったフィールドワーク」を行ってみてはどうかと私に提案しようとしている。「アルメリアの土地を覆っている白いビニールの構造物を見たことがある？」

　幽霊みたいにぼんやりとした白いビニールのことなら、確かに見た。草原や渓谷をまたぐように、目に見えるところは全部覆われていた。

「あれは温室なんだよ」と彼は言った。「砂漠に建てられた温室の室温は四十五度まで上がるんだ。不法移民を雇って、スーパーに卸すためのトマトやピーマンを収穫させているんだけど、あれじゃあほぼ奴隷扱いだね」

　私もそう思った。何かで覆われているものは、いつだって興味深い。何かに覆われているものの下に何もないなんていうことは絶対にないのだ。子どもの頃、私がよく両手で顔を覆っていたのは、そうすれば、自分がそこにいることを誰にも知られないと思ったからだ。でもしばらくして、顔を覆うと余計に目立つと気づいた――そもそもみんな、私が隠したいと思っているものをしきりに見たがっていたのだから。

　彼は書類に記された私の名字を見てから、自分の左手の親指を見て、関節がまだ機能しているかを確認するみたいに曲げた。

「君はギリシャ人なの？」

　あまりにも注意散漫なこの学生は、見ていると動揺してしまう。決して私の目を見ようとはしない。私はいつも通りに答える。父がギリシャ人で、母がイギリス人なの。生まれたのはイギリスだよ。

「ギリシャはスペインよりも小さい国なのに、自分の勘定すら払えない。夢は終わったんだ」

　それは経済のこと？　と尋ねると、彼はそうだよと答え、普段はグラナダ大学の哲学科で修士号を取るために勉強しているけれど、夏の間は、こうしてビーチの救助小屋の仕事に就けてラッキーだと言った。卒業する時に、まだ〈コーヒー・ハウス〉が人を雇っていたら、ロンドンに行くよ。彼は、どうして自分が「夢は終わった」と言ってしまったのか、わかっていなかった。そんなことは思ってすらいなかったからだ。きっとどこかで読んだ言葉が、心に残っていたのだろう。「夢は終わった」というのは、彼自身の意見ではない。とすると、夢を見ているのは誰？　よく知られた夢のなかで彼が思い出せるのは、マーティン・ルーサー・キングの演説にある「私には夢がある……」かもしれないが、夢が終わったという言い回しは、何かのはじまり、何かの終わりをほのめかしていた。夢が終わったと言うかどうかを決めるのは、夢を見ている人物で、その人に代わって他の誰かが言うことはできない。

　それから彼は、何かをギリシャ語で言った。私がギリシャ語は話せないと伝えると、驚いたようだった。

　パパステルギアディスみたいな名字なのに、父の言葉を話せないということには、常にきまり悪さを覚えている。

「母がイギリス人だから」

「そうか」と彼は完璧な英語で答えた。「ぼくは、ギリシャのスキアトス島には一度しか行ったことがないけど、いくつかの言葉は聞き取れたよ」

　まるで、私は十分にギリシャ人とは言えないと優しくとがめられているみたいだった。父は私が五歳の時に母を捨てて出て行き、イギリス人の母は普段私に英語で話しかけるのだ。そんなことがこの学生になんの関係がある？　彼が心配すべきは、クラゲの刺し傷でしょ？

「君がお母さんと一緒にいるのを広場で見かけたよ」

「そう」

「お母さんは歩くのが難しいの？」

「ローズはたまに歩けるんだけど、歩けない時もあるの」

「そう」

「ローズっていうのはお母さんの名前？」

「そう」

「名前で呼んでいるってこと？」

「ママとは呼ばずに？」

「そうだね、呼ばないな」

救助小屋の隅に置かれている小さな冷蔵庫がぶーんという音を立てた。まるで死んで冷たくなったのにまだ脈があるみたいな音。あの中には水の瓶が入っているのかな。ガス入りの水、ガス抜きの水。私はいつも、どうすれば母のためにより正しい水を作れるかを考えている。

学生は腕時計を見た。「刺された人は、ここで五分間待つっていう規則があるんだ。そうすれば、心臓発作を起こしたり、他の副作用が出たりしていないか確認できるからね」

彼はまた書類上の「職業」という欄を指さした。私が記入しなかったところだ。

刺された傷の痛みのせいかも知れないけれど、私は自分の哀れなくらいちっぽけな人生について彼に聞かせていた。「職業と呼べるものはないんだけど、私の仕事は母のローズなの」

彼は私が話している間、指ですねをさすっていた。

「私たちがスペインに来たのは、母の脚のどこが悪いのかを、ゴメス・クリニックで診てもらうためなんだ。三日後に最初の診察を受ける予定だよ」

「お母さんは四肢まひなの？」

「わからない。謎なんだよね。こんなふうになって随分経つんだけど」

彼はしっかり包装された食パンの塊からラップを剝がしはじめた。クラゲの刺し傷の治療の第二部がはじまるのかと思っていたら、それはピーナッツバターのサンドウィッチだった。一番好きなランチなんだ、と彼は言った。それから小さく一口かじると、咀嚼するたびにつやのある黒いあごひげが揺れた。どうやら彼はゴメス・クリニックを知っているようだった。評判が高いクリニックだし、彼は細長い形をした小さなビーチハウスを私たちに貸してくれた女性のことも知っていた。そこを借りようと決めたのは、階段がないからだった。あらゆるものが一階にあって、キッチンの近くには二つの寝室が隣り合わせになっている。それに、メインの広場やカフェや地元のスーパーが近くにあるし、隣にはダイビング・セーリングスクールがあり、白い立方体でできたその二階建ての建物には、舷窓みたいな窓がついている。受付のあたりは、まだペンキを塗っている最中だ。メキシコ人の男二人が毎朝白いペンキの入った大きな缶を何個も並べて作業をしている。ダイビングスクールのルーフテラスにある鉄の柵には、吠えてばかりいる痩せたシェパード犬が、一日中鎖でつながれている。飼い主はパブロという、ダイビングスクールの責任者だけど、彼はいつもパソコンで「永遠のスキューバ」というゲームをやっている。その狂犬は鎖を引っ張って、しょっちゅう屋根から飛び降りようとしている。

「パブロを好きな人なんていないよ」と学生は同意するように言った。「まだ生きている鶏の羽毛をむしり取るような人だからね」

「人類学のフィールドワークには、もってこいの題材じゃない」と私は言った。

「何が？」

「どうして誰もパブロを好きじゃないのかっていうこと」

学生は三本指を立てた。あと三分間この小屋にいないといけないという意味なのだろう。

午前中は、ダイビングスクールの男性スタッフが生徒たちに、ウェットスーツの着方を教えている。彼らはいつも鎖でつながれている犬を気にしつつも、何とかやるべきことを進めていく。生徒に与えられた二つ目の課題は、プラスチックのタンクの中にじょうごを使ってガソリンを注ぎ込み、電動の装置に載せて砂浜の上を横断して船に積み込むというものだ。普段同じ時間帯に、スウェーデン人マッサージ師のイングマールがテントを設置しているのと比べると、かなり複雑な技術だ。イングマールはビーチでマッサージ用ベッドを運ぶ時、ベッドの脚に卓球のボールを取りつけて、砂の上を滑らせる。彼には、パブロの犬について文句を言われたことがある。たまたまダイビングスクールの横に住んでいるというだけで、私もそのシェパード犬の飼い主であるとでも言うみたいに。アロマセラピーのマッサージを施す間じゅう、犬がクンクン鳴いたり、遠吠えしたり、ワンワン吠えたり、自殺しようとしたりするので、イングマールの客はまったくリラックスできない。

救助小屋の学生に、息はできているかと訊かれた。

だんだん、彼は私にここに居てもらいたいと思っているのではないかと思えてくる。

彼は指を立てる。「あと一分僕と一緒にここにいてね。そうしたらまた気分はどう？　って訊くから」

もっと大きな人生を生きてみたい。

自分が負け犬だというのは痛感しているけど、客がこの洗濯機よりもあの洗濯機を好む理由について市場調査するために雇われるなら、〈コーヒー・ハウス〉で働く方がましだ。一緒に学んだ人たちの大半は、最終的に企業で働く民族誌学者に落ち着いている。もし民族誌学者が文化について執筆する人を指すのなら、マーケット調査もある種の文化なのだ（人が暮らす場所、住居環境、コミュニティ内で洗濯仕事はどのように役割分類されているのか等……）、でも結局は、洗濯機を売ることについて調べているのに変わりない。私はもう、木陰で聖なる水牛が草を食べている姿をハンモックに揺られながら見たりするような、本来のフィールドワークを自分がやりたいのかどうかすらわからない。

「なんでみんなはパブロを嫌うのか」というテーマが良い調査対象になると言ったのは、冗談ではなかった。

私にとって、夢はもう終わったのだ。大学進学のために荷造りしていた秋、脚が不自由な母をひとりにして、イースト・ロンドンの家の庭の木になった洋梨を彼女にもがせたのがそもそものはじまりだった。私は首席で大学を卒業した。修士号取得のために勉強している間は、夢は続いていた。でも母が病気になって私が博士号を諦めた時に、夢は終わったのだ。博士号取得に向けて執筆していた未完成の論文は、誰にも気づかれない自殺のように、ひびが入ったスクリーンの奥にあるファイルにひっそりとしまわれたままだ。

そう、なかにはどんどん大きくなっていくものもある（人生の方向性が見えなくなっている度合いとか）。でもそれは正しいものではない。〈コーヒー・ハウス〉のクッキーはどんどん大きくなっている（私の頭も）。レシートも大きくなっている（レシートにはこれでもかというくらい色々な情報が載っていて、それ自体が研究対象になるくらいだ）。それに、私の太ももの大きさも（サンドウィッチや甘いパンを食べていたから……）。銀行口座の預金残高はどんどん小さくなっていっているし、パッションフルーツの大きさもそうだ（でもザクロは大きくなっていて、大気汚染の度合いもそう。それに、〈コーヒー・ハウス〉の上にある倉庫で週に五日寝泊まりしているという私の羞恥心も）。ロンドンにいた頃は、大抵の夜、子どもが寝るようなシングルベッドに放心状態で崩れ落ちていた。仕事に遅れても言い訳はできなかった。この仕事の最悪なところは、旅行用のワイヤレス・マウスや充電器の使い方を教えてくれという客に対応することだ。彼らはどこかへ向かう途中だけど、一方の私は、彼らが飲み終えたカップを片付けて、チーズケーキの値札を書いている。

　私は腕のうずくような痛みから気を紛らわせるために、両足で床を強く踏んだ。すると、ビキニのホルターネックの紐がちぎれていて、足を踏むたびに、露（あらわ）になった胸が上下に大きく揺れていることに気づいた。泳いでいた時に紐が切れてしまったのだろう。つまり私は、トップレスのまま浜辺を走って救助小屋に入ってきたのだ。もしかするとそれが原因で、学生は会話の途中、目のやり場に困っていたのかもしれない。私は彼に背を向けて、紐をいじった。

「気分はどう？」

「大丈夫」

「それなら、いつでも行っていいよ」

私が振り向くと、彼の目が再び覆われた私の胸もとをとらえた。

「『職業』のところを書いてないね」

私は鉛筆を取って、「ウェイトレス（WAITRESS）」と書いた。

母は私にひまわりの柄がついた黄色のワンピースを洗濯するように言い付けていた。ゴメス・クリニックでの最初の診察に着ていくためだ。私は別に構わなかった。洋服を手洗いして、太陽の下に干すのは好きだ。あの学生が傷口の周りに軟膏を塗ってくれたというのに、刺し傷のひりひりするような痛みがまた疼きだした。私の顔は真っ赤だけれど、それは書類の「職業」欄をなかなか記入できなかったせいだと思う。メデューサの刺し傷から入った毒が、今度は私のなかに隠れている毒を放ちはじめたみたいだ。月曜日になれば、母はクリニックの人にさまざまな症状について、何だかよくわからないカナッペの盛り合わせみたいに、話して聞かせるのだろう。私はトレーを持つことになる。

ほら、見て。美しいギリシャ人の女の子がビキニ姿でビーチを歩いている。彼女と私の体の間には影がひとつ。時折、彼女は脚を砂の中に入れたりする。彼女には背中に日焼け止めクリームを塗ってくれたり、そこじゃない、そこそこと言ったりする相手はいない。

ドクター・ゴメス

私たちは治療してくれる人を探す長い旅をはじめた。ゴメス・クリニックまで連れていってもらうために雇ったタクシー運転手には、私たちがどれほど緊張していて不安を抱えているか、あるいは、どんな問題を抱えているかなど知る由もなかった。

母の脚の歴史における新たな一章を歩み出した私たちは、南スペインにある半砂漠地帯にたどり着いた。

これは些細な問題なんかではない。ゴメス・クリニックに払う治療費を捻出するために、ローズの家を抵当に入れ直さなければならなかったし、かかった費用は総額二万五千ユーロで、物心がついた頃から母の症状について調べるために費やしてきた時間を考えても、失うにはかなり大きな金額だった。

私の独自の調査は、これまでの二十五年間の人生のうち、約二十年間続いている。ひょっとするともっと長いかもしれない。四歳の頃、私は母に頭痛とは何なのかと尋ねた。すると母は、頭のなかでドアがバタンと大きな音をたてて閉まるような感じだと説明してくれた。私は人の心を読むのが上手になった……つまり、母の頭は私の頭ということ。いつもひっきりなしに何枚ものドアがバタンバタンと音をたてているのを目撃しているのは、主に私なのだ。

もし私が、正義感は強いのにあまりやる気のない探偵だとしたら、母の病気は未解決の犯罪になる？　もしそうなら、誰が悪人で誰が被害者なのだろう？　彼女の痛みや苦悩のきっかけや理由を読み解こうとするのは、民族誌学者にとっては良い訓練になる。意外な新事実を発見して、どこに死体が埋まっているのか何度もわかりかけたけれど、結局はまたはばまれて終わった。ローズはただ、謎としか言いようのない新たな症状を訴え、謎としか言いようのない新たな薬を処方されるのだ。最近イギリスの医師たちは、母の脚のために抗うつ剤を処方したらしく、脚の神経末端に効くのだと母は言っていた。

クリニックはセメント工場で有名なカルボネラス市の近くにある。車で三十分も走れば到着するだろう。母と私はタクシーの後部座席で震えながら座っていた。エアコンのせいで砂漠の灼熱がロシアの冬みたいな気温に変わっていたからだ。運転手は、カルボネラスとは石炭入れという意味で、以前山は木で覆われていて森になっていたけれど、木炭を採るために木が切り倒されたと説明してくれた。溶鉱炉のために全部伐採されたと。

私は彼にエアコンを弱めてもらえないかと尋ねた。

すると彼は、エアコンは自動なので調整はできないと言い張り、でもその代わりに、水が透明できれいなビーチを教えられると言った。

「一番のビーチは、プラヤ・デ・ロス・ムエルトスだね。〈死者のビーチ〉っていう意味なんだよ。町からたった五キロ南に行くだけだ。山から降りるのに二十分歩かないといけないけどね。車では行けないんだよ」

ローズは前に身を乗り出して、運転手の肩を軽くたたいた。「私たちがここに来たのは、私が骨の病気を患っていて歩けないからなのよ」。そしてプラスチックのロザリオがかけられているルームミラーに向かって顔をしかめてみせた。ローズは筋金入りの無神論者で、私の父が改宗してからはますますその気が強くなっている。

車の中の異常気象のせいで、母の唇は青ざめていた。「〈死者のビーチ〉についてだけど」と彼女は震えながら言った。「私はまだそこまで行ってないわよ。でも、澄んだ水で泳ぐ方が、地獄みたいな溶鉱炉で焼かれるよりよっぽど魅力的だってことはわかる。世界中のありとあらゆる木が切り倒されて、ありとあらゆる山が木炭のために禿山にされる溶鉱炉でね」。彼女のヨークシャー訛りが突然どう猛になった。人と口論するのを面白がっている時は、いつもそうなるのだ。

運転手はハンドルの上に止まったハエしか気にしていなかった。「帰りのタクシーも必要なんじゃない？　僕のタクシーを予約しておく？」

「それは車の温度次第ね」。車内が温まってくると、母の青くなった薄い唇は左右に伸びて、笑顔のようなものに変わった。

私たちは今、冬のロシアではなく、冬のスウェーデンで遭難している。

私は窓を開けた。渓谷は白いビニールで覆われている――救助小屋の学生が話していたとおりだ。砂漠に建てられたいくつかの農場が、くすんで活気がない肌のような土地を飲み込んでいる。ローズがまだクラゲの刺し傷でヒリヒリしている私の肩に頭を載せると、熱い風が吹いて私の髪が顔の前になびいた。私は痛みを感じにくい位置にあえて体をずらそうとはしなかった。母が怖(おび)えているのがわかったし、私は怖くないふりをしなければならなかったからだ。慈悲や幸運を請う神は、母にはいない。彼女は人の親切心と痛み止めを拠り所としていると言ってもいいかもしれない。

運転手がタクシーをゴメス・クリニックの前のヤシの木が並ぶ通りまで進めると、「エコロジーのミニオアシス」とパンフレットに記されていた庭が見えてきた。ハトが二羽、ミモザの木の下で体をうずめ合っている。

クリニックは、夏枯れの山に彫り込まれるように建っていた。クリーム色の大理石で作られたドーム型をしていて、まるで巨大なお椀をひっくり返したみたいだった。グーグル・マップで何度も見ていたけれど、パソコンの画面からは、建物の隣に立つとどれだけ心が安らぎ、和らいだ気持ちになるのかまでは伝わってこなかった。対照的に、入口は全面がガラス張りだった。ドームの周辺には、紫の花をつけたとげとげしい低木や、絡みあった背の低い銀色のサボテンがふんだんに植えられていて、砂利が敷かれた入口への通路にはがらんとした空間が広がり、小型のシャトルバスの横にタクシーが停められるようになっていた。

ローズと一緒に車からガラスのドアまで歩いていくのに、十四分もかかった。ドアは私たちが到着するのを待ち構えていたように、こちらに向かって静かに開き、まるで、どちらかがわざわざお願いしなくても、中に入れますように、という私たちの望みを満たしてくれるかのようだった。

　私は山の下に広がる真っ青な地中海をじっと見つめて、気持ちを落ちつかせた。

　受付係に「セニョーラ・パパステルギアディス」と呼ばれると、私はローズの腕を取り、一緒に脚を引きずりながら、大理石の床の上を受付のデスクに向かって歩いていった。そう、私たちは一緒に脚を引きずっている。私は二十五歳だけど、足並みを揃えるために母と一緒に脚を引きずっている。私の脚は母の脚。こうやって、和気あいあいと前へ進めるペースをふたりで見つけるのだ。はいはいを卒業した子どもと一緒に大人が歩いたり、支えとなる腕を必要とする両親と一緒に成人した子が歩いたりするみたいに。でも、その日の朝早くに、母は地元にあるチェーンの大型スーパーまで、自分が使うヘアピンを買いにひとりで歩いていっていた。支えのための杖すら持っていなかったけれど、それについては、もう考えたくない。

　受付係は、車椅子のそばで待っている看護師を指さした。他の人にローズを託して、車椅子を押す看護師の後ろを歩きながら、彼女が一定のリズムでお尻を左右に揺らすのを眺めると、気持ちが軽くなった。長くてツヤツヤした彼女の髪は、白いサテンのリボンで結ばれている。これは痛みや、家族への愛着や、妥協とは完全に無縁の、また違った歩き方だ。看護師が履いている灰色のスエード靴のヒールは、彼女が大理石の廊下を歩くと、卵を割るような音を立てた。磨き上げられた木板に「ミスター・ゴメス」と金色の文字で書かれたドアの前で立ち止まると、彼女はノックして待った。

　彼女の爪には、艶のある深紅のマニキュアが塗られている。

私たちはここまで長い道のりをやってきた。こうしてついに、壁全体に琥珀模様がついた丸みのある廊下にやって来たというのは、どこか巡礼の旅のようで、まるで最後のチャンスみたいに感じられた。何年もの間、大勢のイギリスの医療専門家たちが暗中模索しながら、どうにかして診断しようとしてきたけれど、彼らはみんな困惑し、途方に暮れ、恐縮して、諦めた。今回が最後の旅になるはずで、それは母もわかっていたのだと思う。スペイン語で何かを叫ぶ男性の声がした。看護師は重たいドアを押し開けると、車椅子を押してローズを部屋の中に入れるように私に手招きした。まるで彼女はあなたのものよとでも言うみたいに。

ドクター・ゴメスは、私が何ヶ月もかけてとことん調べ尽くした整形外科の専門医(コンサルタント)だ。年齢は六十代前半くらいで、髪は大部分が銀色だが、頭の左側に、ぎょっとするくらい真っ白な筋が走っている。たて縞のスーツを着ていて、両手は日焼けしていて、きりっとした青い目をしている。

「ありがとう。ナース・サンシャイン」と彼は、まるで筋骨格疾患を専門とする高名な医師であれば、スタッフを天気にかけた名前で呼んでもいいとでも言うみたいに、看護師に言った。彼女はまだ、ドアを抑えて開けたままだった……まるで頭の中が、シエラ・ネバダ山脈で迷子になってさまよっているみたいに。

彼は声を張り上げて、スペイン語で繰り返した。「グラシアス、エンフェルメラ・ルーズ・デル・ソル」

看護師はドアを閉めた。彼女の靴のヒールが床に当たって、何かを割るような音をたてるのが聞こえた。最初は一定の速さだったが、突然速くなった……走り出したのだ。響き渡るヒールの音は、彼女が去ったあとも、私の頭の中にずっと残っていた。

ドクター・ゴメスはアメリカ訛りの英語を話した。

「どうぞこちらへ。今日はどうされましたか？」

ローズは困惑したようだった。「そうね、それは私があなたに教えてもらいたいことよ」

ドクター・ゴメスが微笑むと、金で覆われた二本の前歯が見えた。私は大学院一年目の時に人類学のクラスで勉強した、人間の男の頭蓋骨に残っていた歯を思い出した。その男が何を食べていたのかを推測するのが課題だった。歯は虫歯だらけだったから、きっと硬い穀物を嚙んでいたのだろう。頭蓋骨をさらに調査すると、大きな虫歯に小さな正方形の布が詰められているのを見つけた。ヒマラヤスギの油に浸されたその布は、痛みを和らげ、感染を防いだのだ。

ドクター・ゴメスの声は、何となく親しげで、何となくかしこまっていた。「ミセス・パパステルギアディス、あなたが書いてくれたメモを見ていたんですよ。ずっと司書をやられていたんですってね？」

「そうよ。健康を損ねたので、早期退職しましたけどね」

「もう働きたくなかったということですか？」

「そう」

「それなら、健康を損ねて退職したわけではないんですね？」

「いろいろな事情が重なったんですよ」

「なるほど」。彼は退屈そうにも関心があるようにも見えなかった。

「本の図録や索引を作って分類するのが私の仕事だったんです」と母は言った。

ドクター・ゴメスは頷くと、視線をパソコン画面へ移した。彼の関心がこちらに戻ってくるのを待つ間、私は診察室を見渡した。わずかな家具しか置かれていなかった。洗面台に、昇降する車輪付きベッド。その近くには、銀色のランプが置かれていた。

デスクの後ろには、革張りの本でいっぱいの書棚がある。それから私は、こちらを見ている何かを見つけた……その目は輝いていて好奇心で溢れている。壁の半分くらいまでの高さの棚に置かれたガラスケースの中で、小さな灰色のサルの剝製が身を屈めていた。人間の仲間たちをじっと見つめ、永遠に固定された視線を投げかけている。

「ミセス・パパステルギアディス、下のお名前はローズですね」

「ええ」

彼はパパステルギアディスをまるでジョアン・スミスと言うみたいに容易く発音した。

「これからローズと呼んでもいいですか？」

「ええ、結構よ。それが私の名前ですから。娘は私のことをローズって呼んでいるわけだし、あなたはそうしちゃだめっていう理由もないわ」

ドクター・ゴメスは私の方を見て微笑んだ。「お母さんのことをローズって呼んでいるの？」

この三日間でこう訊かれるのは二回目だった。

「はい」と私は、まるでそんなことは大した問題ではないとでも言うように素早く答えた。「私たちはどのようにお呼びしたらいいでしょう。ドクター・ゴメスですか？」

「そうだね。僕はコンサルタントだから、ミスター・ゴメスかな。でもそう呼ばれると堅苦しいから、ゴメスでいいですよ」

「ああ、それがいいわね」。母は腕を持ち上げて、シニョンを結った髪の中にまだヘアピンがあるか確認した。

「ミセス・パパステルギアディス、年齢は六十四歳ですね？」

彼は新しい患者を下の名前で呼んでもいいことになったのを忘れてしまったのだろうか？

「ええ、六十四歳で弱っているわね」

「つまり、娘さんを産んだ時は三十九歳だったということですよね？」

ローズは咳払いをするみたいに咳をしてから頷き、再び咳をした。ゴメスも咳をしはじめ、咳払いをすると、白い髪の筋に指を走らせた。ローズが右足を動かして、うめき声を上げると、ゴメスも自分の左足を動かして、うめき声を上げた。

私は彼が母を真似しているのか、ばかにしているのかわからなかった。うめいたり、咳をしたり、ため息をつきながら二人が会話をしているのだとしたら、そんなことでお互いが理解できるのだろうか。

「ローズ、僕のクリニックに来てくださって、本当に嬉しいです」

彼は手を差し出した。母は握手をするかのように前かがみになったが、突然やめたので、彼の手は宙ぶらりんになったままだ。どうやら、二人が交わしていた言語を使わない会話では、母の信頼を引き出せなかったらしい。

「ソフィア、ティッシュをちょうだい」と母は言った。

私はティッシュを渡すと、母の代わりにゴメスの手を取って握手した。母の腕は私の腕。

「そしてきみがミズ・パパステルギアディスだね？」彼は「ミズ」という言葉を強調して言った

ので、「ミズ――」と聞こえた。

「ソフィアはひとり娘なんですよ」

「息子さんはいらっしゃるんですか？」

「だから、ひとりっ子なんですってば」

「ローズ」。彼は微笑んだ。「もう少しであなたはくしゃみをしはじめると思いますよ。今日は花粉が飛んでいるのかな？　それか何か別のものかな？」

「花粉？」。ローズはムッとしたようだった。「辺り一面が砂漠みたいなところにいるのよ。私が知っている花はひとつも咲いていないし」

ゴメスはムッとした表情も真似して見せた。「あとで、ここの庭をご案内しますよ。そうすればご存じない花を見ることができます。紫のリモニウムや、棘だらけのりっぱな枝がついたナツメの木、フェニキア・ビャクシンに、あなたに楽しんでもらうためにタベルナス砂漠から持ってきた低木地の植物が色々あるんです」

彼は母の車椅子までやってくると、足元にひざまずいて、その目をじっと見つめた。母はくしゃみをしはじめた。「ソフィア、もう一枚ティッシュをちょうだい」

私は母の望むとおりにした。母は今、二枚のティッシュを持っている……それぞれの手に一枚ずつ。

「くしゃみをするといつも左腕が痛むの」と母は言った。「鋭いもので裂かれるような痛み。くしゃみが終わるまで、腕を抱えていないといけないくらいね」

「どこが痛むんですか？」

「肘の内側よ」

「わかりました。神経の検査を一通り行ってみましょう。脳神経の検査も含めてね」

「あと、左手の指関節が慢性的に痛いんです」

返答する代わりに、ゴメスは例のサルがいる方に向かって、まるでサルに同じことをするようにと促すみたいに、左手の指を小刻みに動かしてみせた。

しばらくすると、ゴメスは私の方を向いた。「本当に良く似ているな。でも、ミズ・パパステルギアディスの方が日焼けしているね。それにきみの肌は土色で、髪はほぼ黒い。お母さんの髪は明るい茶色だ。鼻はお母さんよりも長い。きみの目は茶色だけど、お母さんの目は青いよね、私の目みたいに」

「父はギリシャ人なんですが、私はイギリスで生まれたので」

肌が土色と言われたのは、侮辱されているのか褒められているのかよくわからなかった。

「そうしたら僕と一緒だ」と彼は言った。「父はスペイン人で、母はアメリカ人。ボストンで育ったんだ」

「私のパソコンもそうです。アメリカでデザインされたけど、製造されたのは中国だから」

「そうだね、ミズ・パパステルギアディス。アイデンティティを保証するのはいつだって難しいものだよ」

「私はヨークシャー州ハルの近くの出身よ」とローズが突然言った。まるで自分だけが取り残されているとでも言うみたいに。

ゴメスが母の右脚に手を伸ばすと、母はプレゼントを差し出すみたいに脚を出した。彼は、私とガラスケースの中のサルに見られながら、親指と人差し指で母のつま先を押しはじめた。そして、親指が足首に移動するとこう言った。「この骨は、距骨（きょこつ）ですね。その前は指趾骨（ししこつ）を押していたんですが、指が当たるのを感じましたか？」

ローズは首を振った。「何も感じないわ。脚の感覚がないのよ」

ゴメスはまるですでにそれが真実だとわかっているかのように、頷いた。そして今度はまるで「気力」という名前の骨について訊くみたいに尋ねた。「気力はいかがですか？」

「かなり良い感じよ」

私はかがんで、母の靴を拾った。

「いいから」とゴメスが言った。「そのままにしておいて」。彼は母の右脚の裏を触診していた。

「ここところに潰瘍がありますね。糖尿病の検査はしましたか？」

「もちろん」と母は答えた。

「皮膚の表面にある小さい部分なんですが、少しだけ感染しています。すぐに処置しないとなりません」

ローズは厳粛な様子で頷いていたけれど、その顔は嬉しそうだった。「糖尿病！」と彼女は叫んだ。「ひょっとするとそれが答えかもしれないわね」

ゴメスは立ち上がると、手を洗うために洗面台の方へ歩いていったので、この会話を続ける気はないようだった。ペーパータオルに手を伸ばす時、彼は私の方を振り返って言った。「ひょっとすると、きみは僕のクリニックの建築に興味を持つかもしれないな？」

私はすでに興味を持っていた。わかっている限り、最も古く建てられたドームはマンモスの牙と骨でできたものですよね、と私は彼に言った。

「そのとーうり。きみが借りているビーチハウスは長方形だよね。でも少なくとも海が見えるから……」

「不快よ」とローズが割り込んできた。「私はあの建物は騒音の上に建てられた長方形だって思ってるわ。コンクリートでできたテラスがついていて、そこは本来ならプライベートな場所であるはずなのに、そうじゃないのよ。だってビーチのちょうど上にあるんだから。娘はそこに座ってパソコンとにらめっこするのが好きですけれどね。私から離れられるからって」

ローズはとうとうとまくしたてて、不満をひとつずつ挙げていった。「夜には、子どもたちのためにビーチでマジックショーが行われるのよ。うるさくてたまったもんじゃない。レストランから聞こえてくるお皿のカチャカチャいう音や、観光客の叫び声や、モペッドの音、金切り声をあげる子どもたちに花火。私は絶対に海には行かないわ。ソフィアが車椅子を押してビーチに連れて行ってくれれば別だけど。まあでも、いつだって暑すぎてだめね」

「いずれにしても、私があなたのもとへ海を連れていかないといけませんね、ミセス・パパステルギアディス」

ローズは前歯で下唇を噛みしめると、しばらくそのままにしてから下唇を解放した。「ここ南スペインの食べ物はみんなすごく消化しづらくてね」

「それは気の毒だな」。彼の青い瞳は、花に蝶々がとまるみたいに、彼女の腹部あたりに留まっている。

母はこの数年で体重が落ちていた。体も縮まったし、背もさらに低くなったように思える。これまでは膝丈だったワンピースが、足首のちょうど上辺りにまで届くようになった。私は彼女が、魅力的な初老の女性であると自分に言い聞かせなければならなかった。いつもシニョンにまとめられて、一本のヘアピンで固定されている髪は、母がお金と時間をかけるもののひとつだった。三ヶ月ごとに銀色の白髪が出てくると、髪を剃り落としたおしゃれなカラリストが、髪をアルミホイルに巻いて熱を当てた。彼女は雨が降るといつも縮れて、言うことをきかなくなる私の黒い巻き毛にも同じことをした方がいいと勧めてくれた。そこでは、しょっちゅう雨が降っていた。

私はそのカラリストが頭を剃ることを、自分は参加できそうにない儀式のように考えていた。そうする時、彼女は自分の髪を過去の重みのように考えたり、頭を剃るのは未来へ向かうことだと考えたりしているのではないかと思っていた。ヒンドゥー教の伝統では、そうなのかもしれないと。でも彼女は（口に正方形のアルミホイルをくわえたまま）頭を剃るのは、その方が楽だからよ、と言った。私は、髪の重みはまったく気にならない。

「ソフィア・イリーナ、ここに座って」とゴメスは言って、パソコンの前にある椅子を叩いた。彼は何気なくパスポートに書かれたフルネームで私を呼んでいた。言われたとおりに私が座ると、彼はパソコンの画面を回して白黒の画像を見せた。その上には母の名前が書かれている。R・B・パパステルギアディス（女性）。

気づくと彼は、私の後ろに立っていた。彼が手を洗うのに使った石鹼の渋いハーブの香りがした……多分セージだ。「今見ているのは、高画質のレントゲンで撮ったお母さんの背骨だ。これは後ろから見たものだね」

「はい」と私は言った。「イギリスで診てもらった医者たちにここに送ってもらうように頼んだんです。だいぶ前のものですよね」

「そうだね。ここでも撮るので比較してみることにしよう。どこかに異常がないか、普通じゃないところはないかを見てみるから」。ゴメスの指は画面から離れ、机の上に置かれている小さな灰色のラジオのスイッチを押した。「ちょっと失礼。財政緊縮計画がどうなっているのか、聞いておきたくて」

私たちはスペイン語のニュース番組を聞いていたけれど、時折ゴメスが、ラジオ局のスペイン人金融アナリストの名前を教えてくれるたびに中断された。ローズがいったい今何が起きているの？ この人は本当に医者なの？ と尋ねるみたいに顔をしかめると、ゴメスは金歯を見せて私たちの目をくらました。

「そうです、僕は間違いなく医者ですよ、ミセス・パパステルギアディス。今日の午後はあなたと一緒に飲み薬を見直してみようと思っています。もちろん情報はすでに持っていますが、あなたの口から、どの薬に一番愛着があるのか、どの薬は手放してもいいと思っているのか話していただきたいんです。ところで、天気予報によると今日のスペインは、殆どの地域でカラッと晴れるみたいですよ。嬉しくないですか？」

ローズは落ち着かない様子で車椅子の上でもぞもぞと動いた。「お水を一杯いただける？」

「いいですね」。ゴメスは洗面台まで歩いていくと、プラスチックのコップに水を入れて彼女のもとへ持ってきた。

「水道水は飲んでも安全なの？」

「そりゃもちろん」

私は母が濁った水をすするのを見た。あれは正しい水？　ゴメスは母に舌を出すように言った。

「舌？　なぜ？」

「舌は全体的な健康状態をはっきりと目に見える形で示してくれるんですよ」

ローズは応じた。

こちらに背を向けたゴメスは、私が棚に載っているサルの剝製を見ていると感じとったようだった。

「あれはタンザニアのサバンナモンキーだよ。送電塔に上って死んだんだけど、僕の患者さんが、剝製師のもとへ連れていってね。少し迷ったけど、彼からのプレゼントとして受け取ることにしたんだ。サバンナモンキーには人間的な特徴が多く見られるからね。高血圧だったり、不安を感じたり」。彼はまだ真剣に母の舌を見ていた。「でも、青い陰嚢と赤いペニスは見れないんだ。剝製師が取り除いたんだと思うよ。それに、この子がどんなふうに弟や妹たちと木の間で遊んでいたかは、想像しなくちゃならない」。彼が母の膝を軽く叩くと、母の舌は口の中へ引っ込んだ。

「ありがとう、ローズ。水を飲んで正解ですよ。舌は、脱水症状を示していますから」

「そうよ、いつも喉が渇くの。夜に私のベッドのそばに一杯の水を置くってことになると、ソフィアは怠けるんですよ」

「ミセス・パパステルギアディス、ヨークシャー州のどちらの出身です？」

「ウォーターという、ポックリントンから五マイル東に行ったところにある村よ」

「ウォーター」とゴメスが繰り返すと、金歯がむき出しになった。彼は私の方を向いて言った。

「ソフィア・イリーナ、きみはこの去勢された小さな霊長類を解放して、部屋を走り回ったり、僕が持っている初期版のセルバンテスを読んだりできるようにさせてやりたいって考えているね？　でもまずは自分を解放しなくちゃ」。彼の目は、レーザー光線みたいに石を真っ二つにしてしまえるほど青かった。「これからミセス・パパステルギアディスと話をして、今後の診療プランを立てなきゃならない。二人だけで話さないといけないことなんだけど」

「いやよ、娘はここに残るの」。ローズは車椅子の片方のアームを指関節でこつこつと叩いた。「よその国にいる間に、これまで飲んできた薬をやめたりなんてしないし、全部良くわかっているのは、ソフィアだけなのよ」

ゴメスは私に向かって指を振った。「二時間受付で待っていてもらえないかな？　いや、やっぱりそうじゃなくて、クリニックの入口から出ているミニバスに乗るといい。カルボネラスのビーチの近くで下ろしてくれるから。病院から町までは車でたったの二十分だよ」

ローズは腹を立てたようだったが、ゴメスはそれを無視した。「ソフィア・イリーナ、もう行っていいよ。今は正午だから、二時にまた会おう」

「私も海水浴を楽しめたらいいのに」と母は言った。

「楽しいことを望むのはいつだっていいことですよ、ミセス・パパステルギアディス」

「せめて……」と言ってローズはため息をついた。

「せめて、何です？」。ゴメスは床にひざまずいて、聴診器を母の胸に当てた。

「せめて泳いだり、日光浴できたりしたらいいのに」

「ああ、そうなったら素晴らしいじゃないですか」

またしても、私はゴメスをどう捉えていいのかわからなくなった。彼の口調は漠然としていて、バカにしているようにも、感じよくも思えた。要は、少し胡散臭いのだ。私は腕を伸ばしてローズの手を取ると、ぎゅっと握りしめた。別れの挨拶をしたかったけれど、ゴメスは全神経を集中させて彼女の心臓音を聞いていたので、代わりに私は彼女の頭にキスをした。

母は「痛い！」と言った。そして激痛を感じているかのように目を閉じて、頭を後ろにのけぞらせた……もしかすると、恍惚感を覚えていたのかもしれない。見分けるのは難しかった。


私がセメント工場の向かいにある人けのないビーチに到着した頃には、太陽は猛烈な光を放っていた。ガスボンベが並んでいる小さなカフェに向かい、感じの良いウェイターにジントニックを注文した。彼は海を指さしながら、今朝もうすでに三人がメデューサにひどく刺されたから、泳がない方がいいと警告してくれた。手足にできたミミズ腫れが白くなってから紫に変色するのを見たと言う。彼はしかめ面をしてから目を閉じると、海とその中で生きる全てのメデューサを払いのけるかのように手を振って見せた。並んだガスボンベは、砂浜から生えてきた、砂漠の奇妙な植物みたいだった。

産業用の大きな貨物船が水平線近くに浮かんでいた。ギリシャの旗がなびいている。私は目をそらすと、代わりに粒の粗い砂に打ち込まれた子ども用の錆びたブランコを見つめた。座る部分は使い古しのタイヤでできていて、もしかすると幽霊かもしれない子どもが飛び降りたばかりみたいに、そっと揺れていた。淡水化プラントから伸びたクレーンが空に切り込んでいて、ビーチの右側にある倉庫の中には、緑がかった灰色のセメント・パウダーでできた、波模様のある背の高い砂山があった。周りには未完成のホテルやマンションが、まるで人ごろしみたいに、山を切り刻むようにして建っていた。

私は自分の携帯電話を見つめた。ダンという〈コーヒー・ハウス〉の同僚からだいぶ前にメッセージが入っていた。サンドウィッチやパンの値札を付ける時に使うマーカーペンをどこに置いたのか教えて欲しいという。デンバー出身のダンが、スペインにいる私にペンについてメッセージを送ってくるなんて！　私は大きなグラスからジントニックをすすると、軽く会釈をしてウェイターにありがとうと伝えた。どこかわかりにくい場所にペンを置いてきてしまったのだろうか。

陽の光が肩に当たるように、ワンピースのジッパーを下げた。ひりひりするメデューサの刺し傷の痛みは落ち着いていた。でも、時折うずくような痛みを感じた。最悪な痛みではなく、ある意味で、安心させてくれるような痛みだった。

最近も、ダンからメッセージが来ていた。彼はもうペンを見つけていて、私がスペインにいる間に、〈コーヒー・ハウス〉の上の私の部屋で寝るようになったと言う。自分の家の大家が前の週に家賃を値上げしたからだそうだ。ペンは私のベッドの中にあった。しかもキャップが取れた状態で。そのせいで、シーツや掛け布団に黒いインクの染みが付いてしまったそうだ。彼はそれをインクの大量出血と表現していた。

もはや彼は、こんなことは書けない。

ソフィアのほろ苦アマレット・チーズケーキ
店内三・九〇ポンド　テイクアウト三・二〇ポンド
ダンのしっとりオレンジ・ポレンタケーキ（小麦粉・グルテン不使用）
店内三・七〇ポンド　テイクアウト三ポンド

ほろ苦い私。

しっとりなダン。

でも、彼は全然しっとりなんかしていない。

自分たちでケーキを焼いているわけでもないのに、お客さんは店で焼いていると思うとより買うようになると上司が言うのだ。私たちは自分で作っていないものに、自分たちの名前をつけている。嘘つきのあのペンからインクがなくなってしまって、良かった。

今思い出したけれど、文化人類学者マーガレット・ミードの言葉を雑誌から書き写した時に、ベッドの中にペンを置き忘れたに違いない。彼女の言葉を壁に直接書いたんだった。


何かを深く理解する方法について私はいつも授業でこう話していた。幼児を研究すること、動物を研究すること、原始人を研究すること、精神分析を受けること、改宗して乗り越えること、狂ったようなことをやって乗り越えること。

この引用には五つのセミコロンが使われている。マーカーペンを使って；；；；；と壁に書いたのを覚えている。「改宗」には二重線を引いた。

父は改宗したことで苦しんでいたが、私が知る限り、それを乗り越えられてはいなかった。それどころか、彼は私より四歳年上の女と結婚し、ふたりの間には赤ちゃんがいる。彼女は二十九歳で、父は六十九歳。新しい妻に出逢う数年前、父は自分の祖父がアテネでやっていた海運業で蓄えた財産を相続していた。父はそれを、自分が正しい道を歩んでいるしるしとして受けとめたはずだ……ちょうど母国が破綻しようという時に、神が金を授けてくれたのだと。そのうえ愛と、女の赤ちゃんも。十四歳の時以来、私は父に会っていない。彼は新たに手に入れた富を一ユーロたりとも手放す理由はないと考えていた。だから私は母の重荷なのだ。彼女は私の債権者で、私は自分の脚を使って彼女に返済している。私の脚はいつだって彼女のために駆けずり回っている。

ゴメス・クリニックに支払う治療費のためにローンを組もうと、ローズと私は母の住宅ローンの貸主のもとを訪れた。

私は午前中仕事を休んだが、それはつまり三時間分の給料十八ポンド三十ペンスを失うということだった。雨が降っていて、いかにもその種の会社らしい赤絨毯は湿っていた。そこらじゅうにポスターが貼られていて、そこには、まるで人権こそが彼らの一番の関心事だとでも言うように、銀行にとって私たちの幸せがどれほど重要かが書かれていた。パソコンの後ろに座っている男は、明るく、親しみやすく振る舞うように、また、何かを理解したら、共感しているふりをするように、何かを理解したら、ものわかりがよく、やる気があるように見えるように、銀行のロゴがついた趣味の悪い赤いネクタイを好きになるように、訓練を受けていた。赤いバッジには彼の名前と職務内容が記されていたけれど、給与体系については書かれていなかった——きっと威厳ある貧困という部類のどこかに位置づけられるのだろう。彼は私たちに寄り添おうとしていた。私たちの置かれた状況に公正に取り組み、私たちがわかるような簡潔な言葉で話そうと。まったく魅力的に思えない従業員三人の写真が載ったポスターが、壁から私たちを見つめていた。三人とも笑っている。女性は女性用のスーツ（ジャケットにスカート）で、男性二人は男性用のスーツ（ジャケットにパンツという出で立ちだった）。彼らは、私たちがいかに似ているのかを示し、違いを消し去ろうとしていた――私たちはあなたたちと同じように、歯並びが悪くて、ものわかりのいい夢想家なんですよ。私たちはみんな、自分の家を持ち、クリスマスに家族と何やかんや言い合いたいと思っているんですよ。

こうしたポスターは何か（不動産、投資、ローン）をはじめる儀式で、彼らが着ているビジネス・スーツは、ジェンダーの複雑さが犠牲にされているしるしだ。別のポスターには、こぎれいな連棟住宅の写真が使われていて、その家の前には、墓が置けるくらいの広さの庭がついていた。花はひとつも咲いていなくて、植えられたばかりの芝生だけ。荒涼としている。何個も植えられている正方形の芝生は、まだ十分に伸びていない。もしかすると、私たちのために彼らが建ててくれている家の左側には、被害妄想に取り憑かれた人間が隠れているかもしれない。その男は花を全部切り取って、家で飼っていたペットを全部殺してしまったのだ。

担当の男は、快活だけど、ロボットみたいな口調で話した。最初に「いらっしゃいませ」とだけ言って、「奥様方」と付けなかったのがせめてもの救いだった。それから彼は、私が相続する財産から剝奪できるものをすらすらと言い並べはじめた。途中で、彼はステーキは食べるかと母に尋ねた。思いがけない質問だったけれど、彼がどこに話を持っていこうとしているのか（贅沢な生活をしているかどうか）感づいたローズは、より人道的で思いやりのある世界を推進していくためにも、完全菜食主義者（ビーガン）なんですと答えた。だから、もし贅沢したい気分になったら、大さじ一杯のヨーグルトをダールカレーに入れるのだと。彼はビーガンが乳製品を食べないことを知らなかった。そうでなければ、母は第一の関門で、銀行の赤い椅子から転げ落ちていただろう。さらに彼はブランドものの洋服は好きかと訊いた。母は安くて趣味の悪い服しか好きではないと答えた。スポーツジムに通っているかって？　毎朝、抗炎症薬の痛み止めを間違った水で飲み干してはいるけど、母が杖をついて歩いていることや、むくんだ左右の足首に包帯を巻いていることを考えれば、的外れな質問だ。

　彼は母に、所有する不動産を査定してもらった書類を提出するように告げ、いずれ銀行の測量技師が訪ねることになると伝えた。母は住宅ローンを完済していたので、パソコンは私たちがこれまでに提出した情報を気に入っているようだった。レンガやモルタルはロンドンでは価値あるものとみなされている。たとえそれがヴィクトリア朝時代のレンガで、人が吐いたつばや尿や布粘着テープで繋ぎ止められているものだとしても。彼はぜひローンを組ませていただきたいと言った。母は治療体験付きの冒険に出ることを楽しみにしていた――ゴメス・クリニックは彼女にとってホエール・ウォッチングのようなものなのだ。私は職場に戻ると、三種類のエスプレッソを淹れ、ローズは家に戻って、うずきや痛みを新たなリストに書き出した。母の症状が私の文化的関心をそそるのは否定できないけれど、同時にそれは、彼女と一緒になって、私を衰弱させたり惨めな気持ちにさせたりもする。母の症状は母の代わりにずっと話し続け、いつだっておしゃべりをしている。私にだって、それはわかる。

私は焼けるような砂浜の上を歩いていき、海の中に脚をつけて冷やした。

時々、気づくと脚を引きずっている……まるで体が、母と一緒にいる時の歩き方を覚えているかのように。記憶はいつも信頼できるとは限らない。偽りのない真実とは言えない。私にだって、それはわかる。

二時十五分にクリニックに戻ると、ローズは車椅子を椅子に取り替えていて、イギリス人海外駐在者向けの新聞で星占いを読んでいた。

「あら、ソフィア。楽しくビーチで過ごせたみたいね」

私は母にビーチは荒涼としていて、ガスボンベの山を二時間ずっと眺めていただけだと伝えた。自分の一日を実際よりも小さく話して彼女の一日を大きく見せるのは、私に与えられた特別な才能だ。

「私の腕を見てちょうだいな」と彼女は言った。「たくさん血液検査をしたからアザだらけよ」

「かわいそうね」

「本当に私ってかわいそう。あの医者は、私から三つも薬を取り上げたのよ！　三つも！」

彼女は口を曲げて泣き真似をすると、ゴメスに向かって新聞を振った。ゴメスは歩いているというよりは、白い大理石の床を気取ったように遊歩しながら私たちの方へやってきた。

彼は母に気力がないのは、慢性的に鉄分が不足しているせいかもしれないと説明した。脚の潰瘍を治す効果を高める銀の線がついた包帯などの他に、彼はビタミンB12も処方していた。

ビタミン剤の処方箋。それに二万五千ユーロの価値があるって言うの？

ローズは毎日飲む薬から外された錠剤の名前を書き出しはじめていた。彼女は薬について、まるでそこにいない友人に心を痛めているみたいに話した。ゴメスは手を挙げてナース・サンシャインに手を振った。ちょうど灰色のスエードのハイヒールを履いて彼のもとへやってくるところだった。彼女がゴメスの横に来ると、彼はあつかましくも腕をその肩に回したが、ナース・サンシャインは右胸あたりにピン留めされた時計をいじっていた。その時ちょうど、救急車が駐車場に停まった。彼女はゴメスに運転手は昼休みが必要だと英語で伝えた。彼は頷き、腕を肩からどかしたので、彼女はしっかり時計を摑めるようになった。

「ナース・サンシャインは私の娘なんです」とゴメスは言った。「彼女の本当の名前はフリエタ・ゴメス。どうぞ好きなように呼んでやってください。今日は彼女の誕生日でね」

フリエタ・ゴメスが初めて笑った。彼女の歯は眩しいほど白かった。「今日で三十三歳。少女時代が正式に終わったってことです。フリエタって呼んでくださいね」

ゴメスはさまざまな色を帯びる青い目で、娘を見つめた。「すぐにわかると思いますが、スペインは失業率が高くてね」と彼は言った。「今は、二十九・六パーセントかそこらじゃなかったかな。娘がバルセロナで良い医療研修を受けて、スペインで最も尊敬されている理学療法士になってくれたものだから、僕は本当に運がいいんですよ。つまり、僕はちょっと不正して、自分の立場を利用してこの大理石のお城での仕事を彼女に与えられるんだから」

ゴメスはたて縞の腕を広げて、大きな弧を描くみたいに威容ある手振りをしてみせた。まるで丸みを帯びた壁や、花を咲かせたサボテン、ピカピカの新しい救急車、受付係やその他の看護師たち、それに彼とは違って青いTシャツに新品のスニーカーという制服姿の男性医師たちを全部自分の中に取り込もうとするみたいに。

「これはコブダルから持ってきた大理石なんです。この色は亡くなった僕の妻の青白い肌によく似ていてね。そう、僕はこのクリニックを娘の母親へのオマージュとして建てたんですよ。春になると、ドーム型の建物に惹かれて寄ってくるたくさんの蝶に魅了されます。蝶はいつだって落ち込んだ気分を高めてくれるんだ。それはさておき、ローズ、ロザリオの聖母の像を尋ねてみてはどうです？　マカエルの山で採れた混ざり物のない大理石に彫刻された処女像ですよ」

「私は無神論者なんです、ミスター・ゴメス」。ローズは厳しい口調で言った。「それに出産する女性が処女なんて信じていませんしね」

「でもローズ、彼女は繊細な大理石でできているんですよ。その色は母乳の色をしている。白なんですが、少し黄味がかっているんです。もしかすると彫刻家は、子どもを育てるということに敬意を示そうとしただけなのかもしれません。聖母のたったひとりの子どもは、母親のことを下の名前で呼んだのかな？　なんてね」

「そんなこと知ったことじゃないわ」とローズは言った。「結局全部ウソなんだから。それに、イエスは母親のことを『女』って呼んだのよ。ヘブライ語に翻訳すると『マダム』ね」

突然、受付係が現れて、早口のスペイン語でゴメスに話しはじめた。彼女は腕に抱えていた太った白猫を、ゴメスの念入りに磨かれた黒い靴のそばに下ろした。猫がゴメスの足の周りをくるくると回りはじめると、彼は膝をついて片手を伸ばした。「ジョードーは私の愛そのものなんです」と彼は言った。猫は彼の手のひらに顔をこすりつけた。「すごく優しい子でね。ここにネズミがいないのが残念ですよ。この子には一日じゅう、僕を愛する以外、何もやることがないんだ」

ローズがまたくしゃみをはじめた。四回目のくしゃみのあと、彼女は手で片方の目を軽く抑えた。「私は猫アレルギーなのよ」

ゴメスは小指をジョードーの口の中に滑り込ませた。「歯茎は硬くてピンク色をしてないとね。その点、ジョードーは大丈夫。でもこの子のお腹は今までにないほど膨らんでいるんです。腎臓に病気があるんじゃないかって、心配でね」

彼はポケットに手を伸ばすと、除菌スプレーを取り出して両手に吹きかけた。その間フリエタはローズに、目のかゆみを抑えるために目薬を点しましょうかと尋ねた。

「ええ、ぜひ」

母が「ぜひ」と口にするのは珍しい。まるでチョコレートが詰まった箱を差し出されたみたいな言い方だった。

フリエタ・ゴメスは白い小さなプラスチックの容器をポケットから取り出した。「抗ヒスタミン剤です。ちょうど今同じ問題を抱えている患者さんがいたものだから」。彼女はローズの方へ歩み寄ると、母の顎を後ろに傾けて、それぞれの目に二滴ずつ目薬を垂らした。

母は上品に涙ぐみながら、何かをとがめているように見えた。まるで涙は溢れているのに、頬にはまだこぼれ落ちてきていないみたいに。

猫のジョードーは医療従事者の腕の中に姿を消していた。

ナース・サンシャイン――本当の名前はフリエタ――は気さくでもなければ、冷淡でもなかった。無味乾燥に事実だけを述べ、有能で、静かだった。父親からにじみ出る活力は一切持ち合わせていなかったけれど、私は彼女がローズの話をさりげなく、でも注意深く聞いているのを見ていた。私は診察室まで歩いていく時に、彼女がどんなふうにドアに寄りかかっていたのかをもう一度思い返していた。ひょっとすると、私が思ったほど彼女の気持ちは遠くに行っていなかったのかもしれない。彼女は色々なことに気がついていた。私のワンピースのジッパーを上げましょうか？　とも訊いてくれた。ビーチで緩めたのを忘れていたのだ。フリエタは控えめな手付きでジッパーを扱うと、両手を細いウエストに置いて、タクシーが到着したと告げた。

「さようなら、ローズ」とゴメスは言うと、力強く握手をした。「それはそうと、僕たちが手配したレンタカーを使ってくださいね。その金額は費用に含まれているんですから」

「でもどうやって？　私は脚の感覚がないのよ？」。ローズはまた腹を立てたようだった。

「車の運転を許可しますよ。次にいらっしゃる時にでも、乗って帰ってください。いくつか書類に記入してもらわないといけないですが、車は駐車場に準備しておきますから」

フリエタは母の肩に手を置いた。「もし運転していて問題が起きたら、ソフィアから私たちに電話をもらえれば、迎えに行きますよ。彼女は連絡先の番号を知っているはずなので」。ゴメス・クリニックは間違いなく、家族経営だ。

それだけでなく、ゴメスは母をぜひランチに招待したいとも言った。彼はフリエタに、手帳の二日後の欄にランチの予定を書き込むように指示すると、銀色の頭を下げてお辞儀をしてから踵を返し、大理石の柱のそばで待っていた若い医師と話しはじめた。

ローズと一緒に脚を引きずりながらタクシーに向かう間、私は彼女にゴメスからどんなエクササイズをするように言われたのか訊いてみた。

「体を動かすエクササイズじゃないのよ。手紙を書くように言われたわ。敵の名前を全員書き出すようにって」。母はハンドバッグをパチンと音を立てて開けたが、留め金に引っかかったティッシュが取れずにてこずっていた。「いい、ソフィア？　ナース・サンシャイン……ではなくてフリエタ・ゴメスね……それが誰であれ、彼女が私の目に目薬を点した時、確かにお酒の匂いがしたのよ。ウソじゃないわ、ウオッカの匂いがしたんだから」

「今日は彼女の誕生日だからね」と私は言った。

山の下に見える海は穏やかだった。

ギリシャ人の女の子は怠けている。ビーチハウスの窓が汚れているのに、掃除をしていない。ドアには鍵をかけたこともない。不注意だし、自ら招き寄せているようなものだ。ヘルメットを着けずに自転車に乗るのと同じ。それだって不注意だ。そんなことをすれば、ひどく傷つくことになるし、災難に遭ってもおかしくない。

紳士淑女

ダイビングスクールの犬はもうすでにつながれている鎖を引っ張っているけれど、まだ朝の八時。二本脚で立ち上がり、汚い茶色の頭をルーフテラスの壁の上まで持ち上げて、その下に見えるビーチで繰り広げられる日常風景に向かって唸り声を上げている。パブロは壁にペンキを塗っている二人のメキシコ人男性に向かって怒鳴り声を上げている。二人が怒鳴り返せないのは、正式な契約書を交していないからで、それゆえ中指を立てられない。犬が大きく吠えれば吠えるほど、パブロは大声で叫ぶ。

今日こそあの犬を解放してやろう。

私はダイビングスクールの横にある〈カフェ・プラヤ〉まで歩いていき、お気に入りのコーヒー、コルタードを注文する。明らかに私は、ウェイターがどうやってミルクを泡立てるのかを見たいと思っている。〈コーヒー・ハウス〉で週に六日間、完璧にミルクを泡立てられるように訓練されてきたからだ。ウェイターの黒髪はジェルで固められ、色々な方向に突き出していて、重力に抗ってすごいことになっている。パブロの犬を解放する代わりに、一時間くらい見ていられそうだ。コルタードは長期保存が可能なミルクで作られていて、ここ砂漠では大抵それが使われる。「商業的に安定している」と言われるような類のミルクだ。

「私たちはずいぶん遠くから旅してきたの。乳の下に生乳を入れるバケツを置かれた牛のもとからね。家（ホーム）からずいぶん離れたところにいるんだよ」

私が〈コーヒー・ハウス〉で働きだした初日に、上司がそう言ったのだ。彼女は優しいけれど悲しげな声でそう言った。今でもそのことをよく考える。それについて考えている彼女のことを考えるのだ。家（ホーム）っていうのは、生乳があるところのことなのだろうか？

ダイビングスクールのインストラクターたちは、ガソリンの入ったプラスチック容器や酸素タンクを砂浜の上で滑らせながら移動させている。船は海の中でも特に立ち入り禁止になっている区画で、彼らを待っている。パブロの犬を解放するのにふさわしい時間はいったいいつなんだろう？

私は立ち上がると女性用トイレの場所を見つけ、輝くようなオレンジ・チップスを、朝からコニャックと一緒に味わっている村の大酒飲みの横を通りすぎる。セニョーラ用トイレのドアはカウボーイ映画に出てくる酒場のスイングドアと似ていて、細長い薄板は白く塗られている。そういうドアは西部劇で見たことがある。疑わし気な目をした酒場の店主が、不機嫌そうに入ってくる一見客をじっと見る場面に登場する扉だ。用をたしている間に、誰かが隣の個室に入っていく。個室と個室の間のパーテーションと床との間には隙間があって、それが男だとわかる。彼は両側に金のバックルがついた黒の革靴を履いている。まるで私のことを待っているみたいだ。じっと立ったままで、息遣いは聞こえるけれど、脚は動かない。隠れているのだ。急に私は、誰かに見られているように感じる。もしかしたら彼はスカートを腰までたくし上げている私の姿が見えるのかもしれない。そうじゃなかったら、なぜただそこに突っ立っているの？　数秒間、彼が動いたり、その場を離れたりするのを待ってみるが、動かないので急に私は焦りはじめる。すぐにスカートの位置をもとに戻すと、スイングドアを押して、足早にウェイターを見つけに行く。

彼は同時にコーヒーマシーンを操作したり、パンをトーストしたり、オレンジを絞ったりしていて忙しい。

「ごめんなさい。でもセニョーラ用トイレに男性がいるの」

ウェイターは肩にかけている布を摑んで、ミルクが滴り落ちているステンレス・スチールのバーを拭く。それからくるりと回って、パリパリになったバゲットをグリルから下ろすと、滑らせるように皿に載せる。

「何だって？」

私の脚は震えている。どうして自分がこんなに怖がっているのかはわからない。「セニョーラ用トイレに男性がいるみたい。ドアの下から私のことを見ていたの。刃物を持っているかもしれない」

ウェイターは、イライラした様子で首を振る。スチール製の注ぎ口の下にカップやグラスが一列に並んだ状態のまま、コーヒーマシーンから離れたくないのだ。何杯ものコーヒーを作るのは複雑な作業だ……それぞれのコーヒーに異なる形のカップや、違う種類のグラスが必要となる。

「君が入ったのはカバレロ用トイレだったんじゃないの？　隣り合わせだから」

「そんなはずない。彼は危険人物だと思う」

ウェイターは私と一緒に、雑に描かれた赤いレースの扇の絵の下に「セニョーラ」と書かれたドアまで急ぎ足で行き、蹴り開ける。

洗面台のそばには女性が立っていて、手を洗っている。私と同じくらいの年齢で、ぴったりした青いベルベットのショートパンツ姿だ。ブロンドの髪は太い一本の三編みに束ねられている。ウェイターは彼女にスペイン語で、セニョーラ用トイレで男性を見なかったかと尋ねる。彼女は首を振って、手を洗い続ける。その間ウェイターはブーツで突くようにして、ドアを開けっ放しにしている。

「ここにいる唯一の男はあなただよ」と女性はウェイターに言う。ドイツ語の訛りがある。

私は恥ずかしくなって、床を見る。下を向きながら、ブロンドの三編みをした女性が、トイレの隣の個室で見かけた男ものの靴を履いているのに気づく。両側に金のバックルがついている黒い革靴。私は何と言ったらいいかわからず、顔が真っ赤になって、パニックから胸にまた同じ焦燥感を覚える。ウェイターは両手を上に振りかざすと、大きな足音を立てながらセニョーラ用トイレから出ていってしまい、私とその女性だけになる。

私たちは黙ったまま立っていて、私は何かしなくてはと思い、手を洗ってみるけれど、水道の止め方がわからない。女性が手のひらで強く蛇口を叩くと、水が止まる。私が洗面台の鏡を見上げると、目尻が上がった彼女の緑色の目が私を見ている。私と同じくらいの年齢で、眉は太くて、暗い色をしている。髪は金色でストレートだ。

「これは男もののダンスシューズなの」と彼女は言う。「丘の上にあるヴィンテージショップで見つけたんだ。私はそこで働いているの」

気づくと私の濡れた指は髪の中で、髪をいじっている。彼女がそこで落ち着き払って立っている間に、私の巻き毛は縮れはじめる。

「夏の間、その店で縫い子をしているんだよ。それでこの靴をもらったってわけ」。彼女は艶のある三編みをぐいっと引っ張る。「ここらへんであなたがお母さんと歩いているのを見かけたよ」

村の広場にいる男が、トラックから拡声器で怒鳴り声を上げている。スイカを売っているようだが、叩くようにクラクションを鳴らしているから、機嫌が悪いのかもしれない。

「そう。母がここでクリニックに通っていて」。私の声は本物の負け犬みたいに聞こえる。なぜか、彼女によく思われたいと思っているのに、全然良い印象を与えられていない。心臓はまだ高鳴ったままだし、Tシャツは水浸しだ。彼女は背が高くて細い。銀色のブレスレットが二本、日に焼けた手首の回りで円を描いている。

「ここに彼と一緒に住んでいる家があるんだ」と彼女は言う。「ほとんど夏の間はここに来ているの。今日はその店のためにお直しするものが山程あってさ、そのあとロダルキラルまでドライブして夕飯を食べようって言っているの。夜にドライブするのが好きなんだよね、涼しいと特に」

彼女は私が欲しい人生を歩んでいる。その指は、まだ三編みを撫でている。

「お母さんを乗せてドライブしながら、観光に行ったりするの？」

私は、クリニックでレンタカーをピックアップしないといけないのだけど、私は運転しないし、ローズは脚に問題があると説明した。

「なんで運転しないの？」

「四回試験に落ちたから」

「そんなことありえないよ」

「それに、筆記試験も落ちたんだよね」

彼女は唇を曲げて、長く縁取られた目で私の髪を見た。「馬には乗れる？」

「乗れない」

「私は三歳から馬に乗ってる」

どう考えても、誰かに私をオススメできるようなものは何もなかった。

「さっきは勘違いしちゃってごめんね」と私は言った。それから走らずに、でもできるだけ早く歩いてセニョーラ用トイレから出た。

どこに行けばいい？　行く場所なんてどこにもない。それこそまさに、銀行の壁に貼ってあったポスターを見て、母と私がお互いに感じ取った恐怖だ。あのポスターは全部正しい。私は〈カフェ・プラヤ〉近くの広場まで歩いていって、スイカを買うふりをした。

夏の暑さの中でも奇跡的に卵を産んでいるニワトリのために、皮は取っておこう。セニョーラ・ベデロが飼っているニワトリのことだ。彼女の夫は、内戦でフランシスコ・フランコが率いるファシストの軍隊と戦って、死んだ。

スイカを売っているのは男ではない、女だ。

彼女はワゴン車の運転席に座っていて、褐色の小さな手でクラクションを鳴らしている。私はかなり混乱している。汗まみれの無精ひげをはやした男の運転手がいるところを勝手に想像していたけれど、実際は麦わら帽子をかぶった中年女性だった。彼女が着ている青いワンピースは砂漠の道路のせいで砂だらけで、とても大きな胸がハンドルに押し付けられている。

そこで私は、コーヒーを飲みきっていなかったのを思い出した。

私は〈カフェ・プラヤ〉に戻って、村の飲んだくれが朝のコニャックを流し込むみたいに、コルタードを飲み干した。

彼女だ。

男性用の靴を履いたあの女性が私のテーブルのそばに立っている。姿勢が良くて背が高い、まるで兵士みたいな女の子。海の方を見ている。ボートを見ているのだ。それに、巨大な浮き輪をつけて泳いでいる子どもたち。観光客は傘や椅子やタオルを砂浜の上に広げている。ダイビングスクールのボートは器具を全部積み終えて、海の中へと引っ張られている。私がまだ解放していない茶色のジャーマン・シェパードは、いまだに鎖をがちゃがちゃ鳴らしている。

「私はイングリッド・バウワーって言うの」

こんなに私の近くに立って、彼女は何をしているんだろう?

「私はソフィー。でもギリシャ語ではソフィアっていうんだよ」

「調子はどうなの？　ゾフィー」

彼女は、私の名前をまったく別の人生みたいに呼ぶ。私は自分が薄汚れた白いビーチサンダルを履いていることを恥ずかしく思う。夏の間にすっかり灰色になってしまった。

「唇が太陽にやられてひび割れちゃってるよ」と彼女は言う。「アンダルシアの木になるアーモンドが熟れて割れたみたい」

パブロの犬が吠えはじめる。

イングリッドはダイビングスクールのルーフテラスを見上げる。「ジャーマン・シェパードは人間に仕える犬だから、ああやって一日中鎖でつないでおいちゃだめなんだよね」

「あれはパブロの犬。みんな彼を嫌ってるよ」

「知ってる」

「今日はこれからあの犬を解放してやろうと思ってるんだ」

「そうなの!?　いったいどうやって?」

「わからない」

イングリッドは空を見上げる。「鎖を外す時、犬の目を見るつもり?」

「うん」

「だめだよ。絶対だめ。近づく時は、木になったみたいに体をじっとさせるんだよ?」

「木は一時だってじっとしてないよ」

「そしたら、丸太でいいから」

「わかった。丸太みたいにじっとするよ」

「葉っぱみたいに」

「だから、葉っぱもじっとしてないって」

イングリッドはまだ空を見ていた。「考えないといけない問題があるんだよ、ゾフィー。パブロの犬はひどい扱いを受けてきたから、急に自由になったら、きっと何をしたらいいかわからなくなる。村じゅうを走り回って、赤ん坊を一人残らず食べちゃうかもしれない。もし鎖を外すんだったら、まず犬を山に連れて行って、思い切り走らせるんだね。そうすればあの子は完全に自由になれるよ」

「でも水がなかったら、山で死んじゃうよね？」

気づくと彼女は私の方を見ていた。「より最悪なのはどっち？　お椀に一杯の水を与えられて、一日中鎖でつながれた方がいいのか、解放されて自由になって喉が渇いて死ぬ方がいいのか？」。彼女の左眉が上がった。まるで、あんた、ちょっと頭がおかしいの？　ウェイターに二枚のドアを開けさせて、そこにいもしない男を探させていたよね。それにどうやって水道の水を止めたらいいかも知らないいし、車の運転も知らないいし、野蛮な犬を解放したいって言うんだから、とでも言うみたいに。

ビーチまで歩かない？　と彼女は尋ねた。

うん。

私はビーチサンダルを蹴り飛ばし、私たちはカフェのテラスとビーチを遮っているコンクリートの階段を一緒に三段飛び下りた。歩かずにジャンプして降りたことで、何かのスイッチが入ったのか、私たちは同じタイミングで走りはじめた。まるでそこにあるのはわかっているのに、まだ見えない何かを追いかけていくみたいに、駆け足で砂浜を横切っていた。しばらくするとふたりとも速度を落として、海岸沿いを歩きだした。イングリッドは靴を脱ぎ、私を見てから、海の中へ靴を放り投げた。

私の声が「だめ、だめ、だめ」と叫んでいた。私はスカートを捲りあげると、波に飲まれそうになっている靴を捕まえようと走りだし、ようやく靴を胸に抱きしめると、海から出て、彼女に返した。

イングリッドは両方の手から一足ずつぶら下げると、水をふるい落として、笑った。「オーマイゴッド。この靴を見てよ。驚かせるつもりはなかったんだよ、ゾフィー」

「あなたのせいじゃないよ。どっちみち私は驚いたんだから」

なんでそんなことを言ったんだろう？　本当に私はどっちみち驚いたの？

私たちは子どもたちが親と一緒に作っている砂の城をよけながら、歩き続けた。小塔や堀のある入り組んだ王国。七歳位の女の子が腰まで埋められていて、脚は生き埋めにされていた。その間、他の三人の姉妹は人魚の尾を作っている。私たちはその女の子を飛び越えると、また走ってビーチの端まで行った。岩場のそばにある黒い海藻の塊の上に私がひざまずくと、イングリッドもそうした。私たちは仰向けで寝転がり、横に並んだまま、青い空に浮かぶ青い凧を眺めていた。彼女の息遣いが聞こえた。凧が突然しわくちゃに丸まって、下降しはじめた。これまでの人生を全部、うねるような波と一緒に消し去って、違う人生をはじめたいと思った。でもそれが本当に何を意味するのか、そのためにはどうしたらいいのかはわからなかった。

イングリッドのショートパンツの後ろのポケットで、電話が鳴っていた。彼女が寝返りをうってうつ伏せの姿勢で電話に手を伸ばしたので、私もうつ伏せになった。それからふたりは体をもっと近くに寄せ合った。私のひび割れた唇が彼女のたっぷりとした柔らかな唇に触れ、私たちはキスをしていた。潮が満ちてきていた。目を閉じると、海がくるぶしを包むのが感じられた。心にパソコンのスクリーンセーバーが浮かんだ。デジタルの空に映し出された星座たち。ガスや埃でできたピンクの光の渦。電話はまだ鳴っていたけれど、私たちはキスをやめなかった。イングリッドはメデューサに刺された私の肩を摑んで、紫のミミズ腫れを強く押していた。痛かったけれど、私は気にしなかった。それから彼女は私から身を離して、電話に出た。

「今、ビーチにいるんだよ、マティ。海の音が聴こえるでしょ？」。彼女は電話を波の方に向けた。でも彼女の切れ長の緑色の目は私を見ていた。同時に、唇が動いてこう言っていた。「遅れてる。すっごく遅れてる」。それが何であれ、彼女が遅れているのは私のせいだと言うみたいに。

　私はわけがわからなくなって立ち上がり、その場を去った。

　私の名前を呼ぶ彼女の声が聞こえたけれど、振り返らなかった。姉妹に砂に埋められて人魚になった少女には、今ではもう立派な尾ひれができていて、貝殻や小石で飾りつけられていた。

「ゾフィー、ゾフィー、ゾフィー」

　私は呆然としたまま歩き続けた。現実にやってしまった。私は震えていて、長過ぎるくらいずっと自分の気持ちを抑えていたことに気づいた。私の体、私の肌、「人間」を意味するギリシャ語のアンスロポスと「研究」という意味の「ロジア」に由来するアンソロポロジー（人類学）という言葉。もし人類学が何百万年も前のはじまりの時から現在までの人類を研究することであれば、私は自分自身を研究するのがあまり得意ではない。これまでアボリジニ文化や、マヤの象形文字や、日本車産業の企業文化は研究してきたし、他のさまざまな社会に特有のロジックについての論文を書いてきた。でも自分自身のロジックについては見当もつかない。突然起きたさっきの出来事は、これまでの人生で最高のことだった。イングリッドが肩のメデューサの刺し傷を強く押していた感触が、一番強く残っている。

彼女は広場でピーチティーを飲んでいて、暑くてたまらない。着ている青と黒のチェックのシャツは冬用で、アンダルシアの夏には向いていないからだ。彼女は自分のことをワークシャツを着たカウボーイで、いつもひとりで、夜になると山が描く地平線を見たり、あの星々を見てよと言ったりする相手は誰もいないと考えているのだろう。

ノックする音

今夜、誰かが私たちの住むビーチハウスの窓をとんとんと叩いている。二度確認したけれど、誰もいない。カモメか、ビーチの砂が風で飛んできたのかもしれない。鏡を見ても、私は自分のことがわからない。

日に焼けていて、髪の毛は手に負えないくらい伸びていて、歯は日焼けした肌に反してもっと白く見えるし、目ももっと大きくなって輝いている。母は私に向かって、「ちゃんと靴紐を結んでちょうだい！」と叫んでいるから、泣くにはますます好都合だ。その都度走って行って、母の足元にひざまずいて靴紐を結び直すけれど、いつもほどけてしまうので、私はついに床に座り込んで、母の脚を自分の膝に載せ、前に作った結び目を全部ほどいて、新しい結び目を作る。ほどいたり、解いたり、最初から全部やり直すのは骨の折れる工程だ。私は母に、そもそもなぜ靴を履く必要があるのかと尋ねた。特に紐のついた靴を。もう夜で、外出する予定もないのに。

「紐靴を履いている方がものごとがよく考えられるのよ」と母は言った。

私が足元に専念している間、彼女はリクライニングチェアに横たわって、白しっくいの壁を見つめている。もし私に椅子を回転させてくれたら、夜の星々を見ることができるだろうに。ほんの少し動くだけで見え方は変わるはずなのに、母には関心がない。星々は彼女を侮辱しているように見えるし、ありとあらゆる星は彼女を不快にさせるのだ。母は私に、頭の中ではある景色が見えていると言う。ヨークシャー丘陵の景色。彼女は小道を歩いていて、芝生は緑豊かで湿っていて、雨が優しく彼女の髪に落ちる。霧雨が降っていて、リュックサックにはチーズ・ロールがひとつ入っている。私は、ヨークシャー丘陵で母と一緒にそうして歩いていたいと思う。喜んでロールパンにバターを塗るし、地図も広げる。そう伝えると母は微かに笑うけれど、それはまるで自分の脚を諦めると誰かに宣言したとでも言うみたいだ。今夜、私は過敏になっている。誰かが窓を叩く音がまだ聞こえる。もしかすると、壁の中に隠れているネズミかもしれない。

「あなたはいつもすごく遠くにいるのね、ソフィア」

もしかすると父かもしれない。母の面倒を看るためにやって来て、私に一息つかせてくれようとしたのかも。あるいは、北アフリカから海岸に泳ぎ着いた亡命者か。そうしたら、ほっと一息つけるように、一晩彼女を泊めてあげよう。本当にそうだったら、きっとそうする。きっと。

「冷蔵庫に水はある、ソフィア?」

私は公衆トイレのドアについている、私たちが何者かを示す標識について考えている。

Gentlemen　Ladies
Hommes　Femmes
Herren　Damen
Signori　Signore
Caballeros　Señoras

私たちはみんな、それぞれの標識の中に隠れているのだろうか？

「水を持ってきて、ソフィア」

私はイングリッドが電話を波の方に向ける仕草を思い出している。今、ビーチにいるんだよ、マティ。海の音が聴こえるでしょ？

ボーイフレンドと話す間、彼女は片脚を私の右太ももの内側の、ちょうど膝の上あたりに載せていた。

彼女は履いていた男ものの靴を海藻の上に放り投げた。波が押し寄せるたびに、海藻は小さなボートのように揺れた。悠然と動く黒い海藻の塩気を含んだミネラルの匂いは、魅惑的で強烈だった。

今、ビーチにいるんだよ、マティ。海の音が聴こえるでしょ？

メデューサがたくさん浮かんでいる海。

彼女の青いベルベットのショートパンツをずぶ濡れにした海。

私は母の靴紐にできた古い結び目をほどいては新しい結び目を作り続ける。絶対に誰かが窓を叩いている。今回はとんとん叩くというよりも、強くノックしている。私は膝から母の脚をどかすと、ドアへ向かった。

「誰かお客さんが来るの、ソフィア？」

来ないよ。いや、きっと来るはず。もしかすると私は誰かがやって来るのを待っているのかもしれない。

苛立った顔をして、銀色のグラディエーターサンダルを履いたイングリッド・バウワーがいる。

「ゾフィー、ずーっとノックしてたんだよ」

「姿が見えなかったから」

「でも私はここにいたよ」

彼女は、私の置かれた状況についてマシューと話していたと言う。

「状況って？」

「移動手段がないってこと。ここは砂漠地帯なんだよ、ゾフィー！ マシューは明日ゴメス・クリニックから車を取ってきてあげるって言ってた」

「車があったらいいだろうね」

「刺されたところを見せて」

私は袖をまくって紫色のミミズ腫れを見せた。かさぶたになりかけていた。

イングリッドは指で刺し傷をなぞった。「ゾフィーは海の香りがする」と彼女は囁いた。「ヒトデみたい」。彼女の指は私の脇の下まで下りてきている。「あの小さなモンスターたちは、本当にゾフィーを追いかけてるんだね」。携帯電話の番号を訊かれたので、私は彼女の手のひらに書いた。

「次はノックしたらドアを開けてよね」

私はいつもドアには鍵をかけていないよ、と彼女に伝えた。

ビーチハウスは暗い。壁が厚いので、暑い夏でも中はひんやりしたままだ。日中でもたまに夜と同じように電気をつけている。イングリッドが帰ってから間もなくして、突然電気が消えた。私は椅子に乗って、バスルーム近くの壁にとりつけられたヒューズボックスを開け、ブレーカーのスイッチを下げた。再び電気がつくと、私は椅子から降りてローズにお茶を淹れた。彼女は荷物にヨークシャーの紅茶のティーバッグを五箱詰めて、スペインまで持ってきていた。ハックニーの家がある通りの角には、そうしたティーバッグを揃えている店があって、母はそこまで歩いていってまとめて買い、歩いて家まで帰ってきたのだ。母の不自由な脚にまつわる謎。時々、母の脚はまるで幻の義足みたいに世の中に出ていく……。

「スプーンを取ってちょうだい、ソフィア」

私はスプーンを母に渡した。

こんなふうに生きてはいられない。あらゆることにおいて、ブレーカーのスイッチを下ろさなくちゃならない。

時間は粉々になって、私の唇みたいにひび割れている。フィールドワークのためのアイデアを書き留めていると、私は自分が過去形で書いているのか、現在形で書いているのか、それとも同時に両方の時制で書いているのか、わからなくなる。

しかもまだパブロの犬を解放していない。

ギリシャ人の女の子が、夜、蚊取り線香に火を点ける時、彼女のお腹と胸の曲線が見える。乳首は彼女の唇よりも色が濃い。良い香りが漂う真っ暗な部屋の中で、蚊の餌食になりたくないのなら、彼女は裸で寝るのをやめるべきだ。

ローズに海を連れていく

ゴメスが母をランチに連れ出す間、私は同じテーブルの席に座って完全に沈黙を守ると約束していた。彼は私に話すことを禁じ、彼の判断を信じて欲しいと言った。それどころか彼は、毎日クリニックのスタッフがローズをビーチハウスから連れ出すようにするから、私は好きなことをすればいいとも言った。毎週火曜日、ゴメスはクリニックに私を呼び出したが、それは私が母の近親者だからで、それ以外のことは、私が自分で決めればよかった。ゴメスはローズについて知りたがった。本当に彼女の症例に当惑していたからだ。でも、なぜ歩けないのかということには関心を持っておらず、ただ、なぜ彼女が断続的には歩けるのかについて知りたがっていた。身体的な痛みが原因である可能性が高いように思えたけれど、医学理論の言いなりになってはいけない。私はどう考えていたんだった?

私はゴメスを自分のリサーチ・アシスタントのように考えていた。生まれてから私はずっと母らと。

の症状と向き合ってきたけれど、彼ははじめたばかりだ。母の症状ということになると、勝利と敗北の間に、はっきりとした境界線はない。ゴメスが診断を下すやいなや、母はまた違う症状を訴えて彼を当惑させる。彼はそれをわかっているようだ。昨日は、死んだ虫、例えばハエなんかに最近の不調について話してみるように母に言っていた。虫ならピシャリと叩きやすいからだ。

彼は、こうした奇妙な行動に身を委ねるよう母に提案し、虫が死ぬ前にたてるブンブンという音の単調さに耳を傾けてみるといいと言った。母ならきっと、そのブンブンという、ことあるごとに人間の耳を苛立たせる音が、ロシアの民族音楽の音色や音の調子と似ているとわかるはずだか

あんなに口を開けて大声で笑う母を見たのは初めてだ。同時に、彼は母のためにさまざまな検査の予約を入れていて、彼のもとで働くスタッフは、母の右脚に巻かれた銀色の線が入った包帯の手当てをしている。

村の広場のレストランでは、三人がけのテーブルが予約してあった。ゴメスは、母が比較的簡単にビーチハウスからそこまで歩いていけると思ったのだ。でもそこまで歩いていくのは簡単ではなかった。母は広場で、前夜に掃除されなかったピスタチオの殻につまずいた。私は一時間かけて靴紐の問題を解決したというのに、結局ローズは大きなエンドウ豆くらいの大きさのナッツで転んだのだ。

ゴメスはすでにテーブルについていた。彼はローズの向かいに座り、私は言われたとおり彼の隣に座った。フォーマルなたて縞のスーツは、エレガントなクリーム色の麻のスーツに代わっていて、堅苦しくないわけではないけれど、有名なコンサルタントとして彼が初めて自己紹介した

時よりは事務的な印象は受けなかった。ポケットに入れられた黄色のシルクのハンカチは、昔ながらのやり方で直角に折られてはおらず、丸みを帯びた形をしていた。ゴメスは洒落ていて、優しくて、礼儀正しかった。彼と母は二人ともメニューを凝視していて、私は日帰り旅行中の唖者みたいにサラダを指さした。ローズは時間をたっぷりかけて白豆のスープを選び、ゴメスは大げさな身ぶりでその店の自慢料理である蛸のグリルを注文した。

ローズはすぐ、魚のアレルギーがあるから、食べると唇が腫れてしまうと彼に伝えた。彼が理解できていないのがわかると、彼女は身を乗り出して私の肩をつついた。「私は魚が食べられないって言ってよ」

私はゴメスに言われていた通り、何も言わなかった。

母は彼に目を向けた。「私はどんな魚にも近寄れないんですよ。あなたが注文した蛸から上がる蒸気がこちらに漂ってきたら、じんましんが出るわ」

ゴメスはあいまいに頷くと、彼女の手を取った。母は驚いていたけれど、私は彼の指が手首に置かれているのを見て、脈をとっているのかもしれないと思った。「ミセス・パパステルギアディス。あなたは魚の油が入ったサプリメントを飲んでいるし、グルコサミンも摂っていますよね。うちの研究室で分析したんです。あなたが摂っているグルコサミンは、甲殻類の外殻でできていますし、他のサプリメントも、サメの軟骨から抽出されたものですよ」

「ええ、でも私は他の種類の魚のアレルギーなのよ」

「サメは甲殻類ではありませんよね」。ゴメスの金色の前歯が太陽に照らされて光った。日陰の席を予約しなかったせいで、彼の髪の白い筋は汗で湿っていて、ジンジャーの香りがした。

ローズがワインリストに手をのばすと、彼は巧みにそれを奪って、テーブルの端へやってしまった。「駄目ですよ、ミセス・パパステルギアディス。酩酊した患者さんとは向き合えません。もしここが診察室だったら、ワインを出したりなんてしませんよ。私はただ場所を変えただけです。これは診察なんです。太陽の下で行ったっていいでしょう？」

ゴメスは片手を挙げてウェイトレスを呼び、特定のミネラルウォーターをボトルで注文した。彼はローズに、この水はミラノで瓶詰めされて、シンガポールに輸出され、そこからスペインに輸出されたものだと説明した。

「ああ、シンガポール！」。ゴメスは手を叩いた。多分もっと注目して欲しいと思ったのだろう。「先月行われたシンガポールでの会議では、すごく緊張していたんですよ。朝食の時にホテルの噴水でコイに餌をやって、午後になったら南シナ海を見渡せば落ち着くってアドバイスされましたよ。〝南シナ海〟って、本当に美しい言葉だと思いませんか？」

ローズは顔をしかめた。まるで何かを美しいという考えが彼女にとっては傷ましいとでも言うように。

ゴメスは椅子の背もたれに寄りかかった。「そのホテルの屋上にあるプールでは、イギリス人観光客たちがビールを飲んでいたなあ。彼らは水の上で仰向けに浮かびながらビールを飲んでいたけど、南シナ海は一度も見ていなかった」

「プールの中でビールを飲むなんて、私にはすごく素敵なことのように聞こえますけどね」と、ローズはとげとげしく言った。まるで自分はランチのお供に水を飲むのは特段好きなわけではないと、ゴメスに気づかせようとするみたいに。

彼の金歯は炎のようだ。「あなたは太陽光の下で座っているじゃないですか、ミセス・パパステルギアディス。ビタミンDは骨にいいんですよ。水を飲まなくちゃいけません。さて、ここで真面目な質問をします。どうしてあなた方イギリス人は『ワイファイ』って言うんです？　スペインでは『ウィーフィー』って言うんですよ」

ローズはまるで自分の尿を飲むように言われたかのように、水をすすった。「それはどう考えても、母音にかかる強さが違うんだと思いますよ、ミスター・ゴメス」

痩せた男の子が、広場の真ん中でビニール・ボートを膨らませている。年は十二歳くらいだろうか。モヒカンに刈られた少年の髪は緑色に染められていて、彼はアイスクリームに食らいつきながら、プラスチックのポンプを片足で踏みつけていた。時折、五歳くらいの妹がしわくちゃのビニール・ボートまで走ってきて、それが航海に適したものへと変身する工程を見ていた。

ウェイターが、腕を曲げた部分に皿を載せて、うまくバランスを取りながら、サラダと豆のスープを運んできた。彼はゴメスの肩の方に身を乗り出すと、彼の前に敷かれた紙のランチョンマットの上に巨大な皿を、芝居がかったように置いた。その上にはグリルされた蛸（ポルポ）の紫の触手が載っている。

「そうそう、これだよ、グラシアス」とゴメスはアメリカ英語訛りのスペイン語で言った。「僕はこの生き物に目がなくてね！」ポルポの紫の触手が載った巨大な皿が、紙のランチョンマットに置かれた。「このマリネには最高の栄誉を与えたいですよ。チリにレモン汁にパプリカ！　古代から深いところに生息しているこの生物に感謝します。グラシアス、ポルポ、きみの知性と謎と素晴らしい防衛メカニズムに感謝！」

気づくとローズの左頬には、赤いミミズ腫れが二本できていた。

「ご存知ですか、ミセス・パパステルギアディス。蛸はカモフラージュのために自分の皮膚の色を変えることができるって。アメリカ人として私は、今でもポルポは謎めいていると思うし、ほんの少しだけモンストロ（モンスター）みたいだなって思っているんです。でもスペイン人の部分の私は、すごく馴染みのあるモンスターだと思っているんですよ」

　ゴメスはナイフを取ると、吸盤のついた青黒い蛸の触手を切り落とした。そして食べる代わりに、地面に落とした。あからさまに村の猫たちに一緒にランチをしようと誘っているのだ。猫たちは、テーブルの下で彼の靴の周りをくるくると回りはじめた。彼らは一欠片の海のモンスターをものにしようと闘うために、あらゆる方角からやってきた。ゴメスはポルポのゴムのような肉をそっと切り取ると、口の中に押し込んで美味しそうに食べた。しばらくすると、彼は触手をあと三つ猫たちの脚もとに落とさないでいる理由はないと思いはじめた。

　母は静かになって、ゾッとするくらい身動きしなかった。木や葉っぱや丸太みたいにじっとしているのではなく、死体のように動かない。

「ワイファイの話をしていたんでしたね」とゴメスは続けた。「そのなぞなぞの答えを教えてあげますよ。私は『フランシス・オブ・アッシジ（アッシジの聖フランシスコ）』と韻を踏むように『ウィーフィー』って言うんです」

　ゴメスの靴の上には、痩せた三匹の猫が座っている。

　どうせローズはずっと息をしていたはずだ。ゴメスに盾突いていたのだから。目の白い部分がピンク色になって腫れているのがわかる。「あなたは、どちらの医学部で勉強されたんです？」

「ジョンズ・ホプキンス大学です、ミセス・パパステルギアディス。ボルチモアの」

「この人、私たちをからかっているのよ」とローズは聞こえるくらい大きな声で囁いた。

私はフォークでトマトを突き刺しただけで、返事はしなかった。なににせよ、私は彼女の塞がってしまいそうな左目が気になっていた。

ゴメスは母に豆のスープを楽しんでいますか？　と尋ねた。

「〝楽しむ〟っていうのは強すぎる言葉だわ。しっとりはしてるけれど、味がないわね」

「どうして〝楽しい〟が強すぎるんです？」

「このスープに対する私の考えを言い表すには、正確ではない言葉なんですよ」

「楽しいことへの欲求が、また元気を取り戻してくれることを願っていますね」と彼は言った。

ローズは私の目を見つめながら、充血した目を休めた。私は裏切り者のように視線をそらした。

「ミセス・パパステルギアディス」とゴメスは言った。「私に話しておきたい敵はいませんか？」

母は椅子の背もたれに寄りかかって、ため息をついた。

ため息って何だろう？　これもまたフィールドワークの良い題材になるかもしれない。ただ聞こえるくらい長く音をたてて深く息を吐き出しただけ？　ローズのため息には強度が感じられて、穏やかさはなかった。苛立ちはあれど、悲しみは感じられなかった。ため息は呼吸器官をリセットするので、母がずっと息を止めていた可能性もある。つまり、彼女は見かけよりもずっと神経質になっているということだ。ため息は難しい課題を与えられたことに対する感情的な反応なのだ。

母は敵をリストにして書き出していたので、私は彼女がそれについて考えていたことを知っていた。ひょっとして私もそのなかに入っていたりして？

驚いたことに、彼女の声は落ち着いていて、口調は優しいとも言えるものだった。

「言うまでもなく、最初の敵は両親ですよ。二人は外国人が嫌いなのに、私はギリシャ人の男と結婚したわけだから、当然といえば当然ですけどね」

微笑んだゴメスの唇は蛸の墨で黒くなっていた。

彼は手振りで母に話を続けるように促した。

「両親は二人とも、介護してくれていた浅黒い肌の親切な看護師の手を握ったまま、息を引き取ったんです。でも今になって彼らを非難するのは無作法かもしれないわ。まあ、いずれにしても私はやめませんけど。〝天国〟にいる両親に言うわ。あなたたちが死ぬ時に横にいてくれた看護師の名前の正しいつづりを、私に教えるのをお忘れなくってね」

ゴメスはナイフとフォークを皿の端に置いた。「イギリスの国民健康サービス（ＮＨＳ）のことを言っているんですよね。でもたしかあなたは、民間療法を選んだのではなかったでしたっけ？」

「そのとおりよ。今は少しそれを恥じてるわ。でもソフィアがあなたのクリニックを調べて、試しにやってみたらって背中を押してくれたんですよ。私たちは行き詰まっていたから。そうよね、ソフィア？」

私は広場で空気を入れられているボートを見つめていた。色は青くて、側面には黄色のたて縞がついている。

「あなたはギリシャ人の男性と結婚されたんですね？」

「そうです。十一年間、子どもができるのを待ったわ。やっと授かって、娘が五歳になると、クリストスはアテネでもっと若い女を見つけなさいって言う神の声に呼ばれたの」

「僕はカトリック信者なんですよ」

ゴメスは地球外生命体の蛸をすくい上げて、口の中に入れた。「それはそうと、ミセス・パパステルギアディス、僕の名前のGómezはゴメスって発音するんです」

「あなたの信仰心は尊重しますよ、ミスター・ゴメス。あなたが天国に行ったら、天国の門にはウェルカム・ディナーのために干している蛸が飾られているかもしれないわね」

ゴメスは母から投げられてくるものは全部、受けて立とうとしているようで、もはや最初に会った時のたしなめるような口調ではなくなっていた。彼女の目はもう充血しておらず、左頬のミミズ腫れは落ち着いていた。「唯一無二のこの子ができるまでだいぶかかった」

ゴメスは膨らんだまま上着のポケットに入れられたシルクのハンカチに手を伸ばして、母に渡した。「神と、歩くこと。ひょっとするとこの二つがあなたの敵なのでは？」

ローズは目もとを抑えた。「歩くことじゃないわ、外を歩くことよ」

私は床に落ちている煙草の吸殻を情けない気持ちで見つめた。話さないでいられて心底ほっとしていた。

ゴメスは優しかったけれど、しつこかった。「なんて呼ぶのかっていう名前の問題はトリッキー（やっかい）ですね」。彼は「トリッキー」を「ウィーフィー」と韻を踏むように発音した。「実際、僕には二つ姓があるんです。ゴメスは父の名前で、ルーカスは母の名前。自分で短くしたわけですが、正式な名前はゴメス・ルーカスなんです。娘さんはあなたのことをローズと呼びますが、あなたの正式な名前はママですよね。落ち着かなくはないですか？　〝ローズ〟と〝ミセス・パパステルギアディス〟と〝お母さん〟とを行ったり来たりするのは」

「随分と感傷的なことをおっしゃるんですね」とローズはゴメスのハンカチを強く握りしめて言った。

私の携帯電話からメッセージの着信音が聞こえた。

車が用意できた
鍵を取りに来て
ゴミ箱の近くに停めたよ
インガ（イングリッドを短くした呼び方）

私はゴメスに耳打ちして、レンタカーの準備ができたので席を離れないといけなくなったと伝えた。完全に関心をローズに向けていた彼は、私を無視した。すると突然、私は嫉妬を覚えた。そもそもはじめから私に向いていなかった関心を失って寂しいとでも言うみたいに。


駐車場はビーチの裏にある干からびた低木地の一角にあり、そこは村の住人のゴミ捨て場だった。悪臭を放つゴミ箱は、腐敗するイワシや鶏肉の骨、野菜の皮で溢れていた。黒いハエの群れをかいくぐっていく時、私は一瞬立ち止まってそのブンブンという音を聞いた。

「ゾフィー！　速く、速く、走って！　ここに立ってると暑くて」

ハエの羽は入り組んでいて、脂ぎっていた。

「ゾフィー！」

私はイングリッド・バウワーに向かって走り出した。

そして速度を落とした。

一匹のハエが手に止まっていた。ピシャっと叩いてやったけれど、私は体の不調を訴えたりはしない。

その代わり、願い事をした。

驚いたことに、口から出た言葉はギリシャ語だった。

イングリッドは赤い車に寄りかかっていた。ドアは全部開いていて、三十代初頭のおそらくマシューと思われる男が運転席に座っていた。最初彼は鏡で熱心に自分の姿を見ているのかと思ったけれど、近づいて見ると、電気カミソリでひげを剃っていた。

イングリッドの脚の上で何かがキラキラと光っていた。彼女は銀色のグラディエーターサンダルを履いていて、まるで宝石で飾り立てられたみたいに、紐が十字模様を描くようにすねで結ばれていた。ブーツでもサンダルでも、紐が結ばれているのが脚の高いところであればあるほど、戦士の階級は高くなる。

駐車場の埃と低木の中で、私はイングリッドはコロシアムで闘うグラディエーターなのだと思った。敵の血は砂にまみれて吸収されることだろう。

「彼はボーイフレンドのマシュー」と彼女は言った。そしてひんやりとした手で私の汗ばんだ手を握ると、車の中に押し込もうとしたので、私は彼の上に倒れ、そのはずみで彼の手から電気カミソリが落ちてしまった。フロントガラスに貼られたシールには、「ヨーロッパカー」というレンタカー店の名前が書かれている。

「おい、インガ、ほどほどにしろよ」

マシューの髪はイングリッドのようにブロンドで、シェイビング・フォームで覆われたままの顎の下あたりまであった。私は彼の膝の上に倒れ込んだので、もつれた体をもとに戻さなければならず、その間、レンタカーの床の上では電気カミソリがぶんぶんと音を立てていた。なんとか車から抜け出して、ゴミ箱から漂ってくる腐敗臭を嗅ぐと、腕の刺し傷がうずきはじめた。ハンドルに強くぶつけてしまったのだ。

「ジーザス」とマシューは言って、イングリッドを睨みつけた。「今日はどうしちゃったんだよ」。彼はカミソリを拾うと車から降りた。そして電源をオフにして、彼女に持っていてもらうと、白いTシャツをベージュ色のチノパンにたくし入れた。それから私と握手して「やあ、ソフィー」と言った。

私は車を取ってきてもらったお礼を伝えた。

「たやすい御用だよ。ゴルフを一緒にやる同僚が車で送ってくれたんだ。だから僕のかわいい恋人は後ろで寝ていられたってわけさ」。マシューは腕をイングリッドの肩にだらりとまわした。フラットなサンダルを履いていても、彼女は頭二つ分くらい彼よりも背が高かった。

マシューの顎の半分はまだシェイビング・フォームで覆われていた。どこかの部族のしるしみたいだ。

「ねえ、ソフィー。この天気ヤバくないか？」

イングリッドは彼の腕を押しのけると、レンタカーを指さして言った。「ゾフィー、車は気に入った？　シトロエン・ベルランゴだよ」

「うん、この色はどうかなって思うけどね」

イングリッドは私が運転しないと知っているので、なぜ彼女が私の代わりに車を取りに行くという面倒をわざわざ買って出てくれたのかはよくわからなかった。

「うちに来て、私が作ったレモネードでも飲まない？」

「いいね、でも無理なんだ。母の主治医と広場でランチをしている途中なの」

「そうか。そしたらまたビーチで会えるよね？」

マシューは突然明るさをとり戻し、愛想が良くなった。「このヤバい電気カミソリでひげを剃り終えたら、ベルランゴに鍵をかけておくよ。そしてきみのテーブルまで鍵と書類を持っていってあげる。ところで、なんで彼らはオートマ車を手配しなかったんだろうね？　きみのお母さんは、歩けないんだろ？」

イングリッドはイライラしているみたいだったが、なぜかはわからなかった。彼女がふざけたようにマシューの膝を銀色のサンダルの底で蹴ると、彼は彼女の脚をつかんで埃の中でひざまずき、十字模様に編まれた紐の間から見える彼女の日に焼けたすねにキスをした。

広場に戻ると、母とゴメスは仲良くやっているように見えた。二人は何か深刻な話をしていて、私がテーブルに戻っても気づかなかった。どう考えてもローズは興奮しているようにしか見えなかった。頬を紅潮させて、こびるような素振りを見せていた。靴すら脱いでいて、太陽の下で裸足になって座っていた。一時間かけて靴紐をほどいてあげた靴は、放り出されている。私はふと、母がもう何十年もひとりで寝ていることに気づいた。私が五歳、六歳、七歳の時、父がいなくなると時々私は母のベッドに潜り込んだけれど、それでもどこか不安を感じたのを覚えている。離陸した飛行機がタイヤを機体に戻すみたいに、母はどんどん大きくなる子どもを、子宮の中に戻そうとしているかのようだった。今彼女は、飲むのをやめるように言われた三種類の薬がいかに必要なのか、不自由な脚を治すためにスペインに来たことが、いかに不可能なことを望む、ないものねだりなのか話している。つまり、自分たちには理解できないような治療法を探していたと言いたいのだろう。

一度でも私がある見方で母を見てしまえば、彼女は姿を石に変えるだろう。厳密に言えば、母ではない。アレルギーや、めまいや、動悸や、副作用といった言葉が石に変わる。私はこうした言葉を、完全に死に追いやるのだ。

モヒカン刈りの痩せた少年はまだビニール・ボートを膨らませていた。弟がオールを持ってきて、妹が青いボートを素足で突ついている間、彼らは熱い議論を交わしていた。新しいボートで海に乗り出す冒険にみんな興奮していた。ワクワクさせられるには妥当な出来事だ。離脱症状を待つのとは違う。

ゴメスの唇は先ほど堪能した蛸で黒くなっていた。「でもいいですか、ローズ。僕はポルポを頼んで、あなたのために海を連れてきたわけですが、あなたは生き延びましたよ」

微笑むと、ローズはかわいらしく、生き生きとしているように見えた。「私はここでお金をむしり取られているんですよ、ミスター・ゴメス。デボン州なら百ポンドもかけずに行けて、今ごろはビスケット一箱を膝に載せて海辺に座って、大勢いるイギリス犬のなかの一匹を撫でていたかもしれないのよ。あなたはデボン州に行くよりも高いわ。正直に言って、がっかりしているんですよ」

「がっかりしているとは、よろしくないですね」とゴメスは同調した。「お気の毒です」

ローズはウェイターに向かって手を振ると、リオハ産のワインを大きなグラスで注文した。

こちらをちらっと見たゴメスの表情から、私は彼がワインのことで苛立っているのがわかった。

テーブルは不安定で、ランチの間じゅうずっとぐらついていた。彼はポケットから処方箋の紙をとり出すと、五枚分を破り取って四角く畳んだ。「ソフィア、テーブルを一緒に持ち上げてくれないかな？　そうしたらこれを脚の下に押し込むから」

私は立ち上がって、自分に一番近い角をしっかりと握った。プラスチック製のテーブルにしてはびっくりするくらい重かった。ゴメスが紙を差し込む間、地面から半インチ持ち上げるだけでも力が必要だった。

するとローズが突然飛び上がった。「猫にひっかかれた！」

私はようやく安定したテーブルの下を覗いた。一匹の猫が母の左脚の上で座っていた。

ゴメスは左の耳たぶを引っ張った。私は、彼がそうやって何かを心に刻んでおこうとしているのだと察した……私がこれまでずっとそうしてきたみたいに。もし母の脚に感覚がないのなら、脚をひっかく何かの爪を想像で作り上げたことになる。

まるで、ゴメスがシャーロックで私がワトソンになったみたいだった。私の方が経験があることを考えれば、その逆かもしれない。彼は村の猫をランチに誘うことで、母に本当に脚の感覚がないのか試そうとしたのだ。もう一度テーブルの下を覗き込むと、彼女の足首には小さな傷ができていて血が滲んでいた。母は間違いなく、爪が肌に食い込むのを感じたのだ。

なぜゴメスが母にレンタカーを運転する許可を与えたのか、やっと理解できた。

誰かがテーブルの傍をうろうろしていると思ったら、すっかりひげを剃り終わったマシューが母の後ろに立っていた。「すみません」。車の鍵と紫色のプラスチック製のケースを私に渡そうとしてローズの方に身を傾けた時、彼は彼女にそう言った。「書類は全部この中に入っていますから」

「あなたは誰？」。ローズは煙に巻かれたような顔をして言った。

「僕はイングリッドのパートナーで、娘さんの友人ですよ。彼女からあなたが車がなくて困っていると伺ったので、今朝レンタカーを取ってきて差し上げたんです。なかなかスムーズに走る車ですよ」。マシューはそう言うと、蛸の足をくちゃくちゃと噛んでいる猫をちらっと見て、しかめ面をして見せた。「ここらの野良猫は病気を持っていますよ」

ローズは頬を膨らませて、いたずらっぽい笑みを浮かべながら頷いた。「ソフィア、どうしてこの方を知っているの？」

話すことを禁じられていたので、私は黙っていた。

マシューとはどうやって知り合ったんだっけ？

今、ビーチにいるんだよ、マティ。海の音が聴こえるでしょ？

今、ビーチにいるんだよ、マティ。海の音が聴こえるでしょ？

ゴメスが代わりに話してくれたので、それ以上悩む必要はなかった。

彼は礼儀正しく、私たちのために車を運んでくれたことについてマシューに礼を伝え、保険に関してはナース・サンシャインがちゃんとしてくれているといいけれど、と言った。マシューは、何も問題ないと答え、親切にも車に乗せてくれた同僚と一緒にクリニックの〝ヤバい〟庭を歩くのは楽しかったと言った。もっと他にも言いたいことがあったようだったが、彼の腕を叩く母に中断された。

「マシュー、助けて欲しいの。家まで送ってちょうだい。休みたいわ」

「ああ」とゴメスは言った。「ベッドで横になって休んだほうがいいな！　でもなぜですか？　朝から晩までつるはしで道路の玉石を叩いて壊していたわけでもないのに」

ローズはマシューの腕をもう一度叩いた。「私はまともに歩けないの。それに猫にも襲われたばかりだしね。腕を貸してもらえたら嬉しいわ」

「どうぞ」。マシューは歯を見せてにこりと笑った。「でもまずは、この卑劣な猫どもを追っ払いましょう」

彼は茶色のツートーンのブローグシューズ（穴飾りのついた革靴）でセメントを踏みつけた。マッシュルームのような髪型のせいか、その姿は癇癪を起こした背の低いヨーロッパの王子みたいだった。猫たちは一斉に逃げていったけれど、恐れをしらない雄猫が一匹残った。マシューは広場を横断するようにジグザグ模様を描きながらその猫を追いかけ、猫がいなくなったのを確認すると、母に手招きした。母はすでに靴を履きなおしていた。

マシューは私たちのテーブルから四ヤード離れたところに立っていたが、彼はその距離だとローズが彼の腕まで歩いていくのにどれくらい時間がかかるかわかっていなかった。母が脚を引きずりながらマシューの方に向かって歩く間、彼は二回ちらりと腕時計を見た。そもそも到着して欲しいとは特に思っていない男に向かって、母が一生懸命歩く姿を見るのは、やりきれなかった。そうしてついに母は彼の腕に自分の腕を置いた。

「よく休んでくださいね、ミセス・パパステルギアディス」。ゴメスは手を上げると、二本の指を彼女の方に向かって振った。

最後にもう一度ゴメスを見ようと振り返ったローズは仰天した。彼はちょうど彼女が頼んだスープを飲み干そうとしているところだったのだ。

しばらくするとゴメスは、ずっと黙ったままでいられておめでとうと私に言った。「お母さんの代わりに話さなかったね。大したものだ」

私は黙っていた。

「彼女がどれだけ怒りを感じながら、あるいは不満を抱えながら歩いているかわかるようになると思うよ」

「そう、母はたまに歩くんですよね」

「クリニックのスタッフが彼女の骨の健康状態、特に脊椎や臀部や前腕を調べるために、色々検査をする予定だ。でもレストランまで歩いてくるところを見ていたけれど、躓いた時も、筋を違えたり、捻挫したり、骨折したりはまったくしなかったよね。そうすると骨粗しょう症っていう線は外れる。彼女が歩かないことに懸命になっているのが心配だね。僕に助けられるかはわからないな」

私はゴメスにどうか諦めないでとお願いしそうになったけれど、まだ声が戻ってきていなかった。

「ひとつ聞いてもいいかい、ソフィア・イリーナ。きみのお父さんはどこにいるの?」

「アテネです」と私は低いしわがれた声で言った。

「そうなんだ。写真は持ってる?」

「いいえ」

「なぜ?」

私の声はあの猫みたいに追い払われていた。

瓶詰めはミラノでされたけれど、その後にシンガポールと関連していたという水をゴメスはグラスに入れて渡してくれた。私は一口すすってから、咳払いをした。

「父は恋人と結婚して、二人の間には女の赤ちゃんがいるんです」

「そうしたら、アテネに一度も会ったことのない妹がいるってこと?」

私はゴメスに、父とは十一年間会っていないと告げた。

彼はスタッフが当番制でローズを毎日看るから、父親に会いに行った方がいいと言いたそうだった。

「言わせてもらえば、ソフィア・イリーナ、きみは若い健康な女性としては少し力がないんじゃないかな。時々足を引きずっているよね。まるでお母さんの感情の浮き沈みを鵜呑みにしたみたいに。きみはもっと体力があるはずだよ。このテーブルは持ち上げるのが大変なほど重いわけじゃないのに、きみには力が要ったはずだ。もっと運動した方がいいっていうことじゃない。これは何か目的を持つこと、無関心でなくなることと関係しているからね。もっとずうずうしく大胆になるために、市場で魚を盗んでみるなんてどうだい? 一番大きな魚である必要はないけれど、一番小さい魚であることもない」

「どうしてもっと大胆になる必要があるんです？」

「その答えはきみが見つけるんだ」。恐らく彼は怒っていたことを考えると、ゴメスの口調は安心感を与えたし、落ち着いていて、真剣だった。「さて、他にもきみに話しておかなければならないことがあるんだよ」。彼は本当に気分を害しているようだった。

ゴメスは誰かがクリニックの壁に青いペンキでいたずら書きをしたと言った。今朝起きたことだそうだ。壁に書かれた言葉は、「ヤブ医者」……つまり彼はペテン師で、詐欺師で、信頼できる立派な医者ではないという意味だ。ゴメスはもしかするとそれは、車を取りに来た私の友人と何か関係しているかもしれないと考えていた。マシューだ。ナース・サンシャインが書類と鍵をマシューに渡し、彼が去って間もなくして、大理石のドームの右側に落書きされていると気づいたと言う。

「なぜ彼がそんなことを？」

ゴメスはジャケットのポケットに手を伸ばしてハンカチを探したけれど、そこにはなかった。そこで彼は手の甲で唇をぬぐうと、ナプキンで手を拭いた。「製薬会社の重役たちと彼がゴルフをしているのを知っているんだ。それが何年も気になっていてね。彼らは僕のクリニックの研究費を出してくれるって言ってるんだけど、その見返りとして僕に彼らの製品を買って、患者に処方してもらいたいんだよ」

ゴメスは明らかに困惑していた。彼は興奮して爛々とした目を閉じて、膝の上に両手を載せた。

「大理石の外壁はスタッフがきれいにしてくれる。でも問題は、誰かが僕のクリニックの信用を落とそうとしているってことなんだ」

モヒカン刈りの少年と妹は、膨らんだ青いボートを引きずりながら広場を横切り、ビーチへ出ていこうとしている。オールを抱えた彼らの弟があとをついていった。

ゴメスはヤブ医者なの？　ローズはすでにその考えを口にしていた。

私はもう、二人で苦労して彼に払った二万五千ユーロのことは気にしていない。家は彼にくれてやる。もし彼が、鹿を虐殺して内臓の中に歩けるようになる治療薬を探り当てたとしても、私は感謝するだろう。母は自分の体は邪悪な力の餌食になっていると思っている。でも、現実を自分の思い通りにしようとする母に加担してもらうために、私は彼にお金を払っているのではない。


その夜、当てもなく村を歩き回る間、丘を半分ほど上がったところに建っている家の外の茂みでジャスミンの小枝を二本拾った。庭には青い手漕ぎボートが停泊していて、側面には「アンジェリータ」と名前が書かれていた。脆くて白い花びらを指で潰すと、その香りは忘却のようで、催眠術にかけられたみたいになった。デザートジャスミンのアーチは昏睡地帯だ。目を閉じて、再び開けると、マシューとイングリッドがヴィンテージショップの方に向かって丘を歩いている。イングリッドは走って私の方へやってきて、頬にキスをした。

「店に縫い物を取りに行く所なんだよ」と彼女は言った。

イングリッドは首元のラインに沿って羽が縫い付けられたオレンジ色のワンピースを着ていて、それに合ったピープトウ（つま先が見える靴）を履いていた。

マシューが彼女に追いついた。「このワンピースはインガが縫ったんだ。でも十分な報酬をもらっていないと思うんだよね。だから、彼女のために給料を上げてもらえないか交渉するつもりなんだ」。彼は髪を耳の後ろにかけ、イングリッドが腕にパンチを食らわすと、笑った。「インガに呪われたら終わりだよ。彼女は怒るとヤバいんだから。ベルリンでは、キックボクシングのクラスに週に三回通っていたんだ。だから彼女とは喧嘩をしないことだね」

マシューはヴィンテージショップのオーナーの女性の方へと歩いていき、彼女の煙草に火を付けてやると、私たちに背を向けた。

イングリッドは手を伸ばして、私の髪を触った。「絡んでるね。今は、フレンチ・ノットっていうステッチの方法で、ワンピースを二枚刺繡しているところなんだ。針に二回糸を巻き付けるの。それが終わったら、何か作ってあげるね」

私が彼女の鼻にジャスミンを押しつけると、首元で羽が震えた。

二人の十代の男の子を乗せたバイクが、騒々しい音を立てて傍を通り過ぎていった。

「私のために花を取ってきてくれたんだね、ゾフィー」

ガソリンとジャスミンの匂いで、私は気絶しそうだった。

「そうだよ、あなたにと思って」

私はイングリッドの後ろに立って、編まれた彼女の髪に花びらを滑り込ませた。彼女の首はやわらかくて温かかった。

振り返ったイングリッドの瞳孔は、大きくて真っ黒で、まるで遠くで輝いている海みたいだった。

病歴

ローズはシャワーを浴びながら裸で立っている。胸は垂れ下がり、お腹は何重にも段になっていて、肌は青白くなめらかで、シルバーブロンドの髪は濡れ、目は輝いている……彼女は体に温かいお湯が落ちてくるのが好きだ。彼女の体。そもそも彼女の体は何を求めていて、誰を楽しませるものなんだろう？　彼女の体は醜いのだろうか、それともまったく別のもの？　ローズは飲む薬のリストから外された三つの薬を飲まなくなったことで、離脱症状が起きるのを待っている。今の所、まだ何もない。でも彼女は、まるで恋人を待つみたいに、不安や興奮を感じながら待ち続ける。症状が現れなかったら、がっかりするのだろうか？

今日、フリエタ・ゴメスはローズの体の病歴を記録することになっていて、私も同席するように言われている。病歴というのはいつからのことを指すのだろう？

「家族からはじまるんです」とフリエタ・ゴメスは言う。「歴史なんですよ」。彼女は紫がかった灰色のハイヒールからスニーカーに履き替えている。薄いシフォンのブラウスは仕立ての良いパンツにたくし込まれていて、パンツはお尻にフィットしている。フリエタはローズを理学療法室の椅子まで歩かせると、自分に向かい合うように座らせる。「はじめてもいいですか?」

二人の間の机に置かれた、光沢のある小さな黒い箱をいじっているフリエタに、ローズは頷く。その装置はクリニックの音声アーカイブ用に使うもので、機密事項として扱われると説明して、彼女は母を安心させた。今はちょうど音量が調整されたところ。二人ともすぐに会話が録音されていることを忘れてしまいそうだ。

フリエタが最初に口を開いて、いくつかの事実を述べた。今日の日付、時間、母の名前、年齢、体重、身長を言い並べていく。

私は落ち着かない様子で理学療法室の隅にある椅子で、ノート型パソコンを膝の上に載せて座ったまま、時間の中をかなり変なふうに浮遊している。私にここにいるようにと言うのは、間違っているようにも思えるし、非倫理的とすら思える。でもゴメスの頼みを私は聞き入れた……火曜日以外は治療に関わらなくていいという条件付きで。母の話す言葉を聞くことで、私は自由の代価を払わなければならない。

母が話している。

彼女の父親には気性の問題があった。それは、極度に興奮しているのと見分けがつかない時もあれば、躁病的だと間違えられることもあった。彼は夜、二時間寝れば十分だった。母の母親は、夫に苦しめられ、二十三時間もの睡眠が必要だったが、それは鬱と混同されてもおかしくなかった。私はこの歴史を知っているけれど、つながりたくないと思っている。だから、ヘッドフォンを付けて、粉々にひびが入ったパソコンの画面でユーチューブを見ているのだ。このパソコンには、私の人生が全部入っている。途中で諦めた博士論文もそのひとつで、上海郊外の工場で作られたデジタルの星座の下で身を潜めている。

たまに私はヘッドフォンを外す。

母は現在の病気の歴史について話している。それはどこからはじまるのだろう？　時間の間を動き回って、過去の歴史、子どもの頃の病気、その他全てに溶け込んでいく。時系列の時間ではない。フリエタはあとでローズの言葉を書き起こして病歴をまとめなければならないだろう。これまで私も同じようなことをするように訓練されてきた……私は理学療法士ではなくて民族誌学者だけど。フリエタはどこかの時点でこの患者がクリニックにやってくる原因となった疾患について記述しなければならなくなるだろう。兆候や症状。疾患はひとつではない。六つですらない。私が耳にしただけでも二十個の疾患があるけれど、更にもっとある。過去と現在と未来は、こうした全ての疾患のなかに同時に存在している。

ローズの唇は動いていて、フリエタは聞いているが、私は聞いていない。ここにいるように頼まれたけれど、私はここにいない。ユーチューブで一九七二年のデビッド・ボウイのコンサートを見ていて、ボウイが歌う間、動画はバッファリングし続けている。彼の髪はブラッドオレンジみたいに赤く、ラメのついたシャツはおぼろげにきらめいていて、宇宙旅行を彷彿とさせ、プラットフォーム・シューズは厚底のソールでもって地球から彼を打ち上げる。彩られたボウイの瞼は、銀色の宇宙船。女の子たちは金切り声を上げて泣き叫び、ステージの上を気取って歩くスターマンを触ろうと腕を伸ばしている。彼は怪物だ……メデューサと同じように。女の子たちは凶暴で、旺盛で、興奮している。

私たちはあまりにも地球にがんじがらめになっている。

もし私がその場にいたら、一番大きな声で叫んでいただろう。

今ですら、一番大きな声を上げて叫んでいる。

自分をひとつにつなぎとめておいてくれるはずの親族という構造から離れたいのだ……私自身について聞かされてきた話を、めちゃくちゃにするために。そうした話の尻尾を持って、ひっくり返してやるために。

ローズは咳をしている。何か奇妙なことや親密なことを打ち明ける時にいつも咳をする傾向がある。咳は記憶の詰まりを取り除くラバーカップだとでも言うみたいに。彼女は病歴を話している。時々、少し話が聞こえる。私はフリエタ・ゴメスのインタビューのやり方にだんだん関心を持ちはじめている。人類学者なら、「深みのあるインタビュー」と言い表すかもしれない。母は、「情報提供者」と呼ばれるのだろう。私はフリエタの質問がこれ以上にないほど簡潔なのに対して、母の感情がますます高まっていっていることに気づく。ここではないどこか別の場所に行ってしまいたい。フリエタは落ち着いているけれど機敏で、むりやり何かを聞き出そうとしたり、無理強いさせたりはしないし、沈黙を埋めるために急かしたりもしない。民族誌学者が情報提供者たちの話をあまりにも深く追求してしまい、彼らを黙らせてしまったテープを聞いたことがある。でも母の唇はほとんど動きっぱなしだ。「理学療法」は、今なされている会話を正確に表す言葉ではないのかもしれない。ひょっとするとローズの記憶は、彼女の骨の中にあるのかも。だから人類の歴史の初めから、骨は占いのツールとして使われてきたのだろうか？

母は自分の体をかなり軽蔑している。「脚の指を切ってもらえばよかった」と彼女は言う。

フリエタは第一回目の記録を終え、立ち上がる母に手を貸している。「左脚を動かしてくださいね」

「無理よ。左脚は動かせないの」

「力や忍耐力を付けるためにも、体の重みに耐えるような運動をした方がいいですよ」

「私の人生はずっと辛抱の連続だったのよ、ナース・サンシャイン。私の最初の敵、対戦相手は忍耐だったってことを覚えておいてちょうだい」

「英語だとどうやって綴るんです?」

ローズは彼女に教える。

フリエタの手は、頭を水平にするためにローズの顎の下に回されている。

ローズは車椅子を探している。部屋から消えてしまったようだ。

「あらゆるところが痛いの。この役立たずの脚は処分してしまった方がいいかもしれない。そうすれば安心できるわ」

フリエタは私を見た。彼女のまつげはマスカラで尖っている。「お母様は背が高いから、まっすぐに立つのが難しいんだと思いますよ」

「違う。私はこの脚が嫌いなの」と母はフリエタに向かって叫んだ。

彼女は母を、どこからともなく現れた車椅子まで連れ戻した。肘掛けの上に新聞をバランスよく置いて読もうとしていた移動係が運んできたのだ。新聞の一面には、ギリシャの首相アレクシス・ツィプラスの写真が載っている。私は彼の下唇にヘルペスがあるのに気づいた。

「脚を切ってちょうだい。ぜひ、そうして欲しいのよ」。母はフリエタに言った。

その返事として、フリエタは左脚のスニーカーで車椅子めがけて素早くキックを入れた。「どういう意味です、ローズ？」

母は両肩を回して小さな円を描きはじめた。レスリングの試合に向けて柔軟運動をするように、肩を前後に動かしている。「意味なんてないのよ」

フリエタは青白くやつれているように見えた。私のところまでやってくると、彼女は名刺みたいなものを渡した。「よかったら、私のスタジオに来てね。カルボネラスに住んでいるから」

ゴメスが部屋に入ってきた時、私はまだこのことに困惑していた。彼の後ろから、飼っている白猫のジョードーがついてきた。ゴメスの髪の筋はジョードーの白い毛とよく合っている。猫はずんぐりしていて穏やかで、主人の足元で喉をごろごろと鳴らしている。

「理学療法はどうですか、ミセス・パパステルギアディス？」

「ローズと呼んでくださいよ」

「ああ、そうでした。堅苦しさを取っ払うのはいいことですね」

「もし物忘れが多いようだったら、手の甲に書いておくといいですよ、ミスター・ゴメス」

「そうしましょう」と彼は言った。

フリエタは最初の病歴記録を取り終えて疲れているので、コーヒーと甘いパンで二十分間休憩したいと父親に伝えた。ゴメスは手を上げて、輝く白い筋をなでつけた。「一日のこんなに早い時間に疲れるなんてことはないんだよ、ナース・サンシャイン。若者は休まないんだ。一晩中灯台守と一緒に起きていないといけないし、夜明けまで議論しないといけないんだよ」

ゴメスはフリエタにヒポクラテスの誓い（医師が実務につく際に宣誓する倫理綱領）の関連項目を復唱するように言った。彼女は置いた録音機器の所まで行って、電源を切った。「私は自分の能力と判断に従って、患者のためになる治療法を考え、誰にも害を及ぼしません」。彼女は憂うつそうに言った。

「いいだろう。もし若者が疲れているって言うんだったら、生活習慣を見直すべきだな」

彼はある意味で彼女を叱責しているようにも見えた。もしかすると娘が車椅子に一撃を加えたのを見ていたのかも？

ゴメスは完全に私の母に関心を向けていた。彼は母の脈をとっていたけれど、その姿は遠くから見ると、まるで手をつないでいるみたいで、すごく親密に見えた。ゴメスの声は優しくて、気を引こうとしているのかとさえ感じられた。「ローズ、あなたはまだ車を使っていないですね？」

「まだよ。ソフィアを山道に連れて行く前に少し練習しないといけないから」

彼の指は母の手首を軽く抑えていた。その指はじっとしていたが、動いていた。まるで葉っぱや、嵐のなかの石ころのように。

「ほら、ソフィア・イリーナ。ミセス・パパステルギアディスはきみの安全を心配しているんだよ」

「娘は人生を無駄にしているんですよ」とローズは返事をした。「ソフィアはずんぐりしているし、怠け者で、かなり高齢の母親のすねをかじって生きているんだから」

確かに私はこれまでの人生において、痩せた体からさまざまなサイズに形を変えてきた。母の言葉は私の鏡。私のパソコンは恥を覆い隠すベール。私はいつもその中に隠れている。

私はパソコンを腕の下に抱え込むと、理学療法室を出ていった。ジョードーがしばらくあとをついてきた……柔らかなその足は、何の音もたてない。それから彼女はどこかへ消えてしまった。私は間違った角を曲がってしまったようだ。ミルク色の大理石の廊下という名の迷路で、迷ってしまった。しま模様の壁のせいで、壁が迫ってくるみたいに思えて、息苦しさを感じはじめた。私のヒールが立てる音が大理石の床に響くと、初めてクリニックを訪れた時のことを思い出した。父親から走って逃げていくフリエタのヒールがたてる、増幅したエコーを聞いた時のことを。今、私は母親から逃げている。ガラス張りの出口を見つけるとほっとした。これでようやく、山の空気を吸えるし、多肉植物やミモザの木に囲まれる。

山の下の遠くの方に、海と、ビーチの粗い砂の上に立てられた黄色の旗が見えた。旗はまるで、幽霊みたいだった。メデューサの病歴はどこからはじまってどこで終わるのだろう？ 彼女はもう自分の美しさが称賛されないと知って、ショックを受けたり、絶望したり、驚愕したりしたのだろうか？ 女性らしさを失ったように感じた？ 「Ladies」と書かれたドアを潜っていくのだろうか？ それとも「Gentlemen」？ 「Hommes」と「Femmes」なら？ 「Caballeros」と「Señoras」では？ 怪物(モンスター)になってからの方が、彼女はより大きな力を持ったのではないかと思いはじめた。私はいつもまわりの人たちを喜ばせようとしてきたけれど、自分自身の人生を考えてみれば、いったいどこに辿り着いた？ それがここだ。ここで嘆いている。

突然強い風が吹いて細かい砂が頬を打った。まるで空が開いて雨のように砂を降らせたみたいだった。ジョードーが傘のような形をした多肉植物の銀色の葉っぱの下に逃れた時、一瞬、白い毛が見えた。オーバーオールを着てゴーグルを付けた掃除夫の男が、クリニックの出口付近の壁に水をかけていた。しばらくすると、ホースから出ているのは水ではないと気づいた。彼は壁に砂を吹きかけていたのだ。もっと近くに行ってみると、壁に三つの言葉が青いスプレーで書かれていた。今はもう消えかけているので、掃除夫は何度か消そうとしたに違いない。これが、何日か前にゴメスが話していた落書きなのだろうか？　でも「ヤブ医者」とは書かれていなかった。一生懸命消そうとしたようだけど、書かれていた文字の形ははっきりと見えた。ゴメスは、母が彼をヤブ医者だと思っていることを知っていると、証明したかったに違いない。まるでそうした考えが犯罪に発展して、彼のクリニックの壁の外観を損ねたとでも言うみたいに。青い落書きはひとつの言葉ではなかった。

　書かれた言葉は三つ。

サンシャイン（SUNSHINE）　は（IS）　セクシー（SEXY）

彼女はソンブレロ・ハットを何日も被って、漂っている。ボートを漕いで、もっと小さな入り江まで連れていってくれる人はいないし、ここの水はきれいだねとか、わあ、あのヒトデまで潜ってみるねと言うのを聞いてくれる人もいない。今月をやり過ごすのに、二枚のクレジットカードをあてにしているようだ。もしかしたら、いくらかお金を貸してあげた方がいいのかもしれない？

狩猟採集

「どうしてトカゲを殺したいの？」

イングリッドはルーマニア人のタクシー運転手が経営するピザ屋の近くの狭い路地で、しゃがみこんでいた。最初は、彼女が何をしているのかわからなかったけれど、すぐにミニチュアの弓と矢を持っているのが見えた。手のひらに収まってしまうくらい小さかった。イングリッドは壁の割れ目からシュッと飛び出してきたトカゲに狙いを定めたが、矢は壁に当たって、地面に落ちた。

「ゾフィー！　あなたの影が邪魔して集中できなかったじゃない。狙いはいつも定まってるのに」。そう言って彼女は矢を拾った……鉛筆くらいの太さまで削られている。それからナイロンの糸がピンと張った、小さな弓を見せてくれた。

「自分で竹から作ったんだよ」

「でもどうしてトカゲを殺したいの？」

イングリッドは私が壁近くに置いた白い段ボール箱を突いた。

「私はいつもあなたを怖がらせちゃってるみたいだね、ゾフィー。この箱には何が入っているの？」

「ピザだよ」

「どんなピザ？」

「チーズが多めのマルゲリータ」

「もっとサラダを食べた方がいいよ」

イングリッドの長い髪は頭の高い所でピンでまとめられている。彼女は彫像みたいだ。ストラップが交差する白いコットンワンピースに包まれた体は強く、引き締まっていて、たくましい。スニーカーも白だ。再びトカゲがちょろちょろと割れ目から飛び出してくると、イングリッドは邪魔をしないようにと私に手で合図した。トカゲは緑の尾っぽがあって、背中には青い円模様がついている。

「早く！　どいてよ、ゾフィー。今、忙しいんだから。パブロの犬はもう解放したの？」

「まだ。今朝パブロはメキシコ人のペンキ塗りの一人をクビにしたよ。まだ賃金も払っていないのに」

「支払われることはないだろうね。ゾフィー、面の皮をもっと厚くしなくちゃ。このトカゲちゃんみたいにさ」

私は弓矢を持った彼女を写真に撮ってもいいかと尋ねた。

「いいよ」

私はアイフォンを取り出して、彼女の顔に向けた。

イングリッド・バウワーとはいったい何者なの？

彼女は何を信じていて、この聖なる儀式は何なのだろう？　彼女は経済的に自立しているのだろうか？　月経の血の処理はどうしているんだろう？　冬の季節にはどう対応する？　物乞いたちにはどういう態度で接する？　自分には魂があると信じている？　もしそうだとしたら、それは何らかの形で具現化されている？　鳥？　虎？　スマートフォンにUberのアプリは入っている？　彼女の唇はとても柔らかい。

私は低速度撮影のメニューを押し、それからスローモーションにして、そのあとで写真を撮った。レンズを通して、イングリッドが箱を開けてピザを取り出すのが見えた。彼女は固まったオレンジ色のチーズに顔をしかめると、ピザを地面に落とした。

「トカゲを食べた方がまだましだね。もう写真は撮り終わった？」

「うん」

「その写真をどうするの？」

「これを見て、アルメリアであなたと一緒に八月を過ごしたことを思い出すんだよ」

「記憶は爆弾だよ」

「そうなの？」

「うん」

「捕まえたら、トカゲをどうするつもり？」

「幾何学模様を研究する——刺繍のアイデアにつながるからね。すぐにまた壁から出てくるよ。だからどいて、どいて！」

私が動かずにいると、イングリッドは白いスニーカーを履いた脚で、まるで襲撃するみたいに私に向かって走ってきた。そして腕を私の腰に巻きつけると、私の体を彼女の頭上まで持ち上げて、下に落とした。彼女の手は私のワンピースのへりで弧を描いている。壁のうしろのジャカランダの木から花がなだれるように落ちてくると、彼女の体が震えているのを感じた。

「あなたは、モンスターだよ、ゾフィー！」。イングリッドは私を引き離して、ピザの箱を蹴り飛ばした。「石器時代の開拓地か何かについて調べに行きなよ。やらなくちゃいけないことはないの？」

やらなくちゃいけないことは、ある。私はイングリッド・バウワーの弓矢について研究している。それは私の頭の中で大きくなって、獲物を傷つける武器になった。弓は唇の形に似ている。矢の先端は尖っている。なんで私はイングリッドにとって怪物（モンスター）なんだろう？　彼女は私を何かの創造物だと思っている。私は彼女の創造物だ。あの矢の先は私の心に向けられている。

私はひゅっと飛ぶ矢のように、気持ちが軽くなった。

午後の遅い時間帯だったせいか、ビーチには誰もいなかった。私はなまぬるくて脂ぎった海に入っていった。今回は、エアマットやビニール・ボートで混み合っていなかった。私は北アフリカまで泳いでいくんだと自分自身に言い聞かせた。水平線の向こうにぼんやりと北アフリカの輪郭が見える。全然違う国を目指すというのは、長くクロールで泳ぐための私なりの工夫だった。

辿り着けない場所を目指すのだ。遠くへ泳げば泳ぐほど、水はますます透明度を増していった。三十分くらい泳いだところで、私は仰向けにひっくり返って、太陽の下で体を浮かせた。塩と熱のせいで、唇はまたひび割れていた。

岸からだいぶ離れた所にいるけれど、はぐれてしまう程ではなかった。家に戻った方がいいけれど、私のものだと呼べる場所も、仕事も、お金も、私の帰りを喜んでくれる恋人もいない。仰向けになりながら、メデューサたちを見ていた。宇宙船のようにゆっくりしていて穏やかで、繊細で危険なメデューサたち。すると、鞭で打たれたような、焼けるような痛みを感じた。左肩のちょうど下あたりだ。そこで、泳いで岸まで戻ることにした。何度も何度も刺されるのは、生きたまま皮膚を剝がされているようだった。足を引きずりながら、ビーチにある救助小屋を目指して砂浜を歩いていくと、私がやってくるのを予測していたかのように、例のひげをたくわえた学生が待っていた。なぜそう思ったかというと、彼の手に軟膏が握られていたからだ。振り向きざまに彼に肩を見せると、彼が「これはひどい。かなりひどいな」というのが聞こえた。彼は私の後ろに立っていて、その指は刺し傷に置かれている。激しい痛みは感じたものの、彼はとても軽く私に触れ、円を描きながら軟膏を擦り込み、癒やすような、母親みたいな声で話した。多分きっとそうだったはずだけど、よく覚えていない。

「君が泳いでいくのを見ていたんだ。旗を見なかったの？」。彼の声はだんだん大きくなっていった。「名前を呼んだんだよ、ソフィアって」

彼は私の名前を覚えていた。

「ソフィア・パパステルギアディス、息はできてる？」

「いいえ」

「あんな遠くまで泳いでいくなんてどうかしてるよ、旗が立っているのに」

彼は、弟だったらそうするだろうと言うみたいに怒鳴っていた。ひょっとすると恋人みたいだったかもしれない。よくわからない。何か奇妙なことが起きていた。私は彼を床に引きずり下ろして、セックスをしたかった。刺されたことで欲望――ありあまる欲望――に火がついたのだ。私は自分が認識していない誰かに変わろうとしていて、自分自身を怖がらせていた。

彼は私の手を取って、ローテーブルに乗せてくれた。私は右のお尻を下にして横になった。背中をつけて横になるのはどうしたって無理だった。すると彼は頭に当てるようにと薄いクッションを渡してくれた。彼が椅子を引いて私の傍に座り、ひげを撫でるのを見ると、すごく興奮した。刺し傷が私の中に電気を流していて、シューッという音が聞こえる。今、彼は立ちあがり、バケツの水を使って私の脚から砂を洗い流してくれている。私は彼がテーブルの上に乗って、覆いかぶさって来て欲しいと思っていて、恋人がするように自分の脚を彼の腰に巻き付け、救助小屋を揺るがすほど大きな叫び声を上げて彼を悦ばせたいと思っていた。でも彼はそうせずに、記入するための書類を私に渡した。

名前：
年齢：
出身地：
職業：

今回私は全部空欄のままにして、職業の箇所にだけ「モンスター」と記入した。彼は書類を見てから私を見て言った。「あなたは美しい女性だよ」

その夜は湿度が高く風がなかった。私は眠れなかった。肩や背中や太ももにできた柔らかい刺し傷をこすらずにいられる姿勢はなかった。シーツは床の上に落ちていた。弱っていて、のどが渇いている。きっと幻覚を見ていたに違いない。母がベッドの傍に立っているのを見たのだから。母はすごく背が高く見えた。ベッドシーツが床から持ち上がって、体の上で優しく折りたたまれた。男性の声が耳の傍で何かをスペイン語でささやきはじめ、アルマドラバ・デ・モンテレバの塩鉱山の町、プレシージャス・バハスのヤシの木や、セロ・ネグロの黒い山を訪れるように言う。おそらく救助小屋の学生だろう。二時間後、せん妄状態の中、マシューのコロンの香りがした。クリニックの壁の落書きを見て以来、彼のことがずっと頭にあった。他の誰かが私の部屋にいて、息をしながら、潜んでいた。私は眠りにつき、目が覚めると、流行遅れの昔の映画スターみたいに先端をカールさせたブロンドの髪をした女性が見えた。彼女は背中が大きくあいた赤いイブニングドレスを着ていて、手袋をはめた手には瓶を抱えている。

「ソフィー。新しい刺し傷を見せてよ」

私はシャツを捲くりあげた。

「ああ、かわいそうに。海のモンスターはたちが悪いね。ひどいケガじゃない」

ローズが隣の部屋から呼んでいる。「ソフィア、家に誰かいる音がするわ」

私はシーツを頭の上まで引き上げた。

イングリッドはシーツを頭から引っ張った。「お母さんには、ドアに鍵をかけなかったって言っていないの？」

「言ってない」

イングリッドは右手から白い手袋を外した。「ひび割れた唇につけるように、マヌカハニーを持ってきたよ」。彼女は瓶の中に指を突っ込むと、私の唇の上に塗りつけた。「日焼けしすぎだよ、ゾフィー」

「日焼けした肌が好きなのよ」

「お父さんはどこにいるの？」

「アテネ。新しい妹がいるんだ。産まれて三ヶ月のね」

「妹？　なんて名前？」

「知らない」

「私にも姉妹がいるよ。デュッセルドルフに住んでる」。イングリッドは大きく息を吸うと、傷口めがけて吹きかけた。「こうすると気持ちいい？」

「うん」

彼女はヴィンテージショップで行われる一九三〇年代をテーマにしたパーティーに向かう途中なのだと言った。アルメリアのオーケストラが古い曲を演奏するという。彼女は私も病床から音楽を聴いて、彼女のことを考えて欲しい、その間、彼女はデザートジャスミンの花を摘んで、私のことを考えるからと言った。イングリッドは白い手袋をした手で私の肩を撫でた。「マヌカハニーの味は好き？」

「うん」

彼女は三〇年代のあらゆるダンスステップは知っているけれど、山で馬を走らせる方が好きだと言った。ゆっくりしたダンスでは、エネルギーがあり余ってしまうと。「ちょっとの間一緒に寝ていようか、ゾフィー？」

「うん」

「あなたはモンスターだね」と、彼女は囁いた。

イングリッドは私の方に身を傾けると、私の唇からマヌカハニーを舐め取った。彼女が立ち上がると、赤いドレスのプリーツが床のタイルに触れた。彼女はとても長い間、そのまま動かなかった。

しばらくすると、初めて彼女に会った日にセニョーラ用トイレで経験したのと同じような焦りを私は感じはじめた。イングリッドにどこかに行ってもらいたかったけれど、それをどう伝えればいいのかわからなかった。そこで、母に水を持っていかないといけないと伝えると、彼女は暗闇の中で笑った。「私にどこかに行って欲しいんだったら、なんでそう言わないの？」

私の唇の周りで、二匹のハエが円を描いていた。もっと大胆にならないといけない。イングリッドには暗闇に潜んでいて欲しくない。自分が言いたいことを口に出すのはとても難しい。

「私を訪ねに、ベルリンまで来てくれる？」

「うん」

彼女は通夜に参列しているグラマラスな会葬者のように、そばに立って私を見下ろしながら、また囁いていた。そして私と一緒にクリスマスを過ごしたい、飛行機代は払うからと言った。冬のベルリンは寒い。重たいコートを持っていかないといけないし、彼女は馬車で私をどこかに連れて行くのだろう。あれは観光客用だけど、好きなんだよねと彼女は言う。とりわけ雪が降っている時はね。ブランデンブルク門から乗って、チェックポイント・チャーリーまで行く。イングリッドは私の頭上でヤドリギの小枝を持っていて、私はしきたりに従う。まるで、私が彼女の唇へと導かれていくのは、私の意思ではなくて、ヤドリギのせいだとほのめかされているみたいに。

「一緒にあのバカみたいな乗り物に乗ってくれる?」

「うん」

「こんなふうに遅くに訪ねてきても大丈夫?」

「うん」

「ゾフィー、私たち、出会えて良かったよね?」

「うん」

彼女は私の部屋を離れ、鍵のかかっていないドアから出ていった。

大胆さ

　地元の魚市場は、集合住宅の地下にあるルーマニア人が営むピザ屋の近くだった。そこに市場があることは観光客にはあまり知られていなかったけれど、訪れると、すでに村の女性たちが群れをなして、その日に捕れた魚を買っていた。

　ゴメスはもっと勇気や目的を持てるように、私に魚を盗ませようとしていた。この課題は、一線を越えて、魔術や、ひょっとすると呪術思考の方に向かっていくものだったけれど、私は人類学的な実験のように考えていた。魚のはらわたを抜く方法をグーグル検索すると、九百万件も検索結果が表示された。

　泥棒の視点からまず私の関心を捕らえたのは、モンスターみたいな顔のアンコウだった。あんぐりと開いた口から、鋭い小さな歯が二列見える。軽く指を突っ込んでみると、コロンブスがバハマを発見したみたいに、まったく知らなかった世界を発見した。黄色いゴム製のエプロン姿で険しい顔をしているレジ係の女性が、魚に触らないでとスペイン語で叫んだ。泥棒からすれば、人から見られないように、魚の口ではなくて夜の中に溶け込んでいかなければならない時に、私はすでに人に見られていた。肩に掛けた皮紐の付いたバスケットが、傷口に擦れて当たっている。傷口は今ではミミズ腫れになって盛り上がって広がり、毒のインクで奇妙な網状のタトゥーを入れたみたいになっている。古い真鍮の量りで三匹のサバを計っているレジ係は、そこにいる犯罪者も含め、全員に目を配っていた。ここでの売上高は、彼女の生計そのものだ。やっとの思いで手に入れた収獲物の売上から、海の狩猟者たちに支払うことになるのだろう。でも今は、そんなことは考えていられない。

私は銀色のイワシの方へと歩いていった。盗もうと思えば簡単に一匹盗めてしまうが、それでは簡単すぎてリスクに値しない。女性たちは表示されている数字が信じられないとでも言うように、眉をしかめて首を振りながら量りを見ている。時々彼女たちは会話に私を入れてくれて、一見きゃしゃに見える魚の重さに両手を挙げていたが、その姿はあざ笑っているようにも、絶望しているようにも、降参しているようにも見えた。

私はほおひげを生やしたアカザエビもいいかなと考えた。青白い灰色で、黒いビーズみたいな目が飛び出している。アカザエビは海で言うところの教授みたいなものだ。でもそれを見ても、私は大胆な気持ちにならなかった。巨大なマグロが氷のベッドの上で横たわっている。あれをバスケットに滑り込ませたらどうなる？　入るわけがない。両手を使って持ち上げて、胸元に抱きかかえながら、目をぎゅっと閉じて村の中を走って逃げ、目を開けたら次に起きることを見る羽目になる。そのマグロは市場の中で一番高価な宝石だった……海のエメラルド。私の手はマグロに向かって伸びていったが、最後までやり通すことはできなかった。マグロを盗るのはあまりにも大掛かりだし、向こう見ずになるほど私は大胆ではない。

イングマールのスウェーデン人のガールフレンドが市場にやってきて、押し寄せている人々に向かって叫んで挨拶した。彼女はビーチ沿いの高級レストランの一軒を所有している。誰かが彼女の履いているターコイズ色のスエード靴を褒めた。つま先の辺りに、金色の鈴が一列縫い付けられている。彼女は若くて裕福なので、みんなは彼女が自分の店のために良く取り計らってくれるとわかっていた。彼女はピンクのかぎ編みのワンピースを着ていて、唇はピンクのペンシルで縁取られている。どうして唇の輪郭だけを塗りたいと思う人がいるのか、私には理解できない。彼女はレジ係に三匹のロブスターとアンコウをすくい上げるように指示すると、量りの上に例のマグロを載せるように言った。彼女の声は大きすぎた。ひょっとすると、自分の声が聞こえなかったからなのかもしれないが、私たちにはよく聞こえていた。彼女が脚の位置を変えるたびに、靴についている鈴がジャラジャラと鳴った。彼女が例のマグロを買いたいと申し出ると、みんなは聞き耳を立てはじめ、でもそのうち、彼女は脅し文句を口にした。私にとってほとんど儲けはないわけだし、もし価格が良心的でないなら、これから魚は全部アルメリアで買うようにする。そうしても仕方ないでしょ。

彼女の大声が、半ば強制的に人々の注意を向けさせ、恐怖も煽っていたのは明らかだった。でも彼女は大胆なの？　私は彼女みたいにずぶとくなりたいの？　どんな大胆さを私は求めているんだろう？

私は彼女の肘から逃れて、ヌルヌルした蛸（ポルポ）の山がもっとよく見える場所に移動した。すごく美味しそうにゴメスが食べたポルポだ。これならあまり気を張らずに盗めるかもしれない。なんせ形がないし、柔らかいのだから。私はバスケットを大理石の板の下にずり落としてから、ポルポを手で中に滑りこませるために心の準備をした。一瞬動きを止めたけれど、あまりにも不安で、大胆な気持ちにはなれなかった。もしこの蛸がまだ生きていたら、アイデンティティを変えて、捕食者のふりをするだろう。もしかすると私という人間の肌の色や触感すら真似するかもしれない。人間の肌も、興奮したり、恥ずかしかったり、怖かったりすると、色を変えることがある。肌は気分を表すこともあるし、いつも私が名字のスペルを尋ねられるとそうなるように、赤くなったりもする。瞳孔が広がっていて、賢そうだけど死んでいる、蛸の奇妙な目を見るのが恥ずかしくなって、違う方向を向いた時に、その魚を見つけた。私をまっすぐに見つめていて、目は怒り狂っている。怒りに満ちた、肉付きの良いシイラだった。私にはそれが自分のものになる運命にあるとすぐにわかった。

イングマールのガールフレンドの登場によって、みんなの関心は彼女に向いたので、私にとって好都合だった。彼女は自分のコミュニティに好かれようとはしていなかった。彼女は厚かましかったけれど、大胆ではなかった。

シイラを盗むためには、見つかって恥をかくという恐怖を克服しなければならなかった。私は葉っぱみたいに静かになるまで、全身の筋肉を緩めた……もしかすると茶葉くらい静かだったかもしれない。茶葉(ティー・リーフ)はコックニーの押韻俗語(ライミング・スラング)で「泥棒(スィーフ)」を意味する。私はすごくゆっくりシイラに近づき、左手でアカザエビの値札を触ってレジ係の視線を逸らさせると、右手で不機嫌なシイラをバスケットの中に滑り込ませた。

それは、私が知る限り、大半の政治家が自分たちの民主主義や独裁権力を行使するのに見習っていた手本だった。もし右手の現実が左手でめちゃくちゃになっているとしたら、現実は安定した商品ではないと言うのが本当のところだろう。誰かが私の背中をバンと叩いた。傷口にかなり近い所だ。でも私は目をくれずに、一目散にドアから出ていった。私は自分が当てもなく彷徨うのではなく、新たな目的や意図を持っていることに気付いた。私の目的意識はかなり騒々しくて、鼻孔、目、口、耳といった、私のあらゆる感覚へ通じるドアを閉めた。私はひとつの目的に向かっていて、その他全部に目隠しをした。目的意識を持つと、主体は何かを失い、何かを得ることになるけれど、私にはそれが価値あることなのかどうかわからなかった。

ビーチハウスのキッチンに立ちながら、私はしっかりとシイラの尾を摑んで、睨み返した。そう、シイラは未だに怒り狂っている。機嫌は変わっていなかった。重たい。肉付きが良くて、光っていて、なめらかだ。大きな魚。私は靴を脱いで、足の指を広げるようにして立った。ダイビングスクールの犬が惨めったらしく遠吠えしていて、私はあらゆる重力に引きずり下ろされていくような感覚に陥った。魚の頭を持って摑むと、鈍いナイフで鱗をこそぎ落とした。パブロの犬はますます狂暴さを増していて、一度吠えてから次に吠えるまで、一秒も間隔を置かなかった。私は片側を下にするようにして魚を置くと、ナイフを尾びれに刺し入れて、頭まで一気に切り裂いた。私のギリシャの家族はテッサロニキ出身で、彼らはグーグルに聞かなくても魚のはらわたの抜き方を知っていた。私は魚の腹を開け、白くてヌルヌルしているはらわたを切り取った。私の古代ギリシャの家族は、エーゲ海の浅瀬でアカガレイを捕っていたのだろう。ヨークシャーの家族は、波止場にいるトロール漁船の乗組員たちから魚を買っていた……北極海を生き抜き、ヒリヒリした風の中、十時間も耐えた男たちから。

魚にはたくさん血が入っていて、私の両手からは血が滴り落ちている。もし誰かがドアをどんどんと叩いて、何かが盗まれたと言えば、私は文字通り現行犯（red-handed）で捕まるだろう。

惨めなシェパードは、また遠吠えする力を蓄えたようだ。彼は不安定で、私を完全な狂気へと向かわせる。私はナイフを投げ出して、裸足で砂浜を横切ってダイビングスクールの入口まで走っていくと、水ぶくれのできた肩でドアを押し開けた。

パブロ、パブロ、パブロ。いったい彼はどこ？

パブロはベルモットの入ったグラスを手にしたまま、パソコンに向かって前かがみになっていた。どっしりした体格の中年男で、量が多くて脂ぎった黒髪を横分けにしている。顔をあげた彼は、眠たそうな大きな茶色の目で私を見ると、ぎょっとした。

「パブロ、犬を解放して」

彼の後ろの壁には鏡がかかっていた。私の頬には魚の血の跡が筋になっていて、はらわたの一部が髪に絡まっている。巻き毛は、一日中泳いでいたせいで、ごわごわにもつれている。私はまるで鏡の縁を飾っている貝やヒトデの中から現れた海のモンスターだった。またも自分を怖がらせていて、今はパブロをも怖がらせている。

彼は逃げようとするみたいに椅子を動かしたが、また座り直して、片手を目のあたりまで持ち上げたので、考えを改めたようだった。小指に金の指輪をはめている。金の指輪には、指の肉が盛り上がっている。

「俺の敷地から出ていかなかったら警察を呼ぶぞ」と彼は言った。

犬が自由を求める力を増幅させていたので、私は神経を尖らせながらその続きを聞いた。でも彼は「この村の警官は俺の弟で、隣り村の警官は俺のいとこで、カルボネラスの警官は俺の親友だ」みたいなことを言うだけだった。

私は金がめりこんでいるパブロの手を摑むと、自分の額を彼の額に押し当てた。その間彼の右手はデスクの下にある何かを探っていた。もしかすると、親戚の警官たちに通じる非常ボタンだったのかもしれない。彼は私に、屋上に行くから邪魔するなと言った。

私は一歩下がった。パブロは大男だ。彼が動くと、私はバランスを崩さないように、ペンキが塗られたばかりの白い壁に手を押し当てた。血の手形が残ると、もうひとつつけた。それからもうひとつ。ダイビングスクールの壁は洞窟壁画みたいになりはじめていた。

パブロはスペイン語で叫んで私を罵りながら、階段を上がっていった。手には骨を握っている。黄色くてひどい臭いのする骨を。デスクの下に手を伸ばして探っていたのはこれだったのだ。

パブロは骨を持って犬と一緒に屋上にいて、椅子を蹴っていた。彼が舌打ちをすると、犬は吠えるのをやめ、歯をむき出してうなりはじめた。舌打ちの音には気持ちを落ち着かせる効果があるようだった。

植木鉢が落ちて粉々になる音がした。

ダイビングスクールの受付の中はひんやりとしていた。パブロのデスクの上では電話が鳴っていて、その隣には火のついた蚊取り線香と、ベルモットの入ったグラスが置かれている。留守番電話に切り替わった。「ドイツ語、オランダ語、英語、スペイン語でも対応致しますし、初心者からマスターダイバーまでお教えします」

　私はグラスをひび割れた唇まで持っていくと、静かに、ゆっくりと、ほんの少しだけ飲んだ。新たな静けさのなかで、海の音を聞いた。まるで海底に耳を押し付けているみたいだった。あらゆる音が聞こえた。がたがたと激しく揺れる船や、海藻の間を移動するクモガニたちの音。

質素な生活と裕福な生活

「ゾフィー！　めちゃくちゃなことになるよ！」

私はイングリッドに電話をして、シイラを一緒に食べながらパブロの犬を解放したお祝いをしようと誘っていた。彼女はもちろんと言って、夜の九時過ぎに家にやってくることになっていた。

私はシャワーを浴びて、髪にオイルをつけ、広場まで歩いていって、最初は男だと思っていたトラックの女性から、スイカをひとつ買った。彼女は運転席に座っていて、幼い孫息子が膝の上でふんぞり返って座っていた。ふたりはいちじくを食べていた。紫で灰色がかったいちじく……黄昏の色だ。私のためにスイカを選ぶように言われると、少年はそのとおりにして、彼女は私からお金を受け取ると、黒いワンピースのウエスト部分に紐でくくりつけたコットン生地の財布の中に入れた。サンダルは脱いでいて、トラックのドアのコンパートメントに入れていた。彼女の右足の側面には、骨の球が大きくなって小さな島みたいになったものがあり、腕は褐色でたくましく、頬骨は日に焼けていて、お尻は大きかった。膝の上にまたよじ登ろうとする孫のために空間を作ってやっている。彼女の体。彼女の体は誰を楽しませるもの？　何のための体？　彼女の体は醜いのだろうか、それともまったく別のもの？　彼女は顎を少年の頭の上に載せながら、黙ってもうひとつのいちじくを彼の手に押し付けた。彼女は百姓であり、おばあちゃんで、子宮に押し付けられたお金の袋でもって、自分の力で生計を立てている。

イングリッド・バウワーがノックもしないで鍵の開いたドアから入ってきた時、ちょうど私はシイラをグリルしはじめたところだった。彼女は銀のショートパンツを穿いていて、銀のグラディエーターサンダルは、すねから膝の下辺りまで紐が結ばれていた。足の爪も銀色に塗っている。私は彼女をテラスのテーブルに案内した――祝宴のために広げておいたのだ。さらに揃いの皿やカトラリーやワイングラスまで準備した。ぶつ切りにしたスイカとミントが入ったボウルは、冷蔵庫で冷えている。チーズケーキも作った。そう、今回はアマレッティビスケットや甘いアマレット・リキュールやダイダイの苦い皮を使って、自分でほろ苦いアマレット・チーズケーキを作ったのだ。

もっと大胆な人生への幕開けだった。

私はイングリッドにワインを勧めたけれど、彼女は水がいいと言った。いつもローズのためにたくさん水を用意している私には、容易いことだった。イングリッドのための、正しい水。彼女は私の近くに座った。

そしてもっと近くに寄ってきた。

「あの犬を解放したのね？」

「うん」

「目を見た?」

「ううん」

「肉をあげたの?」

「ううん」

「ただ解放しただけ?」

「パブロが解放したの」

「そのあと、犬は静かになって足を舐めてた?」

「ううん」

私たちはふたりとも、その日の午後にパブロが犬を連れて村を散歩していたのを知っていた。大惨事だった。犬はベルギーから来た女性がバーでお釣りを待っている間に、彼女の手を嚙みちぎろうとしたのだ。彼は口輪をはめさせられる羽目になり、パブロは叫びながら、通りにあるものをひたすら蹴り続けていた。パブロにも口輪が必要だったけれど、彼は仲間の警察官たちに守られていた。

「おめでとう、ゾフィー!」

イングリッドは私にプレゼントをくれた――黄色いシルクのホルターネックのサントップだ。シルクはメデューサの刺し傷を癒やしてくれるよ、と彼女は言って、左隅に青いシルク糸で私のイニシャルが刺繡された箇所を指さした。SP。SPの下にはBeloved(愛する人)と刺繡されている。

愛する人。

愛する人になるなんて、私とはかなりかけ離れた何か別のものになるようなものだ。シルクのサントップはイングリッドのシャンプーやマヌカハニーやコショウの匂いがした。「愛する人」についてはふたりとも何も言わなかったけれど、お互いその言葉がそこに書かれているのはわかっていて、彼女の針がその言葉を書いたのもわかっていた。彼女はまともな針さえあれば、どんな素材にも刺繍できると言った——靴やベルト、薄い金属やいろいろな種類のプラスチックであっても。でも彼女が一番刺繍するのが好きなのは、シルクだった。

「生きているんだよ、鳥みたいに」とイングリッドは言った。「針で捕まえないといけないの、そうして私に従わせるんだよ」

刺繍はイングリッドにとって物事をまとめる方法だった。修復できそうにもないものを直すことに喜びを覚えるのだ。彼女はよく、織り目に隠れた破れを直す方法を見つけるために、ルーペを使っていた。針は考えるために必要な道具で、頭に浮かんできたものなら何でも刺繍した。自分のためにルールを作っていて、言葉でもイメージでも、彼女に対して本性を示しているものを検閲しないようにしていた。今日、イングリッドは蛇と星と葉巻を二枚のシャツとスカートの裾に刺繍したそうだ。

私は彼女になんて言ったのか、もう一度言ってと尋ねた。

「蛇、星、葉巻」

彼女はデュッセルドルフにいる姉妹のことを考えていたので、私のサントップに刺繍した言葉はずっと頭の中にあったものだと言った。

「姉妹の名前はなんていうの？」

「ハンナ」

「年上？　それとも年下？」

「私がお姉ちゃん。悪いお姉ちゃんだよ」

「なんで悪いの？」

「マティに聞いてみなよ」

「あなたに聞いているんだよ」

「わかった、話すよ」

　イングリッドは水をゴクリと飲み込むと、グラスをテーブルの上に叩きつけるように置いた。緑色の目には涙が溢れている。「いや、やっぱりやめておく。私は洋裁について話していたんだから」

　ヴィンテージショップから来た洋服が山積みになっていて、彼女の針に姿を変えてもらうのを待っているようだった。ベルリンでも同じだけれど、今は中国にいる仲介者が新しいデザインを施すための洋服を小包にして送ってくれる。イングリッドが一番関心を持っているのは、幾何学で、バイエルンの大学でも学んだ。それに針が好きなのは、針は正確だからだ。彼女は対称や構造が好きで、それらは頭の中の考えを巡らせるのに役立つ。対称性は彼女を鎖でつないだりはせず、自由にした。パブロの犬がこれまで味わったよりもずっと自由に。

　イングリッドが私の肩に腕を回すと、指が針のように冷たかった。Beloved のような言葉の重みが自分のもとへ届けられるとは想像もしていなかった。青いシルク糸で刺繍されていて、その上には私の名前のイニシャルが浮かんでいる。イングリッドはその言葉を自由に漂わせていた。

彼女がそう言っていたのだ――頭に浮かんだものは何でもデザインになると。

イングリッドは手の甲で目をこすると、もう行かなくちゃと言った。

「行かないで、イングリッド」。私は彼女の濡れた頬にキスをして、かけがえのないプレゼントをありがとうと囁いた。彼女の耳には、光沢のある極小の真珠のピアスがついていた。

「どっちみち、あなたはいつも働いているじゃない、ゾフィー。邪魔したくないよ」

「どういう意味よ、いつも働いているって」

「誰だってあなたのフィールドワークの対象になるんでしょう？　そう考えると変な感じ。いつも観察されているみたいだよ。人類学を勉強するのと実践するのとの違いは何なの？」

「そうね、実践したらお金がもらえる」

「そういう意味じゃないよ。どっちにしろ、お金が必要なんだったら貸してあげる。もう行かなくちゃ」

イングリッドとマシューはその夜タパス・バルで友達と会うことになっていた。そのあと、町から離れた所にある野原でＤＪをやっている友達が開くパーティーに行くのだ。今、マシューは会場で照明を取り付けている。イングリッドは氷が詰まった袋とバケツをいくつか車に入れて、そこまで運ぶはずだったけれど、その代わりに私のサントップに刺繍をしていたのだ。みんながやってくる頃にビールがまだぬるいままなのは、ある意味で私のせいになる。

「水をありがとう、ゾフィー。飲んでおかないと、あとで酔っ払っちゃうからね」

開いたドアから出ていく時、イングリッドがテラスに置かれた二人がけのテーブルのそばで、数秒間なごりおしそうにしているのが見えたが、しばらくすると彼女は現実の生活へと向かっていった。

イングリッド・バウワーの愛する人になるっていうのは、こういうこと?

キッチンテーブルの上には、偽物の古代ギリシャの花瓶の横に、鋭いナイフが二本置かれていた。私はそれを引き出しにしまうと、サフラン色の花瓶をじっくりと見た。骨壺の形をしていて、水瓶を頭に載せてバランスを取りながら、水を汲むために噴水の傍で列を作っている七人の女奴隷の絵が、黒い松脂の帯状装飾で描かれている。その花瓶がコピー製品なのは明らかだったけれど、時代考証に忠実に日常生活を表していた。古代ギリシャでは、都市に水を引くのが難しかったから、公共の噴水で水を汲むしか方法がなかったのだ。裕福な男たちは女奴隷が彼らのために家まで運んだ水にワインを混ぜて飲んでいたけれど、女たちには家がなかった。スペインでの仮住まいに人を招待したのは、今夜が初めてだ。イングリッドの妹について聞いたのは、大きな間違いだった。

シイラを焼いている火を消したあと、気が付くとビーチを歩いて救助小屋へ向かっていた。

私はますます大胆になっていた。

例の学生を夕飯に誘った。

彼は驚いたようだったが、喜んでいた。「知っておいた方がいいと思うけど、僕の名前はファンだよ」と彼は言った。

「そうだね」と私は答えた。「それからあなたの生年月日や、出身地や職業も知っておいた方がいいよね」

彼はその日の書類をまとめてホチキスで止めているところだったけれど(記録された刺し傷の

数は十四個)、あと二十分もすれば私と一緒にいることになる。招待してくれてありがとうと、彼は言った。パブロの犬がビーチに刺さっているパラソルを一列分掘り返したのを知っている? パブロの兄弟に追いかけられたせいで、犬はパニックになって海の中に走っていってしまった。遠くの方まで泳いでいって、そのあと姿が消えたのだ。パブロの犬がどこへ行ったのか、あるいは溺れてしまったのかは、誰にもわからない。あのジャーマン・シェパードがもしまだ生きていたら、救助小屋はクラゲよりも深刻な噛み傷の手当をしなければならなくなるよね。学生は笑いながら、茶色い髪を指でかきあげた。首が長くて奥ゆかしい。

「パブロは君に脅されたって言ってるよ」

「そうだよ、あなたがこれから私と一緒に食べる魚の血を使ったの」

ファンと目が合ったので、私は愛されている人が持つありったけの力を使って見つめた。イングリッドにはねつけられたのはわかっていたけれど、その部分は除いて、目で彼に語りかけた。

家にやって来たファンは、ビールの瓶を四本抱えていた。救助小屋の冷蔵庫に入れておいたものだと言う。母の容態を訊かれると、彼女は寝ていると私は伝え、今回は〝くたびれた星〟から隠れるためにカーテンを引いたりはしなかったみたいだよ、と言った。私たちはテラスに置かれた二人がけのテーブルに向かい合って座り、シイラを食べた。銀色の皮の下の白い身は柔らかかった。ファンはこの魚がジューシーなのは、皮と身の間に脂肪の層があるからだと言った。その後、私たちは温かい夜の中を裸で泳ぎ、彼は私の体にあるメデューサの刺し傷に一つひとつキスしていった——ミミズ腫れにも、かさぶたにも、もうそれ以上するところがないことに、私ががっかりするまで。刺されたことで、私の欲望に火がついた。彼は私の恋人で、私は彼の征服者。私はすごく大胆だと言ってもいいだろう。

彼女はモンスターの爪で私の心臓を引き裂いた。

ブリンブリン

私が布で窓の埃を拭き取っている間、ローズはレンタカーのタイヤの傍で弱々しく座っていた。午前十一時で、太陽はすでに私の首を焼き付けていた。母は空港近くの日曜市に車で連れて行ってくれようとしていて、そこで今週分の果物や野菜を買うことになっていた。ファンは北アフリカ産の甘い白ブドウを売っている露店を教えてくれたし、その他にも私はあとでイングリッドの家に届けるためにココナッツミルクの缶も探さないといけなかった。アイスクリームを一緒に作ろうと誘ってくれたのだ。ローズは珍しく静かで、いつもよりも怒りっぽくなかった。母を表すもってこいの言葉だ。少し怒りっぽい、とか、微妙な苛立ち。私に対して怒っているのではなく(もちろんそういう時もある)、世界に対して漠然とした苛立ちを感じているのだ。

「あなたはいつもすごく遠くにいるのね、ソフィア」

私は遠くになんていない。いつも近すぎるくらい近くにいる。彼女の苛立ちの近くに。

メデューサの刺し傷がうずいていたけれど、そこにあると感じられるのは心地よかった——私の新しいシルクのサントップに、Belovedという文字が刺繍されていると感じられるのが心地よいのと同じように。Belovedは、刺し傷への解毒剤だ。ローズが苛立ったようにエンジンをかけたので、私は布をバケツの中に放り込んで、「〈ホテル・ファミリー〉空きあり」と書かれた看板の下に隠した。看板には埃っぽい小道を指す矢印がついていて、小道は〈ホテル・ファミリー〉にチェックインするファミリーをホテルまで連れて行く。沸騰して、煙を上げて、煮えくり返っている家族（ファミリー）を——一夫一婦制の家族、一夫多妻制の家族、母系の家族、父系の家族、核家族。

私たちは母と娘だけど、家族なの？

私は車のドアをバタンと閉めた。

脚に感覚がないというのに、どうして母は運転できるんだろう？　でも彼女は運転した。母がクラッチからブレーキ、アクセルに脚を動かすと、私はただ、彼女の判断力が鈍らず、無傷のまま家に帰って間違った水をまた母に届けられると、信じるしかなかった。市場までの道順は新しくタールが塗られた高速道路をまっすぐ走るだけだ。ローズの運転は速かった。彼女は楽しんでいて、窓の外に左肘を出していた。なぜ運転を習わないのかと訊かれたので、四回実技試験に落ちて、筆記試験にも落ちたので、その後は諦めて自転車を買うことにしたんじゃない、ともう一度説明してやった。

「そうね」と母は言った。「あなたが運転しているところは、想像できないもの」

どうしたら何かを想像せずにいられるんだろう？　もし私が人間のセクシュアリティについて

想像できないと言ったらどうなる？　人間のセクシュアリティについてすでに聞かされてきた説明とは別の方法では想像できないと言ったら？　別の文化を想像できないと言ったら？　父の出身地であるギリシャについて想像するのは、私の許容範囲を超えているとしたら、どうやって一日ははじまって終わるというのだろう？　もし彼が捨てた娘のことを恋しがっていたり、いつか二人は仲直りするかもしれないと想像するのが不可能だとしたら？

　私はブレーキの上に載っている母の脚を見下ろした。つま先が一旦ブレーキから離れてから、自信満々に華麗に踏み込んだ。「あなたがビーチの端から端まで歩いているところは、想像できるよ」と私は言った。

　返事をする代わりに、母は聖歌を歌いはじめた。「古代　あの脚が／イングランドの山の草地を歩いたというのか」

　そうであったらいいのに。母の脚は大半の時間ストライキをしているけれど、彼女が何を交渉しようとしているのか、何が交渉を難航させているのかはわからない。彼女の足はイギリスでいう9サイズで、顎は大きい。私たちの祖先は常に戦っていたから、そのせいで顎が突き出たのだ。苦情を言うのはすごく骨が折れる。怒りの隠し場所から彼女を引き離そうとする人たちを撃退するために、母にはあの顎が必要なのだ。私は何か別のものに関心を持たないといけない。自活していないので、彼女の症状に関心を持つだけの余裕がない。私は博士号を断念したけれど、もしかすると博士号が取れれば、私の関心を私的なものではなく公的なものにできたかもしれないし、自分の時間を全部費やせるような教科を教える資格がもらえるのかもしれない。資格を取るというのは、私が抱えるもうひとつの問題だ。

ローズはウィンカーを点けて車道を右に曲がり、海に向かった。「アルメリアで新しい友達ができたみたいじゃない？」

私は彼女を無視した。

「あなたの父親について話しておかないといけないことがあるの。私の父と比べると、彼はとても優しい人よ」

母がめまいを抑えるために飲んでいる薬なら、何でもいいから欲しいと思ったけれど、その薬は服薬リストから外されてしまった。そうね、父は優しすぎる。だから娘に十一年間も連絡してくるだけの勇気が持てないのだろう。

フリエタ・ゴメスに病歴を記録してもらったことで、ローズは別れた夫についてこれまでとは違う見方をするようになったのかもしれない。ナース・サンシャインについては、色々と思うところがあるようだ。母は車の速度を落としながら、フリエタが酔っ払いなのは間違いないと言った。理学療法のセッションの間、彼女の息はいつもアルコールの匂いがするの。率直に言って、これは倫理的な問題よ。

母はスピードを出しすぎていた。私は息を止めるのと同時に、ひび割れた唇を噛んでいた。「フリエタは鋭いし、とても頭がいいわ。私のことを決して批判したりしないしね。だから私も彼女を批判するのは気が引けるの。でもこれはややこしい話だから、色々な選択肢を考えておかなくちゃならないのよ」

ローズはすでに、フリエタ・ゴメスと三回分の病歴記録を取っていた。母はもっと考え深くなり、秘密を抱えるようになり、ひょっとするとより親切にすらなったかもしれない。まだ白猫のジョードーのことは嫌っていたけれど、いやいやながらもクリニックの一員として認めるようになっていた。ジョードーにビタミン剤の注射を打たれたとしても、母は驚かないだろう。ゴメスは足の裏に猫の絵を描くべきだと母に言っていた。そうすれば、一日中ジョードーを踏みつけていられるからと。

私はゴメスのその発言は、母を歩かせるための賢い方法だと思った。

私たちは、車道の端にある空き家の私道に車を停めた。その家のポーチにはあちらこちらに破れた洋服が山積みになって、置き去りにされている。私が車のトランクから車椅子を取り出すと、道を隔てたところで市場が開かれているのが見えた。頭上では飛行機が低空飛行していて、近くの空港に着陸しようとしていた。母を抱えるのは本当に大変だ。やっと座った。私は車椅子を押して、熱いタールマカダムで舗装された道路を渡り、日陰になったところにいくつかテーブルと椅子を出している露店に向かった。ローズにチュロスを買う列に並んで来てとせがまれた。アニス酒と一緒に楽しもうというのだ。しかも彼女は最後に、「ありがとう、フィア」という言葉まで付け足していた。

今、私たちが見ているのは、月の風景なんです。ガイドは全員、アルメリアについてそう言う。強い風と、太陽光で干からびた土。川床は乾いてひびが入っている。青緑色の霞が、ハンドバッグや赤ブドウや玉ねぎを売っているぼろぼろの露店の上にかかっている。私は車椅子を押して、錆びたポールにくくりつけられているビニール製の日除けの陰にローズを連れて行く。彼女はもうすでに右膝に包帯を巻いた年配の男と話しはじめている。杖についての会話のようだ。

チュロスの形は二つあって、溶かしたチョコレートに浸けた長いものと短いものがある。私は長い方を二本買って、ローズには紙コップに入ったアニス酒も持っていく。

年配の男は、空中で杖を振り回しながら、母にその先についたゴムの部分を見せている。私は二人の隣に腰をおろすと、ゴムの先端に感心したふりをする。

本物の夜の星々の下で愛し合うということをやり遂げたあとなので、私は向こう見ずな気分になっている。ここで恋人と一緒に座って、寄り添い合って、もっとくっついたり、触れ合ったりしたい。でもその代わりに、〝病弱〟というある種のキャリアを持つ母親と一緒にいる。私は若いし、ファンが新たに生み出すセクシーな夢の主人公になることだってあるかもしれない。初めて会った時、彼は「夢は終わった」と言っていたけれど。それに私は、私を苦しめているイングリッドにとって愛する人なのかもしれない。

ローズが私の手を叩いた。「フィア、腕時計を買いたいの」

私はチュロスを口の中に押し込んだ。サクサクしていて油っこくて、砂糖まみれだ。スペインに住んでいる間、どうりで体が東西へと広がっていくはずだ。

アニス酒のせいで、ローズの息は熱かった。水を飲み込むよりも簡単に、燃えるようなリコリス酒を飲み込めたようだ。「それはそうと、あなたはあんなに複雑なコーヒーマシーンを動かせるんだから、車だって運転できるはずよ。信じて。本当にものすごく簡単なんだから」。母が頭を後ろに傾けてアニス酒を一気に飲み干すのを見て、私はうがいをするのかと思った。

その時、私の現実の母親と幻の母親――楽しくて、満ち足りていて、健康で、生命力に溢れた母親――が一緒に姿を変えた。想像力と現実がどうやって一緒にひっくり返って状況をめちゃくちゃにするのかは、一風変わったフィールドワークになりえる良いテーマだ。でもそれについて考えるには、私は気を取られていて、露店に並べたこれみよがしに派手な麦わら帽子を自らかぶっている女性を見ていた。帽子は値札が紐につけられたままで、彼女の目の前で揺れている。まるで見られるのを遮るためにつけたみたいだった。時折、彼女はわざと頭を上げて、値札が顔の前で無秩序に揺れるようにしていた。

私は立ち上がって、いつものように車椅子の後ろに立ち、ブレーキを上げた。でも履いていたエスパドリーユ（底にジュート麻を使用したサンダル）がぶかぶかだったので、なかなか難しかった。それから車椅子を押しながら埃まみれの道路を進み、穴や犬の糞をかわしながら、ハンドバッグやお財布、水滴がついているチーズやふしくれだったサラミ、サラマンカ産のイベリコ豚の生ハム、紐状のチョリソー、ビニールのテーブルクロスや携帯電話のケース、ステンレス製の串に刺さって回転している鶏肉、チェリー、変色したリンゴやオレンジや唐辛子、バスケットに山積みされたクスクスやターメリック、ハリッサ（北アフリカの辛いペースト）やレモンピクルスの瓶、懐中電灯、スパナ、ハンマーなどの横を通り過ぎていき、その間ローズは、丸めた『ロンドン・レビュー・オブ・ブックス』で脚に止まったハエをバンバンと叩いていた。

私は埃まみれの道路で脚を止めた。

母は脚に止まったハエを感じられている。

一匹のハエ。ハエを感じられるのだ。

麻痺なんてしていない。むしろかなり敏感な方だ。

また私が車椅子を押しはじめ、不況のせいで放棄され、家の温かみがまったく感じられない、灰色のコンクリートの集合住宅を眺めている間も、母がハエを叩くパシッという、文学的な音が聞こえた。

「止めて、止めて、止めてちょうだい」

ローズは安物の腕時計を売っている露店を指さしていた。白い優雅なローブを羽織った背の高いアフリカ系の男が、母に向かって左手を振っている。Cの文字を描くように曲げられた右腕にはヘッドフォンが並んでいた――青、赤、白のヘッドフォン。ローズは車椅子をもっと近くに寄せてと大声で叫ぶと、すぐに太いバンドがついた、ピカピカした金の腕時計を摑んだ。文字盤には、偽物のダイヤモンドが円を描いている。

「ずっとギャングがつけてるような時計が欲しかったの。これは私を見送るブリンブリン（派手なアクセサリーを見せつける意味の俗語）よ」

「見送るってどこから？」

「私はゴメス・クリニックでじりじりと殺されているのよ、ソフィア。薬は少なくなってきているし、クリニックのスタッフは診断するスキルなんてこれっぽっちも持ってやしない。あの人たちは決まりきったことしか言わないんだから。私の調子が良くなったように見える？」。母は車椅子に脚を叩きつけた。「これまでのところ、脚の潰瘍については、糖尿病かもしれないですねって言われただけでしょ。それしかあのヤブ医者と猫は真剣に受け止めていないんだから」

アフリカ系の男は母の指からそっと時計を解放すると、ねじを弄びはじめた。そしてダイヤモンドがついた盤面を耳に押し当てて、振った。どうやら好ましくない音がしたようだ。白いローブのポケットに手を突っ込むと、小さなねじ回しを取り出した。時計がバラバラになった頃には、ローズはその時計を買わないわけにはいかなくなると私は確信していた。

私は母の前に踏み出した。「いくらですか?」。まるで怒っているみたいに私は両手を腰に当てていたが、怒ってはいなかった。奇妙だった。私は怒っているふりをしていたけれど、心は入っていなかった。感じてもいない怒りを表現する方法を、いったいどこで覚えたんだろう? 私の声は方向転換して音階を上がっていき、責めているようにも聞こえる音に着地していた。自分が信じていない態度をとる方法を、どこで学んだんだろう? Beloved という文字についてはどう? もしかするとイングリッドは、あの文字を青い糸で刺繍して、特に重要な意味はないみたいに私に渡してくれた時、心で感じてもいないことを感じているふりをしていたのかもしれない。

時計はたった五十ユーロだと男は言った。

私は笑い出しそうになったけれど、皮肉は笑うことと同じではないし、彼もそれをわかっていた。

今彼は、小さな丸いスチール盤を長い指の間に挟んで大切そうに持っている。ローズが、まるでまったく新しい発明品について話すみたいに、あれは電池なのよと説明してくれた。二人とも、電池に熱中していた。男は頷いたり笑顔を見せたりしながら、母に同調していて、まるでお金では買えない価値があるとでも言うみたいにダイヤモンドを指さしていた。アニス酒でローズの頬は赤い。彼女が円を描いているダイヤモンドの数を数えはじめると、男は彼女の手首がむきだしのままでいるのはそう長くないと察した。母には人を引きつける魅力と活力があるようだ。彼女の名前である ROSE(ローズ) に息を吹きかけたら、アルファベットの文字はごちゃまぜになって、EROS(エロース) になる。翼はあるのに、脚を引きずっている愛の神。

母が手首を差し出すと、男はその周りに時計をつけた。

彼女の華奢な骨格には時計は大きすぎるし、これからもそれはずっと変わらないのは明らかだった。男はスツールを母の隣に引き寄せると、金のバンドをつないでいる金具を調整する間、彼の膝の上に手首を載せるように言った。母の腕の毛が金具に引っかかっている。私は彼女の代わりに小さな痛みを感じているみたいに、自分が顔を歪めていることに気づいた。共感（エンパシー）はメデューサの刺し傷よりも痛い。

母が〝自分を見送る〟ために、時間を管理する装置を買うというお決まりの行程を進んで行く間、私はほうきやネズミ捕りなどを売っている露店を見に行った。アルミホイルのトレーの上には、ピンクや青のバースデーキャンドルがたくさん置かれていた。三本で一ユーロ。もっと高いものは銀色で、同じく銀色のケーキに刺せる尖った部分もついていた。他にも色々な種類のモップやバケツ、鍋やフライパン、木のスプーンやうらごし器を見た。私はこれまで大人になってから一度も自分の家（ホーム）を持ったことがない。私が家を築くとしたら、家庭用品を売っているこの露店で何を買う？　始末しなければならない蛾やハツカネズミが出るだろうし、クマネズミやハエもそうだ。女性の身体のような曲線美の、空気をきれいにする消臭スプレーを手にとった。彼女は水玉模様のエプロンをつけているけれど、大きなお腹や胸は隠しきれていない。カールされたまつげは長く、唇は小さくすぼめられている。彼女の取り扱い説明書は、イタリア語、ギリシャ語、ドイツ語、デンマーク語、それに私が知らない言語にも訳されていたけれど、どの言語にも、彼女は「非常に燃えやすい」と書かれていた。

英語の説明書もあった。彼女をよく振ってください。彼女を部屋の真ん中に向けてスプレーしてください。彼女のお腹や胸の大きさは、紀元前約六千年のギリシャの豊穣の女神のものと大して違わない。女神たちは水玉模様のエプロンはつけていないという違いはあるけれど。彼女たちは心気症に苦しんでいたのだろうか？　それともヒステリー？　大胆だったのかな？　脚が不自由だったとか？　人間の温かさ（ミルク・オブ・ヒューマン・カインドネス）でお腹一杯だった？

　私は消臭スプレーを四ユーロで買った。それはいくつもの言語に翻訳された加工物（アーチファクト）で、明らかにある女性についてのひとつの解釈（胸、お腹、エプロン、まつげ）を示していたからだ。私は公共の場所で奉仕（サービス）の記号（サイン）を見かけたことに面食らっていた。なんで記号が男性と女性に分かれているのかわからなかった。最もよく見かける棒線画で描かれた人間の記号は、男性でも女性でもない。物事をもっとわかりやすくするために、私にはこのスプレーが必要なの？　どんなわかりやすさを私は求めているんだろう？

　私としては、稲妻を手に持つゼウスであるファンを征服したつもりだった。でも、救助小屋での彼の仕事は、チューブに入った軟膏で傷を手当てすることなので、記号はごちゃ混ぜになった。母のようで、弟のようで、妹のようで、もしかすると父のようでもある彼は私の恋人になった。私たちはみんな、お互いを示す記号の中に潜んでいるのだろうか？　私と消臭スプレーの女性は同じ記号に属している？　市場の上を別の飛行機が飛んでいて、空に見える金属の胴体は重たげだ。〈コーヒー・ハウス〉で会った男のパイロットは、飛行機はいつも〝彼女〟と呼ばれると教えてくれた。彼の課題は彼女のバランスを保ち、彼女を彼の手の延長になるようにして、そっと触れただけでも反応するようにすること。彼女は繊細で、大事に取り扱わなければならないと。一週間後に私たちが深い関係になると、彼もまたそっと触れられると反応することがわかった。

　それは私が求めていたわかりやすさではなかった。私は物事をもっとわかりにくくしたいと思っていた。

アフリカ系の男と母は、気が合うようだった。彼は彼女にアルメリアの歴史について話しながら、母の手首から時計を外して、金具に挟まっていた産毛を整えられるようにした。その時計を売るのにかなり長い時間をかけていた。

「アラビア語で『アルメリア』は『海の鏡』という意味なんですよ」

ローズは聞いているふりをしていたけれど、全神経は、ダイヤモンドがちりばめられた腕時計に注がれていた。「動いてる！　チクタク鳴っているのを感じるわ。だって、私の腕は脚と違って麻痺していないんだから」

彼女を見送るための時間を管理する装置が、チクタク鳴っている。

「私は脚が不自由でね」とローズはアフリカ系の売り子に言った。彼が首を振って商売人が見せる同情を示すと、母は五十ユーロ札をこれみよがしに空中で振ってから、恩着せがましく渡した。

「お時間をいただきありがとうございました」

男が私たちに向かって手を振って別れを告げる間も、太陽は近くに置かれたオリーブと巨大なケッパーが入ったバケツの中のピクルス用の塩水を温めていた。あらゆるものから、きつい黒酢の臭いがしていた。

「今が何時か知りたい、ソフィア？」

「ええ、そりゃあもう」

「十二時四十五分。減らされていく一方の薬を飲む時間ね」

車に戻ると私は、車椅子を畳んでトランクに積む間、車椅子から降りて立っているようにローズに言った。

「そうしたいからってできるわけじゃないのよ、ソフィア。今日は立てないの」

私が母をやっとのことで車に乗せ終わるまでの間、彼女は不満や、愚痴や、やじ、侮辱的な言葉を全部私に向けてきた。それから私の欠点や、欠陥や、彼女を苛立たせる癖をなじり続けるので、母は本当はギャングで、私の人生を奪おうとしているのではないかと思った。

助手席に座ると、私はドアをバタンと閉めて、母が車を発進させるのを待った。でも彼女は、ショックを受けたように、じっと動かないままだった。私たちは誰も住んでいないと思っていた廃墟の外に車を停めていた。でもよく見てみると、その家には人が住んでいた。でも屋根には穴が開いていて、窓は壊れている。母親と幼い娘がポーチでスープを飲んでいた。あらゆるものが壊れていた――手押し車も、ベビーカーも、椅子も、テーブルも。そして腕が一本取れた人形が、車の近くに倒れていた。

どこからどう見ても、壊れた家だった。

私の母は、彼女の小さな壊れた家の長だった。

ドアから家の中に入り込んできた野生の小動物が、子どもを怖がらせるのを防ぐのは彼女の責任だった。目の前のこの悲しい家は、母が心の中に抱えている幻のようで、ロンドンのハックニーにある私たちの家のドアからオオカミが入り込んでくるのを止められないかもしれないという彼女の恐怖を表しているみたいだった。学校では、特別に無料で給食を食べられる資格が与えられていたけれど、ローズはそれを私が恥じているのを知っていた。大抵の日、彼女は仕事に行く前、私に魔法瓶に入れたスープを持たせてくれた。重たい学校用のかばんに入れて持ち歩く間、スープの中身が宿題の上に漏れた。私にとって魔法瓶に入ったスープは苦悩の種だったけれど、母にとっては、オオカミがまだ訪れていない証拠だった。ガイドブックには、丸々一ページを使って、一時期アルメリアで繁栄したイベリアオオカミについて書かれている。どうやらフランコが独裁していた間に、オオカミを絶滅させるための特別な活動が行われていたようだ。当然、そのなかでも生き残ったオオカミがいるわけだけど、わざわざこの家のドアはノックしなかった。その代わりに、窓を突き破って入ったのだ。

飛行機が、空に残した白い航跡を断ち切った。

子どもが、スプーンを私の母に向けて振っていた。

「ソフィア、家まで運転してちょうだい」。ローズは鍵の束を私の膝の上に放り投げた。

「だから、運転はできないんだって」

「できるわよ。どっちにしたって、すごく強いアニス酒を飲んじゃったから、私も運転できないわ」

彼女が助手席の方にじりじりと体を寄せてきたので、私は車を降りる羽目になった。車を回って運転席まで行くと、座席に座って、イグニションに鍵を差し込んだ。エンジンが動いた。私はハンドブレーキをいじって、車をバックさせた。

「完璧じゃないの」と、ローズは言った。「見事なバックね」

車輪の下で何かが踏み潰される音がした。

「ああ、あのかわいそうな子どもの人形ね」と母は言って、窓の外をじっと覗いた。「気にしないでギアを変えて、ウィンカーをつけて、シートベルトを締める。そうよ、いい感じ。さあ、行きましょう」

私が時速十マイルで車を走らせる間、ローズは前かがみになってミラーを調整した。「もっと速く」

間違ったギアを入れていたので、シフトレバーの位置を正してから、新しくできたばかりで誰も走っていない車道で、思い切りスピードを上げた。

「ソフィア、私は安心して運転を任せているけれど、ひとついいかしら」

「何？」

「スペインでは、道路の右側を走るのよ」

私は笑い、ローズは新しい腕時計を見て時間を教えてくれた。

「上り坂になるから、ギアを変えないと。私たちを追い抜こうとしている車が見える？」

「うん、見えるよ、彼のことでしょ」

「彼女よ」と母は言った。「彼女はあなたを追い抜こうとしているの、見通しがいいところを走っているからね。自分の方に向かってくる車両が一台もないって、見えているってこと。それはそうと、今は一時よ」

コーヒーマシーンを動かすのと比べれば、運転するのは何てことない。ローズが言ったとおりだった。

トランクの中で何かが転がっている。角を曲がるたびに、横の壁に当たるのだ。スピードを落とすと、車は突然ガクンとなって、止まった。

「ブレーキとアクセルを踏むちょうどいいバランスを見つけないとね。ニュートラルに入れて、もう一度発進させてみて」

シトロエン・ベルランゴがよろよろと前進すると、トランクの中のものがガタガタと鳴った。

「それはニュートラルじゃないよ」。そう言いながらローズが私の代わりにギアを調整すると、車はまた走りはじめた。「あなたに免許がないことを心配しているんじゃなくて、眼鏡がないのが心配なのよ。私があなたの目にならなくちゃならないでしょ」

母は私の目。私は母の脚。

村外れの駐車場に到着して私がハンドブレーキを引くと、ローズは新しいお抱え運転手ができたと言った。

母に対する私の愛はまるで斧だ。すごく深いところまで切り込んでいく。

彼女は指を私の首筋に伸ばして、脂ぎった巻き毛に触れた。「どうしたら髪がこんなことになるのかしらね、フィア。あなたを見ていると、ハネムーンに行った時のタクシー運転手を思い出すわ。あなたの父親と私をケファロニア島のホテルに連れて行く間に迷ってしまったの」

母は私に鍵を渡すよう、身ぶりで伝えた。「あなたの父親は髪がすごく自慢でね、でも私は触わらせてもらえなかった。当時、彼の髪は黒くて長い巻き毛が肩にかかるくらいあったわ。やがて、私はそれは何かを象徴しているんだと考えるようになった」

そんな話は聞きたくなかった。でも母がゴメスに語ったように、私は彼女にとって唯一無二の存在なのだ。

お抱え運転手という新しい役になりきってドアを開けてやると、母は家まで歩くと言った。明らかに、歩行には何の問題もなさそうだ。私は彼女に背を向けて、中でガタガタと音を立てていたのは何だったのかトランクを探った。ようやく見つけると私は、マシューがレンタカーをピックアップして、ナース・サンシャインと一緒に契約書にサインをしたあとで、トランクに隠しておいたのではないかと思った。

青い塗料のスプレー缶が入っていたのだ。

ローズは駐車場の端にあるヤシの木の幹に寄りかかっていた。腰をかがめた姿は、耐えられないほど重たいものを運ぼうとしているみたいに見えた。

大騒ぎ

あのキス。私たちはそれについて話したりはしないけれど、一緒に作っているココナッツアイスクリームの中に入っている。インングリッドがペンナイフを使ってバニラビーンズをかきとる間、それはふたりの間の空間にある。彼女の細長いまぶたの中や、卵黄や、クリームの中に潜んでいて、イングリッドの心という針と青いシルクの糸で書かれている。私は自分がイングリッドに何を望んでいるのか、なぜ彼女は私を辱めるのを楽しんでいるのか、あるいはどうして私はそれに耐えているのか、よくわからない。

どうやら私は、傷つけられることに同意したらしい。

イングリッドは彼女が住むスペイン家屋の、至るところに置かれたいくつものバスケットに山積みにされた洋服を見せてくれる。そして擦り切れた紐がついた白のサテンのワンピースを引っ張り出す。縁に染みがついているけれど、この服は私に似合うと彼女は言う。メデューサの刺し傷がずっと痛いみたいだし、時間の余裕ができたら直してあげるよ、と。

傷はずっと痛いわけではないけれど、イングリッドをがっかりさせたくない。冷凍庫に入れたアイスクリームができるのを待つ間、彼女は私の髪を自分の指に巻きつける。「絡んだところを切ってあげる」と彼女は言う。

イングリッドは洋服の入ったバスケットに載っている、装飾のついた鋭いハサミに手を伸ばす。髪の間でハサミの刃が動く。私が振り向くと、彼女は巻き毛の太い束をトロフィーみたいに手で持っている。私は気が気でなかったけれど、母に副作用や離脱症状が出るのを待つよりもずっと刺激的だ。落ち着かない気持ちになるのは副作用なのかもしれない？

「ゾフィー、人類学者はお墓から人の頭を盗んで、測ったり分類したりするの？」

「それは昔の話。私はお墓に人の頭を探しに行ったりなんてしないよ」

「じゃあ、あなたは何を探しているの？」

「何も」

「本当に？」

本当に。

「何もないのが、なぜ面白いの？」

「だって、全てを隠しているじゃない」

イングリッドは私の腕を軽くパンチした。「あなたはひとりの時間が長すぎるんだよ。手を使って何かを作ったらいいのに」

「例えば？」

「橋とかさ」

もしイングリッドが沼を渡るために私を導く橋ならば、私と会うたびに彼女はレンガをいくつか抜き取っている。まるでエロティックな通過儀礼みたいに。沼に落ちずに橋を渡りきれれば、私は自分の苦しみを償えるかもしれない？　イングリッドの唇は甘くて、官能的で、柔らかくて、ぷっくりとしている。彼女は落ち着いていて、言葉数の少ない女性だけど、彼女が選んだBelovedは大きな言葉だ。

イングリッドは、仕事から戻ってきたばかりのマシューと一緒に庭に座るよう私に命じる。

彼は日陰で、木と木の間に吊るしたハンモックに寝転んでいる。「今日はさ、マジで面白いことがあったんだよ」。マシューが脚で木を押すと、ハンモックは左から右へ揺れはじめる。「一番難しいのはさ、ソフィー、誰かにその人自身でいさせることだよ」

彼は、自分には十分本当の自分だと思える自分を呼び出そうとするみたいに、頭上の葉っぱに向かって両手を振る。

蓋を開けてみると、マシューはライフ・コーチだった。企業の経営幹部たちに、よりよいコミュニケーションや、勢いの中にユーモアを交えて、自社製品を効果的に売る方法を教えている。

マシューは彼自身でいられているのだろうか？

彼は親しみやすいけれど、うさんくさい。だからと言って、彼を責められないのは、彼のガールフレンドが私にちょっかいを出していて、彼もまた何か別のものにちょっかいを出しているからだ。でも私には実際に何が起きているのか、わからない。たとえば、彼の右手がフリエタ・ゴメスへの青色のメッセージを書いている間に、左手がイングリッド・バウワーの日焼けした長い太ももをさするというようなこと。

イングリッドは自家製レモネードと銀色のトング、フレッシュミントの小枝と氷の入った水差しが載ったトレーを運んでいる。おざなりにマシューの頬にキスをすると、彼女はプラスチックのコップに氷をたっぷり入れて、レモネードを注ぎ、ライムのスライスとミントの葉を何枚か散らす。イングリッドは妻とは違う。むしろアスリートでも数学者でもあるバーのホステスみたいだ。幾何学を勉強し、中国に顧客がいる仕立て屋でもある。それに加えて〝悪いお姉ちゃん〟でもあるけれど、それについては話したがらない。

マシューの趣味はワイン収集だ。彼は、マスター・オブ・ワインやバイヤーやソムリエが教えてくれる、特定のブドウや生産地についてのコースをいくつか受講したこともある。ここスペインでは、乗馬のインストラクターをしているレオナルドというワイン通の仲間を見つけた。レオナルドは厩舎(きゅうしゃ)のあるカントリーハウスのオーナーで、イングリッドは洋裁をするためにその家を間借りしているのだ。彼女が働くのは火曜日と水曜日で——二日だけなのは人生は短い(ショート)から——背が低い(ショート)マシューは、彼女が傍にいないと寂しがる。

「ゾフィー、カントリーハウスを見に来ない? 私が使っている機械は古いインド製なの。イーベイで買ったんだけど、全然壊れないんだよね。重たくて、すごく美しいんだよ」

マシューが手持ち無沙汰にしているので、イングリッドは彼について話しだす。自分のことを憎めない人間だと思っている彼を、彼女は愛しているようだ。マシューは自信に胸を膨らませている。

自分について私が知っていることが全部、ガラガラと音を立てながら粉々になっていく……イングリッドはハンマーだ。

　マシューに何度も日陰に座るよう言われても、彼女はそれを無視して、日が射している私の横に座る。

　彼は顔を上げて、まるで私たちはイングリッドの幸せという共通の関心があるとでも言うみたいに、私に微笑みかける。「インガに太陽の下にいないように言ってよ。彼女の肌は薄いから、体に良くないんだ」

　私は彼に向かって巻き毛を振る。「サンシャイン（太陽の光）はセクシーでしょ」

　マシューはコップの中からミントの葉をすくって、噛みはじめる。「それはなかなか微妙なところだよ、ソフィー。太陽光については科学界でも色々な議論があるんだ。毎日地球を温めているけれど、人の判断を鈍らせもするしね」

「何に対して？」

「日々の責任さ。だから誘惑されるんだ」

　責任について話していると、マシューは私の母について訊いてくる。「で、ゴメス・クリニックには結構なお金を払ったの？」

「ええ」

　彼はブロンドの髪を耳にかけてから、すでにその答えを知っていたみたいに頷く。「いいかい、ソフィー。言っておくけど、あの〝医者〟って呼ばれているヤツは抹消されるべき人物なんだよ」

「そうかもね」

「本当に、そういなんだよ。ゴメスは危険なろくでなしだ」

「どうしてわかるの？」

「今僕は、ここスペインで、ロサンゼルスから来たある重役をトレーニングしているんだけど、彼曰く、ゴメスはいかがわしいヤブ医者だって」

私たちが話している間、イングリッドは膝の上にバランスよく立たせている植木鉢の赤ちゃんサボテンの周りに、小石をいくつか並べている。「ゾフィーはただお母さんを助けているだけだし、あんたの顧客は信用ならないよ」

マシューがわざとらしくゆっくり首を振ると、ハンモックがきしんで揺れる。「いや、彼は信用ならなくなんてないよ。トニー・ジェイムスはすごい人だ。今日は、話しながら空中にゴルフボールを投げて取るっていうエクササイズを一緒にやったんだけど、彼はゾンビみたいに動きが止まっちゃってたよ。まるで信号が変わるのを見ているみたいにね」。マシューは頭上の葉っぱに手を伸ばして、指先で触れる。

私はもっと大胆にならないといけない。もっと勇気や目的を探して、自分が何を考えているか追求しないといけない。

「トニー・ジェイムスは製薬会社の人？」

マシューはレモネードが入っていた空のコップを地面に投げ捨てる。「まあね」

蟬が、午後の叫びを轟かせはじめた。

「まあね」は一風変わったフィールドワークにはうってつけのテーマだ。

「まあね」は、白いビニールハウスの中にいる製薬会社の被験者を隠し、白いビニールカバーは低賃金で人々が働かされている砂漠の農場で育つトマトやピーマンを隠している。それにマシューは、ゴメス・クリニックの大理石の壁を「サンシャインはセクシー」という言葉で覆い隠した。でも彼はフリエタ・ゴメスのことを怒っているみたいだ。

　マシューが本当にイングリッドを愛していると自分が信じているのかどうか、私はよくわからない。

　しばらくしてから、私は彼に素敵な赤い革のベルトをしているねと言う。

「ありがとう。イングリッドが買ってくれたから気に入っているんだ」。彼はまた元の話の流れに戻れてほっとしているようだ。

　人類学者は流れから外れなければならない。そうでなければ、思考を整理し直すことはできないからだ。私たちが立てる煙幕に水を掛けてくるような人はいないだろう。私たちの現実は他の現実と相容れないと言ってくる人はいないし、ある村と住居の図面——それが生や死とどう関係するのかや、なぜその女性たちは村の周縁部で生きているのかがわかるもの——が重要な意味を持つと理解できる人もいない。

　マシューは流れに乗り続ける。ハンモックの中で体の位置を調整してから、また新たに力を入れて揺らしはじめ、大半が石油会社に勤めている顧客が、パワーポイントを使ったプレゼンテーションをうまくできるように、自分がどんな手法を編み出したのかを説明する。彼らに自分たちはいったい何者なのか、自分たちは何を重視しているかをイメージさせ、権威と自信を持って振る舞い、聞いている人たちを味方につけるために冗談を言うべきかなどと心配せずにいられるようにするのが、彼の仕事だ。マシューは重役たちに「しっぽが犬を振っている（主客転倒の意味）」とか

「あなたは最高だ（スター）」というフレーズを使うのを禁じている。執行役員たちはいつもスピーチプロンプターの使い方でつまずくので、その際の対処法も教えている――何も起きなかったふりをするのではなくて、言いがかりをつけるようにするようにと。彼は顧客たちが潜在的に持っているリーダーシップを解き放つ手伝いをする仕事に、やりがいを感じている。公の場で振る舞ったり、スタッフに嫌われていたりすることに対して彼らが弱さを見せると、彼らとマシューの間には愛に似たような感情が生まれる。彼は、自分の人とは違うところを育てていくよう奨励している。昨日は、ロサンゼルスから来たミスター・ジェイムスに、ミーティングには必ずゴルフボールを持っていくように勧めた。喋りながらゴルフボールを投げるのは、彼特有の仕草になるだろう。

マシューは両腕をハンモックの両側に延ばして飛んでいるふりをしている。奇妙なのは、フリエタ・ゴメスが母の病歴を記録する間に、口数少ないなかで仄めかしたことを、マシューの口からいくつか聞いたことだ。マシューが話す時には、表現は変わっていたから、まるで、フリエタの行いを彼がハイジャックして、自分がやったことにしてしまったみたいだった。彼がトレーニングをしている重役たちは、彼の聖なる水牛で、彼は彼らのペルソナ形成を手伝っている。その仮面を通して、彼らは会社の代表として自社製品について忠実に話せるようになる。仮面の下の顔はますます仮面と一体化していき、見分けがつかなくなる。仮面が割れてしまえば、彼らはマシューを呼び出して、またくっつけ直してもらうのだ。

イングリッドは日陰の方へと歩いていき、木の下に立っている。私は初めて、彼女のおへそに涙形をした緑色の宝石のピアスがついているのに気付く。彼女の指にはサボテンの棘がいくつも刺さっていて、彼女はマシューに抜いてもらいたがっている。

「おい、インガ、ハンモックの邪魔をしないでくれよ」。彼の声はなんとなく脅しているように聞こえる。

イングリッドは彼の顔の上で棘の刺さった指を振る。「マティ、あんたは黙った方がいいね」。そう言うと彼女は自分の唇を指さして、チャックを締める仕草をする。「ゾフィーにとっては全部がフィールドワークなの。メモを取られてるんだからね。いい？　彼女があんたのライフコーチング法についての論文を書いたら、みんなにあんたの秘密が知れ渡るんだからね」

「インガ、近づくなよ。これは僕のハンモックなんだし、押してくれなくていいから」。マシューの声は、まるで彼女を非難しているみたいに聞こえる。

イングリッドは元いた場所に戻ると、片手を私の膝の上に置く。「そうしたらゾフィーに棘を抜いてもらうよ」

「きみは何の仕事をしているの、ソフィー？」。マシューが話に割り込んでくる。葉っぱの下で優しく揺られながら、目はもう閉じられている。

「通好みのコーヒーを淹れているよ」

「すごいスキルじゃないか。どうやったら完璧なコーヒーが淹れられる？」

「良質の豆、挽いたあとの豆の触感、それからお湯の注ぎ方」

マシューはまるで何か重要なことを話し合っているみたいに、真剣な顔で頷く。「それでどうしたいの？」

「どういう意味？」

「ほら、仕事や金っていうヤバいことだよ。人生っていうゲームにつきものの。願い事のリストを書くことになって、人には見えないインクを使えるとしたら、どんなことを書く？」

二人の家の庭に生えた砂漠植物の周りに植えられた、さまざまな三角形をした鏡の破片に、赤くなった自分の顔が見える。

「ゾフィーは願い事リストに書くことなんて何もないよ。何も、何も、何にもね」。イングリッドは棘の刺さった指先を私の膝の上でぱたぱたさせる。

私は恥ずかしくて嫌な気持ちになる。これまで、人生で何を重要だと思っているのか、私が口にしたことがあった？ それになぜそれをマシューに言わないといけないの？

彼は指を鳴らして笑う。「スピーチプロンプターが必要だね、ソフィー！ それってまさにフリエタ・ゴメスがやっていることだろ？ 彼女は顧客に記憶を呼び起こすきっかけ（プロンプト）を与えているんだよね？」

私は立ち上がると、庭とビーチを隔てている低い石垣を飛び越える。何かを飛び越えられるようになったのは、ここスペインで起きた良いことのひとつ。

私はひどく孤独だ。

私は砂浜を歩いていて、潮は引いている。女性が馬に乗って走っていて、砂浜（プラヤ）の焼けるような砂の上を横切っていく。背の高いアンダルシアの馬。たてがみがギラギラと光っていて、ひづめは雷鳴のように響き渡り、海は輝いている。彼女は青いベルベットのショートパンツと茶色の乗馬ブーツを履いていて、巨大な弓矢を持っている。腕には筋肉がついていて、長い髪は編みこまれていて、太ももでしっかりと馬につかまっている。彼女の息遣いが聞こえるのと同時に、矢が空中を飛んできて私の心臓に刺さる。私は傷ついている。私は欲望を抱えたまま傷ついていて、愛の試練を受ける準備ができている。

ビーチでは四人の男の子がバレーボールをしていて、ボールを打ってはネットの上に飛ばしている。飛んできたボールを、私は高く飛び上がって打ち返す。彼らは喝采を送り、私に手を振る。

そのなかの一人はフアンだった。

イングリッドとフアン。彼は男らしくて、彼女は女らしい。でもその特徴は、深みのある香水みたいに互いに染み出して混じり合っていく。

ギリシャ人の女の子が話すと、イギリス訛りがあるのがわかるけれど、髪は私の父親が塩漬けラードやマスタードと一緒に食べるパンみたいに黒い。朝、彼女は村奥の墓地近くの庭にいるニワトリのために、スイカの皮を残しておく。その皮を毎朝買い物袋に入れて、ニワトリの飼い主セニョーラ・ベデロに届ける。彼女が被っているソンブレロ・ハットの幅広のつばが、肩に影を落としている。メデューサの刺し傷は徐々に消えていく。

人間の盾

診察室には奇妙な空気が流れていた。ゴメスは苛立っているようだった。シャツの袖はまくられていて、人を不安にさせるような髪の白い筋は汗で湿っていた。

「一番新しく撮ったレントゲン写真をどう解釈したらいいかわからないんですよ。間違いないのはですね、ローズ、骨密度が下がっているということです。でもそれは、五十歳以上の女性にはよくあることなんですよ」。彼はため息をついて、たて縞のシャツの上で腕を組んだ。「骨っていうのはすごく面白いんです。コラーゲンとミネラルでできている生体組織なんですよ。四十五歳を過ぎると、私たちの骨は骨密度が下がって弱くなるわけですが、あなたの痛みの原因は骨の成分が大きく損なわれたことではない。歩いて家に帰ることをお勧めしますよ」

母の顎には、銀色の毛が一本まっすぐに生えていた。

「ミセス・パパステルギアディス、治療を続けたいのであれば、今飲んでいる薬を全部やめてください。全部です。ひとつ残らず。コレステロール値を下げるもの、睡眠導入剤、動悸を抑えるもの、消化不良を抑えるもの、偏頭痛を抑えるもの、腰痛を緩和するもの、血圧を調整するもの、それと鎮痛剤、全部です。全部」

驚いたことに、ローズはゴメスの目を真っ直ぐに見つめながら、要求を呑んだ。「あなたと一緒にやっていく心構えはできているんですよ、ミスター・ゴメス」

ゴメスも明らかに母を信じていないようだった。彼は手を叩いた。「でもいいニュースがあるんです！　私の愛しい恋人が妊娠したんですよ！」

最初、私はゴメスが何を言っているのかわからなかった。でもすぐに例の白猫だとわかった。彼は私の方へやってきて、腕を差し出した。腕を自分の腕に絡めるように誘っているのだ。骨密度も穴も全部、皮膚と洋服で覆われている骨と骨をくっつけ合わせながら、ゴメスは私をまるで花嫁のように診察室から連れ出すと、大理石の床を通って柱の横の壁が小さく窪んだ場所まで連れて行った。

影になっているところに、段ボール箱が置かれていた。中ではシープスキンのラグの上でジョードーが横になっている。彼女はゴメスを見ると目を細めて、ミルク色の足を舐めはじめた。彼は膝をついて、ジョードーが喉を鳴らす強くて深いゴロゴロという音が、クリニックの大理石のドームのあらゆる音を飲み込んでしまうまで、顎の下を撫で続けた。私は初めて、天井が低いことに気づいた。見方によれば、この建物は灼けつくような砂漠に広げたテントみたいだ。

「獣医が言うには、妊娠六週目らしいんだ。だからあと三週間もすれば産まれる」。ゴメスはジョードーのお腹を指さした。「膨らんでいるのがわかるだろう？　このシープスキンのラグをこの子にあげた時、少し感傷的になっちゃったよ。いずれはどかさなくちゃならなくなるけどね。彼女が上に寝る柔らかいものには、匂いがついていてはならないんだ。母猫と仔猫たちは匂いでお互いを嗅ぎ分けるからね」

彼は私の母よりもずっと白猫に関心がある。ひょっとすると、髪の白い筋が猫との親近感を高めたのかも？　私はゴメスと一緒にひざまずいて、太った白猫のジョードーを崇めるのは遠慮した。

「唇が動いているよ、ソフィア・イリーナ」と彼は言った。「まるで舌が口の中で沸騰しているみたいにね」

私はゴメスに、母が薬を全部やめても問題ないと言って安心させてもらいたかったけれど、勇気がなくて言い出せなかった。

「人類学の分野で働いているんだってね。学んだことから思いつく三つの言葉を言ってみてよ」

「古代、残留物、出現以前」

「すごくパワフルな言葉だな。それについてじっくり考えていたら、妊娠しちゃいそうだ」

私は眉を上げた。イングリッドが戸惑った時に見せる表情を真似たのだ。

「あとこれは別の話だけど、きみはお母さんの名前で借りたレンタカーを運転しているよね」

「ええ」

「つまり運転免許を持っているってことだよね？」

ゴメスのズボンの右ポケットの中で何かがピーピー鳴っていたが、彼は気づいていないようだった。「きみは、お母さんの薬の管理に慣れている。だから、自分が薬をやめるみたいに感じているんじゃないのか？　きみはお母さんを、自分の人生を築くことから身を守るための盾として利用しているよね。僕はきみとお母さんのそれぞれの人生から薬という慣習を消し去った。よく聞くんだ！　きみは別の人生を考えないといけない」

彼の淡い青色の目を縁取っている濃い青色の円は、父がいつも持ち歩いていた青い目の形をしたお守りに似ていた。

「ソフィア・イリーナ、僕のポケベルの音を聞いてみて！　医師になりたての頃からずっとこの音が好きなんだ。本当に緊急な時にしか鳴らない。もう長くはもたないってわかっているんだけどね。ナース・サンシャインは他の装置に替えて欲しがっているよ」

ポケベルは、ゴメスが猫の白い毛が膨らんだあたりに指を滑らせている間もずっと鳴っていた。しばらくすると、彼はポケットから取り出して、ちらりと見た。「やっぱりそうか。ウェルカル南東のヴェラで心臓発作だ。オレンジの木が美しいタベルノとは違って、あそこには一本も木が生えていない。でもこのコールには出られないな、僕は心臓専門じゃないし」。そしてポケベルのスイッチを切ると、ポケットの中に戻した。

彼女は裸のまま寝室で立っている。たっぷりとした胸は引き締まっている。今彼女は飛び跳ねている。飛行機みたいに腕を伸ばしたまま飛び跳ねている。脇の毛は剃っていない。彼女は何をしているのだろう？　スター・ジャンプのエクササイズだ。六回、七回、八回。乳首は肌の色よりも濃い。彼女は壁の鏡に映った私の姿を見た。その目は左に揺れ、彼女は手で口を覆う。彼女にブラインドを下げてと言う人は、誰もいない。

芸術家

フリエタ・ゴメスは彼女のスタジオまでの道順を教えてくれていた。カルボネラスにある小さな公園の近くなので、脇道に車を置いてから歩いてくるようにと言われた。今では私はしょっちゅうベルランゴを運転している。ギアをニュートラルに入れること以外は、簡単だった。でもそんなことは私の人生の大きな問題ではない。一番恐いのは、警察に止められて、正式な証明書を見せられないことだ。それはパブロが給料未払いのままクビにしたメキシコ人や、砂漠の農場にある溶鉱炉で働いている移民たちとのもうひとつの類似点だ。

免許は持っていますか？

まあね。

そうなったら、植民地時代の古い人類学者よろしく、私は交通保安官に十三粒のガラス玉と、淡水貝の真珠層（マザー・オブ・パール）を三つそっと渡す。もしそれが十分でないなら、ボリビアの釣り針が入った包みを渡して、それ以上求められたら、セニョーラ・ベデロのニワトリが生んだ卵を二つ、保安官のカーキパンツのポケット（挿してある拳銃の横）に滑り込ませるだろう。でも、実際そう訊かれたら、どうしたらいいかわからない。車をバックさせて、車と三つのゴミ箱の間に駐車しようとして、ゴミ箱を全部倒してしまった。

十二人の女学生たちが公園の木のステージ上でダンスのレッスンを受けていた。公園の周りには枯れかけたレモンの木が生えている。彼女たちはみな明るい色のフラメンコドレスを着ていて、それに合ったダンスシューズを履き、髪はタイトにまとめられてお団子に結われていた。私は彼女たちが指を鳴らしたり、足を踏み鳴らしたりするのを見ていた。彼女たちは懸命に笑わないようにしていたけれど、なかには我慢できない子たちもいた。九歳くらいだろう。私は取らなかったけれど、彼女たちは運転免許を取るのだろうか？　それに加えて、この地球で機能するために必要なその他の免許も？　何ヶ国語かを流暢に話せるようになって、女性や男性の恋人を作ったりして、気候変動が引き起こす地震や洪水や干ばつを生き抜き、スーパーのコイン式買い物用カートの穴にコインを入れて、奴隷農場の溶鉱炉で育ったトマトやズッキーニを探すようになる？

膨らんだ紫のブーゲンビリアが工業用建物の壁を覆っている。そこがフリエタ・ゴメスのスタジオだった。石畳の路地の端にある三棟の小さな倉庫の一番奥。私は彼女の名前の横にあるドアベルを鳴らした。

フリエタは金属製のドアを開けて、がらんとした部屋へ私を案内してくれた。部屋は油絵の具とテレピン油の匂いがした。今日の彼女は、ジーンズにTシャツ姿という出で立ちで、足元はスニーカーだ。でも目もとには先が完璧にはねたアイラインが引かれていて、爪は赤く塗られている。床はコンクリートで、むき出しの煉瓦でできた壁には、六枚の絵画と真っ白な布のキャンバスが何枚か立てかけられていた。家具は革のソファと木の椅子三脚と冷蔵庫だけで、私が家（ホーム）を築くために市場の露店で見ていたようなものは間違いなくひとつもなかった。ハツカネズミや、蛾や、クマネズミや、ハエを取るための道具すらない。グラスやカップやパン切り用のまな板が二枚、テーブルの上に置かれていて、棚には本がぎゅうぎゅう詰めになっている。

　フリエタは正しい名前の発音を教えてくれた。

「フーリエタ」

　そして、自分の正式な名前はゴメス・ペニャだと言った。なぜ父親にナース・サンシャインと呼ばれているのかというと、十代の時に母親が亡くなって以来、彼女が一度も笑わなくなったからだ。「わりと効き目があるんだよ。患者さんを明るい気持ちにもさせるしね」。フリエタは冷蔵庫から取り出してきたビールを私に渡すと、自分も一本取った。

　私は彼女に、誰も正しい発音で言えないから、姓を変えたいと思っていると伝えた。これまでの人生で、誰かに「パパステルギアディス」の「パパ」のあとをどう発音したらいいのか尋ねられずに過ぎた日は一日もない。

「でもあなたはまだ名前を変えていないから、実はそれを面白がっていたりして?」。フリエタはビールを唇まで持っていき、ごくごくと飲んだ。「暇な時間はこうやって過ごしているんだ」

　暇な時間にお酒を飲んでいるという意味だろうか?

　フリエタは壁の方へ歩いて行くと、そこに置いてあった一枚のキャンバスをひっくり返して絵を見せてくれた。スペインの伝統的な黒いドレスに身を包んだ若い女性の肖像画だった。ぎょっとしたような、膨らんだような、丸い目をしている。ハエのような油っぽい目――でももっと大きくて、二ユーロ硬貨くらいはある。顎の下に扇子を持っている彼女は、少しフリエタに似ていた。

「カメレオンの目をした私だよ」。本物のフリエタが、私の恐怖心を隠してくれていた長い沈黙を笑った。「カメレオンとしては生まれてこなかったけど、カメレオンになる人」

彼女は酔っ払っているのかもしれない。

「つまり、動物が好きってこと?」

バカみたいな質問だったけれど、悪夢みたいな彼女の目について何と言ったらいいかわからなかった。

「うん、動物と一緒に暮らすのが好き。父も同じだよ」

フリエタは子どもの頃はコッカースパニエルを飼っていたけれど、スペインのどこかで誘拐されてしまったのだと言った。近所の人たちは、朝早くにトヨタのトラックが停まっていて、犬がいなくなったのを見ていた。フリエタの母親は土木技師で、アンダルシアのより肥沃な部分にある川から砂漠地帯まで水を運ぶ、奥地のパイプシステムを設計していた。でもヘリコプターの墜落事故でシエラ・ネバダで亡くなり、フリエタの父親はグラナダの病院で彼女の死体を確認した。それはフリエタの人生における二度目の消失で、時々夢の中ではまぜこぜになって、トヨタのトラックで連れ去られたのが母親になったりするのだと言う。

私はフリエタに彼女が母とやっている「病歴」と呼ばれるものを記録する時の、インタビューの技術はどこで学んだのか尋ねた。

「ああ、私はクリニックの全てのアーカイブ作業を担当してるのよ。英語がうまく話せるからね」。彼女はタバコをもみ消すみたいにスニーカーの先をコンクリートの床に押し付けた。

見ると、フリエタはゴキブリを踏みつけていた。

「なんで病歴は理学療法って呼ばれているの?」。私は彼女の自画像を見た時よりも鋭い目で、彼女を見た。

フリエタはひびの入った大きな革のソファに座りながら足を組んでいて、手にはビール瓶を持っている。「座ってよ」。そう言うと、彼女はテーブルの近くにある三脚の木の椅子を勧めるような仕草をした。

私は椅子をソファの近くまで引っ張ってきて、座った。スタジオは明るくて、ひんやりしていた。彼女とここで一緒にビールを飲んで話すのを、私は楽しんでいた。これまでずっと感じてきたよりも、はるかに穏やかな気持ちだった。まるで静かに海に浮かぶ鳥が、波や流れに身を任せているみたいに。私は自分自身でいられていることに心がなごんでいて、それはきっと、フリエタが私を変だと思っていなかったからだと思う。だから私は、〝変ではない人〟のふりをする必要はなかったし、カメレオンみたいなことをしなくてよかったのだ。

もしかすると私も酔っ払っているのかもしれない。

フリエタはビールをすすると、私にこのブランドのビールは好き? と尋ねた。彼女はエストレージャの方が好きだと言ったけれど、飲んでいたのはサン・ミゲルだった。

私は飲んでいるビールが好きだった。

「理学療法は、私たちがクリニックで主に行っていることなの。父には自己流の戦略とやり方がある。もちろんそれと同時に、あなたのお母さんの症状を知るための兆候を探しているんだけどね。筋肉と脳の中の電気活性を調べたけど、問題になるようなものはなかった。一見わかりづらい器質疾患や血管疾患を見逃してはいないと父は確信しているよ」

「そうね」と私は言った。「でも私は病歴について聞いたんだよ」

「一番いいのはね、ソフィア。彼女の脚が麻痺しているのを、肉体的な弱さだと勘違いしないことよ」

「そのために私たちはスペインに来ているんじゃない。何か体に問題がないかを調べるために」

私はだんだん大胆になっていった。

フリエタは私を見上げ、微笑んでいた。私も微笑んでいた。ひょっとすると、私たちはお互いの笑顔を真似し合っていて、カメレオンみたいなことをしている？

彼女の歯は、大半がポーセリンセラミックで、まばゆいくらいに白かった。完璧な歯。どうして完璧なのが変なのかはわからないけれど、実際に変だった。私は時々ポーセリンベニアについて考える。もしも取れてしまって、その下にある歯——尖った切り株みたいにヤスリをかけられて、モンスターの歯みたいになった歯——がむき出しになったらどうするんだろう？

フリエタはソファの後ろに頭をもたせかけると、スニーカーの先についた黒いしみを見た。

「アーカイブは私の仕事のなかでも面白い作業なの。科学は勉強したくなかったけど、私は父に従ってバルセロナで医療実習を受けた。毎日本当に退屈だったよ。手術後の出血を扱う専門家にさせられるところだったんだから。ありえないよ！」

「なんでアートの学校に行かなかったの？」

「才能がないから。でもクリニックは大理石で作るべきだって私が提案したの。亡くなった母の青白い肌に敬意を表すためにね」

私たちは双子のようだった。一人は母なしで、もう一人は父なし。

フリエタのスタジオで彼女と話をするのは楽しかった。彼女は住んでいる場所は別にあると言っていたけれど、不況を機にこの物件の一部を買うことになったそうで、そもそもここはイワシを詰める倉庫だったという。私は、もしかするとフリエタは手強い人なのかもしれないと思いはじめた。最初に見かけた時、彼女は身だしなみもきちんとしていて、おしゃれで、有能な人に違いないと思った。でもいったい私は、看護師や理学療法士にどんな見た目であって欲しいと思っていたんだろう？　フリエタが抱える父親との問題にはどこかほっとするところがあった。それは私も父親との問題を抱えていて、彼女は私が博士号取得のために書いていた論文のテーマに関心があったからだ。気づいたら私は、文化的に共有される記憶という論文のテーマについて話していた。それから、物事が自分にとってうまく転がると罪悪感を感じるとも言った。物事がうまくいくと、母にとって物事がうまく行かないことの原因のように思えてしまうのだと。

「ローズなら真っ先に、罪悪感は人を無力にすると言うだろうね」。フリエタは天井を指さした。クモが梁と梁の間に入り組んだ巣を作っていて、その生糸の罠にちょうどカリバチがかかったところだった。

私はビールをすすると、薬を全部やめた母と一緒に、スペインで仮住まいしているビーチハウスに戻って生活を共にするのはすごく大変だけど、他に行く場所がないという話をした。私はいつも他の人の家で暮らしている。

私はずっと話し続けた。

クモは巣の中の彼女の居場所から動こうとしなかったし、カリバチも同じだった。

私はもう時間の感覚が摑めなくなっている。

今ではフリエタ・ゴメスは秘密を抱えていて、その秘密の中には私の秘密も含まれている。でも大半は母が告白した幼少時代の秘密だ。ローズの骨が医学の研究対象になるのであれば、戸棚に入っている骸骨もまた研究対象になる。世代から世代へと伝承されるものは全部、フリエタの音声アーカイブの中に入っている。私は彼女にもう一度、なぜあの工程を理学療法と呼ぶのかと尋ねた。骨や筋肉の中に、母の記憶が保たれているから？

「ねえ、ソフィア。あなたはその専門家でしょ。文化的記憶について論文を書いているんだから」

一時間以上話すうちに、私はこの部屋にも録音機器があるのかもしれないと思いはじめた。あまりにも多くを打ち明けすぎて、不安になったのだ。でもフリエタも、会話を続ける間にビールをもう二本飲んでいて、彼女自身について打ち明けていた。なんにしても、私はフリエタをロールモデルのように思いはじめていた――彼女の着ている服のデザインや、ブランドの靴や、ビールの飲みっぷりの良さといったレベルには到底届きそうにもないけれど。とりわけ、インタビューの技術にはとても及ばない。そのあとの会話でも、彼女は黙っていたけれど、受け身でいたわけではなかった。スタジオの外でバイクのエンジン音がした時、私は自分のインタビュー方法の欠点について考えていたところだった。これまで私が話の腰を折った時に狼狽した情報提供者が一人いた。彼の話に割り込んだことで、結局彼は席を立ってしまった。誰かが、フリエタの家の玄関の郵便受け越しに叫んでいる。ドアが押し開けられ、コンクリートの床に金属が擦れる音がして、それからバタンと閉まった。

ワインの瓶を抱えたマシューが部屋に入ってきた。椅子に私が座っているのを見ると、誰かに顎をフォークで突かれたように、頭をぐいっと後ろに傾けた。彼は中立的（ニュートラル）な表情を作ろうとしていた。ニュートラルは私がいつも苦戦しているシトロエンのギアだ。彼もそこまでうまくはなかった。

「ああ、やあ、ソフィー」とマシューは言った。そしてソファにいるフリエタをちらりと見てから、髪が目にかかるように頭を横に傾けた。「きみのお母さんを担当している看護師に、僕のコレクションから一本ワインを届けようと思って、ちょっと立ち寄ったんだ」

フリエタが唇を開くと、まばゆいくらい白い歯が見えた。「だめでしょ、マシュー。だめなんだって。最初にノックをしないままで、絶対に入ってこないで。私の名前が横に書いてある呼び鈴が、ドアについているでしょ」。彼女は視線を私に向けた。「マシューは私が働いている間は、この部屋に勝手に入ってきていいと思ってるのよ」と彼女は言った。「なぜか、郵便受けの隙間から叫んだり、何をしてもいいと思ってる。だから今、私は彼にマナーっていうものを教えてあげないといけないの」

マシューの目は、床の上の潰れたゴキブリに釘付けだった。

「ちょっとややこしいんだよね」

そう言うとフリエタは立ち上がり、赤い爪で彼を指さした。「あなたは私の患者なの？　それともただワインを持ってきただけ？　自分の理学療法士を口説こうとするのはそんなにおかしなことではないけれど、猫がおしっこをひっかけるみたいにその人の父親の職場の壁に、自分の願いをスプレーで書くのはヤバいよ」

　私はフリエタがその「ヤバい」という言葉を、マシューがいつも言うのと同じように使ってみせたのかどうか気になった。あるいは、彼女は本気でそう言ったのだろうか？　企業の救世主（メシア）みたいに両腕を広げてハンモックに横たわっていた時、マシューはちょっと気が狂っているみたいに見えた。

「ああ、そうだね」。マシューは目にかかった髪を振りはらうと、私に向かって親指を立てた。「フリエタは僕を猫だと思っているんだ。ゴメス・クリニックの人たちは本当に動物好きだよな」

　私は女の子たちがフラメンコのステップを練習していた小さな公園の中を歩いて車まで戻った。今ではもう高校生のクラスに代わっていた。私はレモンの木に寄りかかりながら、踊る彼女たちを見た。十六歳くらいで、炎のような色のドレスに身を包んで一列に立っていた。音楽がはじまっても、微動だにせずに立ったままで、でも突然背中を弧を描くように反らして、両腕を持ち上げた。誘惑と痛みのダンスだった。

戦士イングリッド

私たちは恋人同士になった。イングリッドは裸だ。彼女のブロンドの髪はたっぷりとして、顔には細かい霧のように汗が浮いている。両手首には金のブレスレットが二本つけられている。頭上では、扇風機の羽が回ってカタカタと音を立てている。ふたりは、観光客が訪れるリゾート地サンホセに近い、カボ・デ・ガタ＝ニハル自然公園の真ん中にある、厩舎がいくつかあるようなカントリーハウスの奥の部屋にいる。インド製のミシン三台は長テーブルの上に置かれていて、その横には巻かれた布やイングリッドがヨーロッパやアジアに向けてデザインし直した衣類がある。アーチ型の通路は列柱のようにシャワールームへと続いている。ここは仕事部屋のはずなのに、空間の大半をベッドが占領している。ベッドは巨大で、まさに戦士のためのもの。コットンのシーツは柔らかくて網目が細かく、イングリッドは、これは単に白いというだけでなく、黄色が一切入っていない深い白で、ベルリンからスペインに来る時に一緒に持ってきたと説明してくれる。

石の暖炉はきれいに掃除がなされていて、焚き付けが入ったバスケットが近くに置かれている。乾いた大きな薪の上には、小さな斧が均衡を保つように置かれている——冬になると、誰かがその斧を使って、渦(うず)を描く時間の輪を粉々に叩き割って火を起こすのだろう。でも今、外の気温は四十度だ。

私が好きなこと
・たくさんの刺繍が施されたベルトを外すイングリッドの姿
・イングリッドが自分の体を好きなこと
・赤土にイングリッドの素足がまみれていること
・湖みたいなイングリッドのおへそについたジュエリー。その傍に私の頭を横たえること。現在の方が過去よりもミステリアスなこと。まるで風で葉っぱがめくれるみたいに彼女が体勢を変えること

鉄格子がはめられている窓から、背の高いサボテンを見る。六本の緑の腕には、トゲトゲのついたナシみたいな実が重たそうについている。階段の上から、そこにはいない誰かに向かって手を振っていた時のことが思い起こされるけれど、その記憶は消えていく。私はどこか別の場所、恐らく違う国へ向かう途中で、しかもドイツの高速道路(アウトバーン)みたいに体が長くて頑丈なイングリッドに支配されているからだ。

私が好きなこと
・イングリッドの力
・イングリッドが私の体が好きなこと
・イングリッドがボーイフレンドの洗練されたワインセラーから盗んだワイン
・イングリッドの力が私を驚かせること（どっちにしても私は驚いているけれど）
・ベッド脇のテーブルの上に置かれたいちじくのパン
・イングリッドが私の名前を英語で呼ぶこと

彼女の体の曲線は女性らしいが、時々話し方がマシューみたいになる。「この部屋の大きさはヤバい」とか「この丸太は杉だよね、クレイジーな匂いがしない？」なんて言い方をしたり、他にもこんな変わった表現を使ったりもする。「終わりの見えない展開（ミッション・クリープ）」

　その意味をイングリッドから教わると、私は変な気持ちになった——戦争用語だったからだ。まるで彼女が戦っている間に、脱線するようなこと、もともとのミッションを超越した何かが起きたみたいだった。私はまたマーガレット・ミードや、彼女の夫たちやその他もろもろのことを考えて、その他もろもろというのは彼女の女性の恋人のことで、彼女もまた人類学者であったのを思いだした。壁にあの引用文を書いた時、私は頭の中でそれについて考えていたに違いない。

　私はマーガレット・ミードみたいにサモアやタヒチに行って人間のセクシュアリティについて研究する必要はなかった。幼少から大人になるまで私が知っている唯一の人間は私自身だけど、自分のセクシュアリティは謎のままだ。イングリッドの体は裸電球。彼女は手で私の口を覆うけれど、彼女の口だって開いている。私は彼女に出会う前にも、ホテル・ロルカで一度、それからのんびりした日に鏡の中で一度、彼女の顔を見かけたことがあった。そして今、彼女は腰を上げ、私たちは体の位置を変える。

イングリッドとの出会いは、あらかじめ決められていた出来事だ。ふたりとも書き記してはいなかったけれど、いずれにせよ最初からそこにあったのだ——転ぶ前にあったあざのように。

しばらくすると、私たちは歩いてシャワールームへ向かった。壁から天井まで、石器のような色の石でできた四角いタイルが貼られていた。熱帯暴風雨みたいに水が吹き出していたけれど、ここの水は氷みたいに冷たくて、胸の上に降り掛かってくるとふたりとも震え上がった。

シャワーから出ると、私たちは何かがおかしいと気づいていた。何か危険な事が起きる予感がした。見えないけれど、そこには何かがいた。何の音もしなかったけれど、私たちの腕の毛は逆立っていた。それからふたりは、何かが暖炉の傍の焚き付けの入ったバスケットから這い出てくるのを見た。青くて、稲妻みたいなそれは、石の床から部屋の向こう側の窓のあたりまで横ぎっていった。

「蛇だ」。イングリッドの声は落ち着いていたけれど、いつもよりも少し高かった。体には白いタオルが巻かれていて、髪からは水が滴り落ちている。彼女はもう一度スペイン語で言った。

「蛇（セルピエンテ）」

イングリッドは丸太の上に置かれた小さな斧に向かって歩いていった。蛇は壁際で、身動きせずにいた。彼女はゴルフクラブみたいに斧を抱えながら、じりじりと近づいていき、石の床には濡れた足跡が残されていった。それから斧を数インチ持ち上げると、蛇の頭めがけて思い切り振り下ろした。切断された蛇の体は丸まって、それから二つの部分は身悶えし続けた。

私は震えていたけれど、叫んだり、イングリッドに恐怖を見せたりしてはいけないとわかっていた。彼女が斧を使って蛇をひっくり返すと、白い腹が見え、まだ体を巻きつけようとしていた。私の方を向いたイングリッドは、片手には斧を持ち、体からはタオルが、古代ローマの男が着ていたトーガみたいに垂れ下がっていて、腕はボクシングクラスの成果か、筋肉で引き締まっている。彼女はドイツ語で「蛇だ」と言った。

私は蛇から離れるように彼女に言ったけれど、彼女は私に傍に来るように言った。ものすごく繊細な針に糸を通せるイングリッドの指が、まだ斧に巻きついたままなのが、私は怖かったけれど、彼女に初めて会った日からずっと怖かったのだ。蛇はまっ二つになって床に転がっていたけれど、私はそれが完全に死んだと確信していなかった。私はマシューのワインの瓶のところまで行くと、瓶からワインを飲んだ――だから今、私の唇は紫色で、舌はざらついている。まるで潰したプラムとローリエを飲んでいるみたいで、私はイングリッドの方へ歩いていって、キスをした。左腕を彼女の腰に巻き付けながら、右手で彼女の指から斧を外した。

私たちはこの部屋には死んだ蛇なんていないとでも言うみたいに身支度を整えて、服を着て、指輪をはめて、ピアスを付け直して、髪をとかして、部屋を出た。何百本もの糸でできた白い柔らかなシーツ、ミシン、布、厚い壁に木の梁、いちじくのパン、香りの良いワインの瓶、二つに分かれた青い蛇、石の床についた私たちの濡れた足跡、まだ水がしたたっているシャワー。

イングリッドと一緒に車まで行くと、ベージュ色のタイトな乗馬パンツを穿いた男がドアに寄りかかっているのが見えた。背が低くて日に焼けている。イングリッドが、彼は乗馬の先生のレオナルドで、家を貸してくれた人だと教えてくれた。彼はタバコを吸いながら彼女を見ていたけれど、その後、視線は私に移った。

私は目にかかった髪を払った。レオナルドの眼差しは、パブでドラッグを売買する時に、誰かが汚いお金の束を他の人の懐に滑り込ませるみたいに、私の中へ何かを滑り込ませてくるようだった。彼は私を威嚇していた。

レオナルドは、今見ているものを自分はよく思っていないと私に伝えていた。私は身の程を思い知らせ、心の化身（アバター）である目で脅せるように、小さく切り詰めるべき人間だと。

彼は私の足をすくませようとしていた。

私はレオナルドの心を表す眼差しを打ちのめして、まさにイングリッドが蛇の頭を切り落としたように、私の眼差しでその首を切り落とさなければならなかった。だから私はまっすぐに彼を見返して、私の眼差しを彼の目の中に滑り込ませた。

レオナルドは親指と人差し指の間にタバコを挟んだまま、凍りついた。

突然イングリッドが彼のもとへ駆け寄って、唇にキスをし、それでレオナルドは我に返ったようだった。彼が彼女にハイタッチをして、パチンと音を立てると、イングリッドはアスリートみたいに彼の方に体を傾けた。レオナルドの手がまだ彼女の手の中にあるのは、ハイタッチした手を、お互いに離さなかったからだ。

まるでイングリッドは、ある種の裏切りに加担しようとしているみたいだった——そう、私はこの子と一緒にいるかも知れないけれど、私はこの子とは違うし、私はあなたと一緒にいるの、とレオナルドに言っているみたいに。

彼女たちがスペイン語で話をはじめると、近くの厩舎の中で馬たちが蹄を踏み鳴らした。

イングリッドが私に何を求めているのかはわからない。私の人生は、人から羨ましがられるようなものではないし、自分ですら欲しいと思わない。私は魅力を失い、疲れ果てているけれど（病気の母親、将来性のない仕事）、イングリッドは私を求め、私の関心を引きたいと思っている。

イングリッドはレオナルドに蛇を撃退したことを一通り話して聞かせていた。彼は彼女の右腕の上腕二頭筋を、噛んで短くなった指の爪で押していて、まるで「おやおや、ひとりで蛇を撃退するなんて、きみはなんて強いんだ」と言っているみたいだった。

彼が履いている茶色い革の乗馬ブーツは、長さが膝あたりまである。

イングリッドは恍惚としているように見えた。「レオナルドが、ブーツを私にくれるって」

「ああ」と彼は言った。「俺が一番気に入っているアンダルシア馬に乗るためには、ブーツが必要だからね。馬の名前はレイ（スペイン語で王の意）って言うんだ。馬の王様だからな。それに美しいたてがみもある。きみみたいなね」

イングリッドは笑いながら、彼に体を傾けて髪を編んでいる。

私はレオナルドの方を向いた。私の声は落ち着いていた。「彼女はその馬に、弓矢を持って乗るんだよ」

イングリッドは髪の毛先で手の甲を叩いた。「そうなの、ゾフィー？　私が狙うのは誰？」

「私だよ。欲望という名の矢を放って私の心を射るの。実際、もうやっているじゃない」

イングリッドは一瞬驚きを見せてから、両手で私の口を覆った。「ゾフィーは半分ギリシャ人なのよ」彼女はまるでそれが全てを説明するかのようにレオナルドに言った。

レオナルドは、親しみを込めて優しく彼女を小突いた。近々ブーツを持って来て、磨き方を彼女に教えてあげるらしい。

「グラシアス、レオナルド」。イングリッドの目は大きく広がり、頬は紅潮していた。「ゾフィーに家まで送ってもらうよ。彼女は今運転を覚えようとしているところなの」

不自由な足

三日間寝ていない。熱さ。蚊。油ぎった海にいるメデューサたち。禿げ山。もしかすると溺れてしまったかもしれない、私が解放したジャーマン・シェパード。ひっきりなしに聞こえるビーチハウスのドアをノックする音。今ではドアに鍵をかけて、応答しないようにしているけれど、昨日は違って、ノックしていたのはファンだった。昨日は仕事が休みだったので、彼のモペッドでカラ・サン・ペドロに連れて行ってくれることになっていたのだ。唯一の淡水ビーチ。ファンは半分の距離をドライブすれば、そこからは彼の友達がボートで連れて行ってくれると言った。私は彼に、母が鬱々としていると伝えた。私は母の脚で、母は脚が不自由。私は自分の扱い方がよくわからない。私は、また脚を引きずりはじめた。車の鍵をなくして、ヘアブラシも見つからない。

蛇の一件と、レオナルドに威嚇されたことが、頭の中の他の考えとぶつかり続けていた。

イングリッドの手から斧を取り上げた時は、確かに怖かった。でも次に何が起きるかを知りたくないと思う程ではなかった。

レオナルドは彼女の新しい盾になったのだ。

母は私に話しかけていたけれど、私は聞いていなかった。母の声が大きくなったので、感づかれたようだ。「太陽の下でまた楽しい一日を過ごしてきたんじゃないの？」

私は母に、何もしなかった、と言った。

「何もしないなんて素敵なことじゃない。何もないっていうのは特権なのよ。私なんて薬を取り上げられちゃって、何かが起きるのを待っているんだから」

母は手首につけたギャングの腕時計をちらりと見た。まだ動いていて、正確な時間を伝えていた。腕時計が時を刻む間、彼女は何かが起きるのを待っている。薬を全部やめるのは母にとって辛いことだった。新しい痛みがやって来るのを待つのは、彼女の人生における大きな冒険だ。母は待っている間、柔らかい食パンを小さくちぎり続け、手のひらで丸めてボール状にして、口に入れると、何時間も吸い続けた。小さなパンの粒は薬に似ているので、心が休まるのだ。彼女は待っていた。毎日、現れないかもしれない何かを。私は、小学生の時に学んだ詩が思い浮かんだ。

二階へ上がっていく時
そこにはいない男に会った。
彼は今日もそこにいなかった
どうか、どうか彼がやってきませんように。

「待っているものは来ないかもしれないじゃない」と私は言った。「昨日なかったものは、今日もないんだよ」。私は母にパンの他にまともなものを食べないかと尋ねた。

「結構よ。空腹では薬を飲めないから食べているだけなんだから」

頭を抱えた私は、母に背を向けると、ノートパソコンのひびが入ったスクリーンセーバーを見た。

「どうやら私はあなたを退屈させているみたいね、ソフィア。まあ、私も退屈だわ。今夜はどんなことをして楽しませてくれるつもりなの？」

「違うでしょ、私を楽しませるのはあなたよ」。私はますます大胆になっていく。

母は唇を動かして、普段よりもさらに不当に扱われたような顔をした。「あなたは痛がっているのに助けてもらえない人のことを、ピエロか何かだと思っているわけ？」

「思ってないよ」

スクリーンセーバーの星座が、私の目の前をふわふわと通り過ぎていった。ぼんやりとした不明瞭な形。ひとつは子牛みたいだ。銀河のどこに行けば草が見つかるんだろう？　子牛は星を食べなくちゃならなくなる。

ローズが私の肩をつついた。「あの医者に、慢性退行性の症状があるって言ったのよ。そしたら彼は、慢性痛については殆ど知らないって白状したわ。現代の患者さんたちを驚かせることになるかもしれないけれどって。驚いたわよ、だって何のために私たちは彼にお金を払っているの？　彼は私の痛みはまだ秘密を打ち明けていないって言うのよ。私にわかるのは、毎日痛みが増しているっていうことだけなのに」

「脚が痛いの？」

「いいえ、脚は麻痺しているから」

「それならどんな痛みが毎日大きくなっているっていうのよ？」

母は目を閉じて、また開けた。「手伝ってくれてもいいのよ。薬局（ファーマシア）に行って痛み止めを買ってきてくれてもいいのよ、ソフィア。スペインでは処方箋はいらないんだから」

私が断ると、母は、「あなたは肉付きが良くなってきたわね」と言った。そして、ヨークシャー・ティーを飲みたいと言った。ウォールド平野が恋しいと言う――もう二十年も訪れていない。「エルヴィスは生きている（エルヴィス・リブス）」と書かれたマグカップに紅茶を入れて母に持っていく。彼女はそれを取り上げると、不当に扱われたような顔をした。まるで求めていないものを私に渡されて、飲むように強いられているとでも言うみたいに。「エルヴィスは生きている」と書かれているから、口を曲げてしかめ面をしているのだろうか？　実際のエルヴィスはもう死んでいるのを思い出させたら、元気になるかもしれない？　苦情。悲しみ。嘆き。彼女は〝苦情ハイツ〟という名前の建物に住んでいるようなものだ。そこは将来的に私も住むようになる場所なの？　そうなの？　ローズは苦情ハイツの部屋を借りるために私の名前をもうすでに登録しているだろうか？　もし他の場所に住むためのお金が無かったらどうする？　順番待ちリストから自分の名前を削除しなければならない。この世のはじまりまで遡る、孤独な娘たちの長いリストから。

　ローズは椅子に座っていた。彼女の後ろ姿は注視できないほど脆弱だった。後ろ姿には、その人の真の姿が表れる。髪はアップにされていたので、首が見えた。髪は薄くなっていて、うなじにはいくらか巻き毛の束が見える。でも、灼熱の砂漠でもきちんと肩からカーディガンをかけているのを見ると、母はそうした習慣を自分の母親から受け継いで、アルメリアまで連れてきたんだと思った。カーディガンには、すごく心を打たれた。母に対する私の愛は斧のように、すごく深いところまで切り込んでいく。

「大丈夫?」

私が覚えている限り、その質問を母にしていたのは私だった。口に出して訊かなかったとしても、頭の中で訊いていた——母は大丈夫なの? 本当に大丈夫? ローズの口調は不機嫌で、ひょっとすると少し戸惑っていたのかもしれなかった。私はふと、彼女は答えを聞きたくないから、私に尋ねなかったのかもしれないと思った。質問と答えは複雑なコードで、それは親族構成も同じだ。

F=父。M=母。SS=同性。OS=異性。私にはG=きょうだいやC=子どもやH=夫はいないし、名付け親(彼らは責任や義務の埋め合わせをするので、架空の家族と分類される)もいない。

私は大丈夫ではない。全然大丈夫ではないし、しばらくずっとそうだ。

私は母に、自分がどれだけがっかりしたかや、もっと早く立ち直れない自分を恥じていることや、もっと大きな人生を歩みたいということなどその他もろもろ、それから、今のところは起きて欲しいと思っていることに対して努力するだけの勇気がなくて、結果的に私も母のように落ちぶれた人生を歩むことがもうすでに星々に書かれ、運命づけられているんじゃないかと考えると怖いこと。だから私は彼女の不自由な脚が世界と交わしている会話への答えを見つけようとしていて、でも同時に、彼女の背骨に何か問題があったらどうしようとか、大きな病気だったらどうしようということを怖がってもいる、ということは伝えなかった。南スペインでのこの夜、私の頭にあったのは、「大きい」という言葉だ。夜の七時で、たそがれ時で、太陽が出ていた長い一日の終わりで、夕方のはじまりで、私の目は粉々になった孤独な星々やミルク色をした雲が繰り広げるひび割れた宇宙に釘づけで、道を見失ったことへの嘆きのようなものが自分の唇から零れ落ちてくるのを聞き、まるでそれは迷子になった宇宙船で、ヘルメットをつけたけれど、何かがおかしくて、地球との交信が途絶えたと言っていたけれど、誰にも私の声は届かなかった。

　ローズが脚を引きずっているのが見えた。左足首がスリッパの中でねじれている。私は自分がいったい誰のために歌っているのか——MなのかFなのかHなのかGなのか架空の名付け親なのか、イングリッド・バウワーなのか、わからなかった。広場のカフェでカラマリ（イカの胴体を輪切りにして油で揚げた料理）を揚げている匂いがしたけれど、イギリスやトーストやミルクティーや雨雲が恋しかった。自分の声がすごくロンドンらしくなっているのは、そこで生まれたからだ。私は部屋を出た。母が私を呼んでいて、私の名前を何度も「ソフィア、ソフィア、ソフィア」と繰り返し、叫びだしたが、それは怒りの叫びではなかった。ひょっとすると私は、粉々になった中国製の星々から浮かび上がってくる母親の幻影に、「明日は明日の風が吹くわよ。あなたはちゃんと着地できる、きっとね」と言ってもらいたいと思っているのかもしれない。

　キッチンまで歩いていくと、テーブルの上には、偽物の古代ギリシャの花瓶があった。例の女の奴隷が水汲みの壺を頭に載せて並んでいる姿が描かれたものだ。私は花瓶を摑むと、床に投げつけた。割れて粉々になると、メデューサの刺し傷から回った毒のせいで、体が浮いているみたいなすごく変な気分になった。

顔を上げると、母が立っていた——実際に彼女は、偽物の古代ギリシャの破片にまみれたキッチンで立っていた。彼女は背が高く、カーディガンが軽やかに肩の上にかかっている。母はこれまでずっと働き詰めで、運転免許は持っているけれど、古代ギリシャでは市民でも外国人でもなかったはずだ。彼女のことを妊娠するための器みたいに考えていたかつての文明の遺跡では、母は何の権利も持たない。私はその器を床に投げて粉々にした娘だ。母はしばらくの間、花瓶を元通りにくっつけようとしていた。彼女は私の父のために塩辛いヤギのチーズの作り方を独学で学んだ。覚えている、よく覚えている。ミルクを温めて、ヨーグルトを加えて、ミルクを凝固させるレンネットの中でかき混ぜて、凝固物を切って、モスリン布とかん水で何かをしてから、壺の中でチーズを漬ける。母は父のためにローストしたラムの上にハーブを載せる。ヨークシャー州ウォーターでは聞いたこともなかったハーブ。でも父が母の元を去った時、彼女はハーブやチーズの請求書を払えなかった。覚えている、よく覚えている。母がキッチンから出ていって、何か別のことをやらなければならなかったのを。オーブンを消して、コートを着て、ドアを開けると、玄関マットの上で一匹のオオカミが私たちを待ち構えていたのを覚えている。でも母はそれを追い払って、仕事を見つけ、唇をつぼめたり、まつげをカールさせたりすることなく、来る日も来る日も図書館で本の索引を作り続けた。それでも髪はいつも完璧に整えられていて、一本のピンでアップにされていた。

「ソフィア、どうしちゃったのよ？」

私が話そうとした時、ちょうど広場で子どもたちを楽しませている芸人が爆竹を鳴らしはじめた。子どもたちの笑い声が聞こえたので、一輪車に乗った芸人の男が口から火を吹いているのだろう。私は偽物の古代ギリシャの花瓶の破片を見つめながら、それはアテネにいる父の元へ行けというしるしだと思った。

申告物なし

父はアテネ国際空港で私を待っていた。でも彼はひとりではなかった。私はひとりでスーツケースを抱えていたけれど、彼は新しい妻と一緒にいて、彼女はふたりの間に生まれたばかりの女の赤ちゃんを抱っこしていた。手を振る父と私との間に聞こえるのは、スーツケースの車輪が大理石の床にあたる音だけだった。会うのは十一年ぶりだったけれど、何のためらいもなくすぐにお互いがわかった。私が歩み寄ると、父は私の方にやってきて、スーツケースを受け取り、頬にキスをして「ようこそ」と言った。父は日に焼けていて穏やかそうに見えた。それどころか、髪がもっと黒くなっていて（私の記憶では銀色だった）、丁寧にアイロンがけされた青いシャツは、肘と襟の折り目が際立っていた。

「こんにちは、クリストス」

「パパって呼んでくれよ」

そう呼べるかどうかわからないけれど、書き出してみれば、それがどんな感じかわかるはずだ。

彼の新しい家族がいる方へ歩きだすと、パパはフライトはどうだった？　と尋ねてきた。睡眠はとれたのか、軽食は出たのか、窓際の席だったのか、トイレは清潔だったのか——そうして私たちは父の妻と幼い娘の隣にきた。

「彼女はアレクサンドラ、それからきみの妹のエヴァンジェリン。『使者』という意味なんだよ、天使のようなね」

アレクサンドラは短くてまっすぐな黒髪をしていて、メガネをかけていた。かなり平凡な感じだったけれど、若くて、青いデニムシャツ（リーバイス製）は母乳で湿っていた。顔色が悪くて、疲れているようだった。鋼製の歯列矯正の器具が前歯にしっかり固定されている。彼女はメガネのレンズ越しに私のことをじっと見ていたけれど、率直で愛想が良かったし、少し用心深いようだったけれど、何よりも歓迎してくれているみたいだった。エヴァンジェリンをちらりと見ると、彼女もふさふさの黒髪をしていた。私の妹が目を開けた。茶色い目が、屋根の上で光っている雨みたいに輝いていた。

父と新しい妻がエヴァンジェリンを見下ろすと、ふたりの目には真実の愛が見えた。むき出しで、恥じらいのない愛。

彼らは家族だった。六十九歳の男と二十九歳の女は、これ以上にないくらい一緒にいるのが正しく思えた。大抵彼らは間違ったふうに見られていた——父親と娘と孫娘——が、そう間違われると、彼らの愛情は正しくなった。私の父、クリストス・パパステルギアディスは、新たに二人の女性を大切にするようになっていた。彼はこれまでとは違う新たな生活を築いていて、私は彼を不幸にした古い生活の一部だった。私は自分に勇気を与えるために、スペインで買ったフラメンコ用の緋色の花のバレッタを三つ使って、髪を留めていた。

父は車を取ってくると言い、私たちは車の乗降場所で待つことになった。それから彼はこう教えてくれた。どうやらバス——X95番のバス——が、飛行場の出口のすぐ外に停まっているようだ。五ユーロかかるけれど、次にアテネに来る時は、それに乗れば中心部にあるシンタグマ・スクエアまで行けると覚えておくといい。パパはエヴァンジェリンの頭の上で優しいおじいちゃんのように車のキーをカチャカチャと鳴らすと、ガラスのドアを通って見えなくなった。

私はアレクサンドラにアイスコーヒーはいる？ と尋ねた。自分用にキオスクで一杯買おうと思ったからだ。彼女はいらないと言い、母乳にカフェインが交ってしまうと、エヴァンジェリンが興奮してしまうからと説明した。アレクサンドラは微笑むと、歯列矯正のせいで私よりもずっと若く見えた。私は矯正をしながら出産したのかどうか気になったけれど、彼女が何の仕事をしているのかと尋ねてきたので、人類学の学位はあるけれど、それを使って何をしたらいいのかまだわからないのだと（フラペチーノをストローですすりながら）答えた。

「それなら、パルテノン神殿を見た方がいいね。今でも残っている古代ギリシャの建物のなかで一番重要なんだって、知ってる？」

もちろん、知ってる。

頭の中でそう答えただけで、口に出さなかったので、アレクサンドラは私にもう一度同じことを尋ねた。

「パルテノン神殿」。彼女は繰り返した。

「うん、聞いたことはあるよ」

「パルテノン神殿」。彼女はまた言った。

「寺院でしょ」と私は言った。

アレクサンドラは灰色のフェルト製の、つま先にふわふわした白いフェルトの雲が付いているスリッパを履いていた。雲には二つのボタンの目がついていて、彼女が脚を動かすとくるくると回転した。雲って目があるんだっけ？　時々風を思い起こさせるように頬を膨らませた雷雲の絵が描かれることがあるけれど、大抵の場合はくるくる回る目はついていない。目がついていたのは、雲ではなかったからだった。羊だったのだ。

アレクサンドラは私が彼女の足元をじっと見ているのを見て笑った。「楽ちんなの。七十ユーロもしなかったんだよ。本来は室内で履くスリッパなんだけど、ゴム底がしっかりしているから、外でも履けるんだ」

父の新しい子どもみたいな花嫁は、矯正をしていて、動物の靴を履いていた。私の目は、更にてんとう虫のイヤリングや、スマイルマークのついた指輪を見かけるのではないかと期待しながら、舐め回すようにして彼女を見た。でも見つけたのは、二つの小さなホクロだけで、ひとつは首に、もうひとつは唇のちょうど上あたりにあった。私は、母はすごく洗練された人だったということに気づいた。彼女の病気という衝立の後ろに潜んでいるのは、洋服の着こなし方を熟知しているあでやかな女性なのだ。

車が到着すると、アレクサンドラとエヴァンジェリンはパパに手伝ってもらいながら後部座席に座った。私は「パパ」と大きな声で言って、何回か独り言でも言ってみたが、その響きはなかなか良かった。彼は赤ん坊を抱いているアレクサンドラの腰にシートベルトをかけるのに手こずっていた。小さな白いシーツを彼女の膝の上に広げて、少し眠るようにと英語で言った。父は手振りで助手席に乗るように私に合図した。私のスーツケースはトランクの中で、父は私たちを乗せてアテネに向かう高速道路を走る間ずっと、鏡を見ては自分の家族の安全を確認していて、アレクサンドラに笑顔を見せながら、自分はここにいてどこにも行かないと安心させていた。

「ソフィア、今はどこに住んでいるの？」

私は、平日は〈コーヒー・ハウス〉の倉庫で寝ていて、週末はローズの家にいると答えた。

「スペインではゆっくり出来ている？　午後は昼寝をしたりしてるの？」

彼はよく「睡眠」「昼寝」「ゆっくりする」という言葉を使った。私はよく眠れていないと話した。大抵の夜は、目が覚めたまま横になっていて、終わらせていない博士課程のことを考えたりしているし、他にもやらなければならないことがあって、それはほとんど病気の母に関することなのだと。それから、今では運転もできるようになったと伝えた。父はおめでとうと言ったが、実は運転免許を持っていないから、ロンドンに戻ったらまっ先に取ろうと思っていると私は説明した。エヴァンジェリンがむせるような音を立てると、彼はギリシャ語でアレクサンドラに何かを言って、彼女もギリシャ語で答えたので、私には一言もわからなかった。パパは〝例の危機〟のせいで薬品が不足していて、ふたりはエヴァンジェリンの健康を心配していると言った。しばらくすると、アレクサンドラが私になぜギリシャ語を話さないのかと尋ねたが、それについては、私の代わりに父が英語で答えた。

「そうだな、ソフィアは言語を習得するための耳を持っていないんだよ。毎週水曜日と土曜日にギリシャ語の学校にも行かなかったしね。それは彼女の母親が英語の学校だけでおなか一杯だって考えていたからなんだけど」

実際、英語の学校では何も食べ物は出されなかった。魔法瓶にはスープが入っていて、レンズ豆で作ったギリシャのスープの時もあった。

「アレクサンドラはイタリア語も流暢なんだよ。彼女はギリシャ人というよりはイタリア人だね」。父はクラクションを二回鳴らした。

私は高くて子どもっぽい声がイタリア語でこうささやくのを聞いた。「ええ。話せるわ」。私が飛び上がると、父は急にハンドルを切った。

振り向いてアレクサンドラを見ると、彼女は片手で口を覆いながら、くすくすと笑っている。

「イタリア生まれってこと?」。どうして自分の声が怒っているように聞こえるのか、私にはわからなかった。もしかするとアレクサンドラは、吐瀉物とミルクの臭いがするこのファミリータイプの車に同乗している、唯一の部外者という私の立場をパンクさせたのかもしれない。

「確かなことはわからないの」。彼女はそれは謎だとでも言わんばかりに首を振った。

アイデンティティを保証するのはいつだって難しいものだよ。

私は髪から全部の花を外すと、もつれた巻き毛を肩の上に落とした。唇にはまだ亀裂が入っていた……まるでヨーロッパの経済や、世界中の金融機関みたいに。

その夜、私はパパがエヴァンジェリンにギリシャ語で歌いながら寝かしつけるのを聞いた。妹は父親ゆずりの、言語に長けた耳を育むのだろう。アルファからオメガまで古代と現代の両方の形で二十四個のアルファベットを学ぶのだろう。

Α	Β	Γ	Δ	Ε	Ζ
Alpha	**Beta**	**Gamma**	**Delta**	**Epsilon**	**Zeta**
(al-fah)	(bay-tah)	(gam-ah)	(del-ta)	(ep-si-lon)	(zay-tah)
Η	Θ	Ι	Κ	Λ	Μ
Eta	**Theta**	**Iota**	**Kappa**	**Lambda**	**Mu**
(ay-tah)	(thay-tah)	(eye-o-tah)	(cap-pah)	(lamb-dah)	(mew)
Ν	Ξ	Ο	Π	Ρ	Σ
Nu	**xi**	**Omicron**	**Pi**	**Rho**	**Sigma**
(new)	(zie)	(om-e-cron)	(pie)	(roe)	(sig-mah)
Τ	Υ	Φ	Χ	Ψ	Ω
Tau	**Upsilon**	**Phi**	**Chi**	**Psi**	**Omega**
(taw)	(up-si-lon)	(fie)	(kie)	(sigh)	(oh-may-gah)

真実の愛を表す言葉をエヴァンジェリンはまず初めに覚えることになる。幼い頃から「パパ」と言う呼び方を習って、心を込めてそう呼ぶだろう。私は症状や副作用という言葉を聞きとる耳を持っている……それが母の言語だから。もしかすると、私の母語なのかもしれない。

緑の多いコロナキにある彼らのアパートの壁は、全面が額装されたドナルドダックのポスターで覆われている。アパートの外では、壁に「ＯＸＩ　ＯＸＩ　ＯＸＩ」と落書きがされている。アレクサンドラがギリシャ語で「ＯＸＩ」というのは「ＮＯ」という意味だと教えてくれた。私は、うん、「ｏｘｉ」が「ｎｏ」だっていうことは知っているけど、どうしてこんなにアヒルがいるの？　と尋ねた。ベニヤ板のパネルにデジタル印刷され、簡単に壁掛けできるようにフックがつけられたものが、郵便で送られてきたのだろう。アレクサンドラは子どもの時に一度もアニメを見たことがなかったから、ドナルドダックを見ると元気が出ると言った。それから水兵服を着たドナルド、スーパーマンの格好をしたドナルド、ワニから逃げているドナルド、紫の魔法使いの帽子を被ったドナルド、サーカスのステージで輪をジャンプしてくぐり抜けているドナルドを指さした。

アレクサンドラは微笑んだ。「彼は子どもなの。冒険をするのが好きなんだよ」

ドナルドダックは子どもなの？　それともホルモンバランスが崩れたティーンエージャー？　あるいは未熟な大人？　もしくは、恐らく私がそうであるみたいに、その全部？　ドナルドは泣いたりするの？　雨が降ると気分を左右されたりする？　どんな時に「ｎｏ」と言って、どんな時に「ｙｅｓ」と言うんだろう？

母は自宅の壁に七枚のローレンス・スティーヴン・ラウリーの絵画を飾っている。彼が描く北西イングランドにある工業地帯の、雨の風景が好きなのだ。ラウリーの母親は病気で塞ぎがちだったため、彼が面倒を見ていて、彼女が寝ている夜の間に絵を描いていた。母とは彼の人生のその部分については話したことがない。

アレクサンドラは、これから私にゲスト用の寝室を案内するから、その間に夕食のためにテーブルをセットしておいてと父に頼む。

「一番良いお皿は使わないでね」と彼女は言うけれど、父はすでにそれを心得ている。もし母とラウリーの母親がお皿だったとしたら――一番良いお皿ではないけれど、一番良くないお皿でもない――二人は自分たちが作られた場所の名前を裏に刻印するだろう。「メイド・イン・サファリング（苦しみ）」。

お皿は宝のように棚に飾られて、彼女たちの不運な子どもたちに継承されるだろう。

私の小さな妹のエヴァンジェリン。彼女は何を継承する？

海運業だ。

「ソフィア」と父が言う。「君の部屋のテーブルの上に、花のバレッタを置いたよ。アレクサンドラが部屋まで案内するって」

ゲスト用の寝室には窓がない。息が詰まりそうだ。ベッドは固いキャンバス生地の折りたたみ式。寝室というよりも物置で、〈コーヒー・ハウス〉の私の部屋にそっくりだ。アレクサンドラは最後のキーキー鳴る音を征服するまでシーッと言い続けながら、エヴァンジェリンを起こさないように、細心の注意を払ってドアを閉め、羊のスリッパを履いた脚で廊下をつま先立ちで歩いて行った。私はベッドに横になった。十二秒が経過した。枕の位置を変えた途端、ベッドが床に崩れ落ちて、緋色の花がついたバレッタがきれいに並べられていたベッド脇の小さなテーブルがひっくり返った。エヴァンジェリンが目を覚まして、泣きだした。私はテーブルを胸の上に載せた状態で床の上に横たわっていて、自転車を漕ぐような動きをしながら、飛行機の旅で疲れた脚を伸ばした。ドアが開いて、父が入ってきた。

「だめだよ、パパ」と私は言った。「最初にノックしないで部屋に入ってきちゃ、だめ」

「ソフィア、怪我はない？」

私は壊れた家具に囲まれて横たわったまま、無言で脚を動かし続けた。

一番良い皿ではないお皿三枚と水差しを載せたテーブルが準備されていた。父は「貧しいものは食べ、腹を満たさなければならない」からはじまる祈りを唱えると、続きはギリシャ語で唱えた。その後、無言になった彼の皿に、アレクサンドラがパスタをよそった。アンチョビとレーズンを使ったイタリアの郷土料理だと彼女は説明してくれた。ひとつの料理に甘さと塩辛さの両方が入っているのが好きだから、自分で作ったのだそうだ。父は祈りを唱えたあとは一言も話さなかったので、代わりにアレクサンドラが話さなければならなかった。スペインではどこに滞在しているのか、闘牛はもう見たのか、スペイン料理は好きかなどと尋ね、それから天候についても訊いてきたけれど、アテネの騒動について話したり、私の母について尋ねたりすることはなかった。もしローズがこの部屋にいる象だとしたら、ドナルドダックは彼女を追い出したりはしないだろう。ひょっとすると彼は彼女の背中に乗ったり、彼女の頭めがけてぱちんこで石を飛ばしたりするかもしれない。でもドナルドのオレンジ色の水かきがついた足で撃退する獣にしては、母はあまりにも大きすぎる。

父が突然話しだした。「私は神様に自分の恥を明かしたんだ、すると彼は慈悲深くもそのお姿を見せてくださったんだよ」。父は自分の皿を見つめていたけれど、あれはきっと、私に話しかけていたんだと思う。

計画

事態は悪くなる一方だった。蓋を開けてみると、アレクサンドラは二流のエコノミストだとわかった。私は傍にいてくれたことがなかった父が作った私への借りを取り立てるためにアテネにやって来たことを考えれば、それは好都合だった。もしかすると父の頭の中では、遅れてやってきた父性を全部、私の妹であるエヴァンジェリンに注ぎ込むことで、自分自身に無罪を言い渡したことにしているのかもしれない。

父は私を、頭が混乱したみすぼらしい債権者だと考えているのだと思う。私は身なりを整えて、顎をこわばらせ、ジャケットとスカートを着て、取引がまとまるよう取り計らう通訳が待機している、ストロボがたかれた風通しの悪い面談部屋に彼を連れて行くべきだ。でも私の体はまだ、熱い砂漠の夜に受けたキスや愛撫のせいで、どくどくと音を立てている。父にとっては、私が彼の人生から出て行ってしまえば、いっそのこと楽になるのだろう。でもなぜか、私にアレクサンドラを承認してもらいたがっている。彼にとって彼女は、最も重要で尊敬できる身寄りだ。彼女のことを誇りに思う気持ちが私にはわかる。アレクサンドラは子どもや夫に全神経を向けていて、それが父を優しくさせて、気分を落ち着かせるのだ。

でも父の借りはかなり前まで遡る。彼が最初の不履行を犯したせいで、母は私の人生を抵当に取ったのだ。

今私は、私の体に毒と怒りの傷を残したメデューサ発祥の地にいる。巨大な柔らかい青いソファで、キラキラ光る矯正器具を調整しているアレクサンドラの隣に座っている。部屋の窓は全部閉まっていて、エアコンがついている。彼女の胸元では娘が眠っていて、掃除ロボットが床をモップがけしていて、彼女は砂糖がまぶされた黄色のグミを食べている。

債権者であるという刺し傷は、私を幸せな気持ちにさせる力があるの？　債権者は債務者よりも幸せなの？

実際、私はもう何が規則なのか、自分が何を達成したいと思っているのかわからなくなっている。完全に未知数だ。

お金って何なの？

お金は交換するための媒体。翡翠、牛、米、卵、ビーズ、くぎ、豚、琥珀はみな、何かに対して支払ったり、債務や債権を記録したりするために使われてきた。子どももそうだ。私はアレクサンドラとエヴァンジェリンと交換されたわけだけど、それには気づいていないふりをしなければならない。

気づいていないふりをしたり、忘れたふりをするのは私の特殊技能だ。もし私が自分の目を取り出すことになったら、きっと父は喜ぶだろう。でも記憶はバーコードのようなもので、私は人間スキャナーだ。

アレクサンドラの唇には砂糖がついている。「ソフィア、あなたは反財政緊縮派でしょ。私は保守派だから、改革という薬を飲む方が好き。ユーロ圏にいたいんだったら、私たちは薬をやめるわけにはいかないの。あなたのパパは銀行に入れていたお金の大半を引き出して、イギリスの銀行に入れてしまった。これからどうなることやら」

私に講釈を垂れようとしているようにも聞こえるので、私は彼女の信用を保証するものを確認しようと話を止め、どんな資格を持っているのかと露骨に彼女に尋ねる。

そうしてアレクサンドラはローマの学校に行き、アテネの大学に行ったことを知る。父に出会う前は、どこか立派な所で前チーフ・エコノミストのリサーチ・アシスタントをしていて、その後、世界銀行で経済政策を担当するディレクターのリサーチ・アシスタントをして、それから、そこまで立派ではないどこか巨大な組織で副社長のリサーチ・アシスタントをしていた。

アレクサンドラはテーブルに置かれたガラスの器に入っているグミを食べないかと私を誘う。「義務を果たせずに支払いが遅れたら、債権者に背後から洋服を剝ぎ取られるんだよ」。彼女は経済危機について、接触しただけで感染したり汚染したりするような深刻な病みたいに話した。借金はヨーロッパ全域で大流行して猛威をふるう感染症で、うつりやすく、ワクチンを必要としている。感染の動向をモニタリングするのが、彼女の仕事だった。

グミをなめながら、彼女の話を聞くのは苦痛だ。外では太陽(サンシャイン)が輝いている。

サンシャインはセクシー。

エヴァンジェリンを出産する前、アレクサンドラはブリュッセルの銀行で働いていた。オフィスは金曜日が休みだったので、私の〝パパ〟のもとへ飛行機で飛んで帰ることができた。

彼女は今度、緑のグミの包み紙を開けて口の中に放り込む。「ソフィア、私たちはみんな、この悪夢から目を覚まして、薬を飲まないといけないいんだよ」

私はゴメスが母の服用薬の一覧から薬を削除していったのを思い出したけれど、それについては新しい義母とは話さなかった。

アレクサンドラは小さな茶色の目で心配そうに私を覗き込む。「何年かの間は、財務大臣たちに市場は順調だと納得させて、ユーロは生き残ると言って聞かせるのが私の仕事だったの」。彼女は新しくできた私の妹の背中を擦っている。たまに彼女は舌を出すような仕草をするけれど、緑のグミのせいで舌は緑色だ。どうして彼女がそんなことをするのかわからない。もしかすると、歯列矯正のせいかもしれない。

アレクサンドラは私より四歳年上で、ユーロが生き残ると確信している。

アレクサンドラの顎には、二つ吹き出物ができている。ひょっとすると、父は彼女の年齢をごまかしていて、エヴァンジェリンは十代の妊娠が生み出した結果なのかもしれない。アレクサンドラはこの一年くらいの間に、クリストス・パパステルギアディス以外の誰とも話をしていないのではないかと私は思いはじめた。

「騒ぎを起こしてユーロ圏から抜けることが、アメリカに影響を与えないなんて考えないことよ、ソフィア」

実のところ、私はイングリッドのことを考えていた。ひび割れた唇にはちみつを塗ってもらった夜や、その時に酔っ払ったような気分になったことを。真夜中過ぎにファンと一緒にビーチに寝そべったことや、村のスーパーでガスの入っていない水（アクア・シン・ガス）を六本買った時、レジの横でセールになっていたジャッキー・ケネディのサングラスが付録でついてくるセレブ雑誌を買いたくてたまらなかったことを考えていた。雑誌についてきた大きなフレームのサングラスは、かなりよくできたコピー製品で、白いフレームには彼女の特徴でもあるギリシャの鍵模様がちりばめられていた。それが何であれ、私は包装紙を破いて取り出したサングラスをかけて、まさに私の〝禁断の王城〟に生えているサボテンの間を、イングリッドとファンと一緒に散歩に出かけたかった。私のサントップにシルクで刺繍されたBelovedという文字は、ユーロという言葉以上に私の人生を変えた。Belovedは舞台の真ん中に当てられたスポットライトみたいだ。私はその光の円をカーテンの後ろから覗いて見てきたけれど、自分が主役になるなんて想像もしなかった。

　私は自分にどれだけの欲望を持つ権利が与えられているのかわからない。

　アレクサンドラの左目は、右目よりも確実に小さい。

「私はアメリカの話をしていたんだよ、ソフィア」

　ずっとアメリカを訪れてみたいと思っていた。デンバー出身のダンは〈コーヒー・ハウス〉で一番仲が良い。コーヒー豆を挽いたり、ケーキにラベルをつけたりする時に、彼の大きなエネルギーを近くで感じるのが好きだった。ミルク入りコーヒーを作る間、ダンと一緒に両手と両足を大きく広げてスター・ジャンプをしたことや、彼が健康保険がないことについてまた最初から話をするのを聞くことですら懐かしく思えた。前回一緒にジャンプした時、ダンは手っ取り早く金を儲けるためにサウジ・アラビアで働こうかと迷っていた。でも女性が運転できないという事実を受け入れるためには、プロザック（抗鬱剤）を飲まないといけなくなると。彼がそう言うのを聞いた時、初めてふと、彼は私の気を引こうとしているのかもしれないと思ったのだった。

急にこだわりのコーヒーが飲みたくてたまらなくなる。〈コーヒー・ハウス〉の倉庫は、アテネのゲスト用の寝室と比べると、かなり広く思える。今はインクのシミがついた私のベッドにダンが寝ているわけだけど、彼は私がマーカーペンで壁に書いたマーガレット・ミードの引用を毎朝見ているのだろうか？〈コーヒー・ハウス〉は、ずっと身近にあったフィールドワークなのかもしれない。

アレクサンドラはまだ延々と、ヨーロッパが解明することになる恐怖に株式市場がどう反応するかについて話している。しばらくしてから彼女は、母が私を恋しがっているのではないかと尋ねる。

「そうじゃないといいけど」

私がそう言うと、彼女は悲しそうな顔をする。

「お母さんはあなたに会いたがっているの、アレクサンドラ？」

「そうだといいわね」

「ブリュッセルの銀行には自分のオフィスがあるの？」

「そう、それに助成金でできた社員食堂が三つあって、産休の待遇も良いよ」

「ストライキには行けるの？」

「その場合は、書面で届けを出さないといけないね。あなたは資本主義に反対なの？」

どうやら彼女は、自分の夫の最初の娘は何でもかんでも反対する人であって欲しいと思っているようなので、その質問にはあえて答えない。アレクサンドラは夫と子どもと一緒に大きな船に乗り込んだけれど、私は小さなゴムボートで違う方向へ向かっている。

アレクサンドラはこの家の長なので、五パーセントの住宅手当をもらっていると言う。

彼女は彼女の家の長だけど、私は母の家でない家ですら持っていない。

「あなたのママはまだあなたのパパを愛してる？」

「父は自分の利益になることしかしないよ」と私は答える。

アレクサンドラはまるで頭がおかしいいんじゃないのかというような表情で、私をじっと見つめる。それから笑う。「なんで彼が自分の利益にならないことをするのよ？」

リスがバルコニーに垂れ下がっている木からジャンプして、鍵のかかった窓越しに部屋の中を覗いている。何を見ているの？　もしかすると、三世代の私の家族を見ているのかもしれない。

なんで彼が自分の利益にならないことをするのよ？　アレクサンドラはあっさりとそう言った。でもその質問は、この家の質素なソファについた穏やかな青いひだの上を吹き抜けていく風のようだ。木から窓辺にリスを連れてきた風。私は自分の利益にならないことをするだろうか？　私は柔らかい青いコットンにもたれかかる。両手は頭の後ろに置いて、両脚を伸ばす。ショートパンツを穿いていて、イングリッドがくれた黄色のシルクのサントップを着ている。アレクサンドラは私の左胸に刺繍された青い文字を読もうとしている。小さい方の目を細めていて、私は彼女の唇が、音を立てずにBelovedと読み上げるのを見つめる。アレクサンドラはその意味がわからないけれど、内気だから翻訳してよと私にお願いできない、とでも言うみたいに顔をしかめている。

彼女が手を叩くと、リスは逃げていく。

アレクサンドラにはキャリアがあって、お金持ちで献身的な夫と子どもがいる。彼女はおそらく、裕福な地域にある資産価値の高いアパートの権利を半分持ち、夫がやっている海運業から得られる収益のうち自分の取り分を確保する権利のために、契約書にサインをしたのだろう。アレクサンドラは神を信じている。私はどこで置いていかれたんだろう？　私は村外れにある納屋同然の場所で、ぼんやりと一時しのぎの生活を送っている。何で私は村の中心に二階建ての家を建てずにいるんだろう？

神も父も、私の人生の大きな計画には入っていない。

大きな計画には反対だ。

それをひとりつぶやいた途端、確信が持てなくなる。父は確実に私のスクリーンセーバーの宇宙の中にいる。彼は粉々になってしまったけれど、機能はしている。父親を置き換えるためのプランBはない。母の青い目が見える――小さくてどう猛な目。その目はぼろぼろの彼女の体から、私に向かって光を放っている。粉々になった銀河の中で一番輝いている星。母は自分の利益にならないことをやってきて、私は彼女が犠牲にしてきたものに鎖で縛り付けられながら、屈辱を感じている。もし彼女が「ソフィア、私は最初からやり直そうと思う。あなたはもう五歳だし、私は香港に行くわね、じゃあさようなら。市場の露店で色々と食べてみるのが楽しみだわ。まずはウナギのつみれ団子のスープを飲もうかな。次に会う時には、旅のあれやこれやを話してあげる。あなたはヨークシャーにいるおばあちゃんと一緒に暮らしてね。私は良い病院や、手頃な生活費や、自分の才能をうまく使ってやってくわ。冬の間はコートのボタンを締めるのと、春になったらウォールド平野でユキノハナを探すのを忘れずにね」と言ったとしたら、どうなっていた？

五歳の時ですら、私はスクリーンセーバーの中国製の星々よりも年上だった。

いいいいいいいいいいいいい、
なんで彼が自分の利益にならないことをするのよ？

アレクサンドラはまだその答えを待っていて、私の小さな妹は、彼女の胸元で乳を飲んでいる。アレクサンドラは顔を曇らせると、唇から乳首を離した娘の鼻を軽く叩く。エヴァンジェリンが変なふうに乳首をしゃぶっていたせいで、乳首が割れてしまったと彼女は言う。一瞬母親と離れたことで娘が泣くと、アレクサンドラは彼女を泣いたままにして、もっと楽な体勢になるように、体の位置を調整する。彼女は自分の不利になることをやるほど、人の優しさというミルクを十分に飲んでいない。それは父も同じだ。ふたりは本当にお似合いだし、ふたりの世界を私の世界よりもより確かなものにしてくれる神様を信じている。

私も神様みたいなものを信じられたらいいのに。ノリッジのジュリアンと呼ばれた中世のキリスト教神秘主義者について読んだことを覚えている。ジュリアンは、神の母性について書いた女性だ――神は真に母であり父であると信じていた。それはそれで興味深い信仰だと思うけれど、私は自分の母と父に対応するので精一杯だ。

「なんで彼が自分の利益にならないことをするのよ？」

今度は私が、彼女の質問を声に出して繰り返す。それはグレーゾーンで、私はその灰色の中で、頷くと同時に首を振りながら途方に暮れている。私の頭は顎を下に傾けたり、また上げたりして「はい」の意思表示をしたり、頭を左と右に動かして「いいえ」を示したりする。アレクサンドラの笑顔を見ながら、私は彼女の歯にかけられた鋼はそこだけでなく、彼女の体全体を通っているのではないかと思う。アレクサンドラは文字通り鉄の女だ。でも彼女は声を潜めて、柔らかい青いソファの上で、私の方へ近寄ってくる。

「年上の男と一緒にいるっていうのは簡単じゃないのよ。私たちは四十歳年が離れてるから」

そんなことは、わかってる。今だって信じ難いのだから。どうでもいいけど、彼女は私のことを親友だとでも思ってるのだろうか？

私はグミに手を伸ばすと、音を立てて包み紙を開け、彼女の打ち明け話をかき消した。

「六十九歳ってまさに初老だよね」。アレクサンドラはまた舌を出して、矯正器具を調整する。

「彼はいっつもおしっこに行くし、今はもう耳も少し遠くて、しょっちゅう疲れてる。記憶力の悪さは大きな問題よ。私たちがあなたを迎えに空港に行った時、彼はどこに車を停めたか忘れちゃったの。だから、帰る時はここからX95番のバスに乗って空港に行ってくれたら、すごく助かるんだ。彼と一緒に歩いていると、私のペースについてこられないんだよ。新しい腰に取り替えなくちゃね。でも歯は四本新調したんだよ。ベッドに行く時は、下の入れ歯を一階に置いて、洗浄液の入った瓶の中につけるの」

その時、父が部屋に入ってくる。

「やあ、お二人さん。仲良くやっているみたいじゃないか」

他のこと

アテネでの二日目、公園を通って職場へ向かう父に、一緒に公園まで行くと提案した。父と二人きりになったのはそれが初めてだった。不機嫌でよく眠れていない債権者から身を守るために、彼が利用している、妻と生まれたばかりの娘という人間の盾はない。

私たちは二人とも、私の人生において父が不在だったことは、返せるような類の借りではないとわかっている。でも契約を交渉するふりをするのは面白い。その意味で私の気持ちは、地下鉄の駅近くの壁に描かれた「WHAT NEXT?（お次は？）」という落書きと一致していた。

私は黒いスエードの厚底サンダルを履いて、ふらふらと公園を歩いていて、父は彼の神様が完全に吸収しきれなかった小さな罪悪感という重荷を背負いながら、ふらふらと公園を歩いていた。私たちは一言も話さないまま、ふらふらと歩いていた。

父が職場へ向かう途中の同僚と出くわした時はほっとした。彼らは海運業に対する増税案や、緊急事態のためにお互いに隠し持っている多額のユーロについて話していた。

　父には最初の娘として私を紹介する義務があった。イギリスに置いてきた過去の産物(アーチファクト)だと。厚底サンダルと一緒に、私はショートパンツと金のスパンコールがついた丈の短いTシャツを着ていた。おへそが見えていて、髪は三つのフラメンコ用の花のバレッタで頭のてっぺんでまとめられている。父にとってはショックだったに違いない。ロンドンからやってきた胸の大きな大人に成長した娘が、同僚の性的関心を掻き立てたのだから。

「ソフィアです」。私は彼と握手をした。

「ジョージです」と言って、彼は私の手を握った。

「数日間滞在しているだけなんです」。私は彼に手を握り続けさせた。

「仕事に戻らなくちゃいけないってことかな?」。ジョージは手を離した。

「ソフィアはウェイトレスなんだ、一時しのぎの仕事だけどね」と父はギリシャ語で言った。

　私はそれだけじゃない。

　私は首席で大学を卒業したし、修士号も持っている。

　私はセクシュアリティが変化して、興奮して胸がドキドキしている。

　私は日焼けした脚にスエードの厚底サンダルを履いたセックス。

　私は都会的で、教養があって、今は神を信じていない。

　私は父の視点から見た無難な女性らしさとは似ても似つかない。よくわからない。でも彼は私が家族の栄誉となるとは考えていないはずだ。詳しくはわからない。パパとはしばらく連絡を取っていなかったから、私の義務と責任は何なのかという説明をしてもらっていない。

「ソフィアは髪にスペインで買ったフラメンコの花をつけているんだ」。父は落ち込んでいるように見えた。「でも彼女はイギリス生まれで、ギリシャ語は話さない」

「最後に父に会ったのは十四歳の時だったんです」と私はジョージに説明した。

「彼女の母親は心気症を患っていてね」と、父は弟に話しかけるみたいに言った。

「五歳の時から私が母の面倒を見ているんです」。私は妹のような口調で話しはじめた。

するとと、父が話に割り込んできた。実際に何を話しているのかはほとんどわからなかったけれど、彼が私を称賛していないのは明らかだった。父は私にわざわざオフィスに来てもらうのは面倒になるからと言って、ガラスの回転ドアの外で別れを告げた。

私は一日中人類学博物館で過ごし、それからアクロポリスまで歩いて神殿の影で寝た。

アスファルトの道路や現代的な建物の下に埋められた古代の川の夢を見ていた気がする。エーリダノス川。古代アテネを流れていた川で、アクロポリスの北側を走っていた。水流が奴隷の女たちがバランスを取りながら頭に載せた壺に水を汲もうと並んでいる噴水までたどり着くと、波が引いていく音が聞こえた。


その夜、胸元にまた赤ん坊を載せながら、アレクサンドラは柔らかい青いソファに座って、ジェーン・オースティンの小説を父に朗読して聞かせていた。彼女は英語を練習していて（練習しなくても完璧だったけれど）、父が発音を直していた。アレクサンドラは『マンスフィールド・パーク』を朗読していた。「私たちの能力のなかで、他よりも素晴らしいと言えるものがあるとしたら、それはまさに記憶力（メモリー）だ」

父は頷いた。

「メ・モ・リー」と、彼はイギリス英語の発音を強調しながら言った。

「メモリー」と、アレクサンドラは繰り返す。

父はオレンジのグミを口に放り込むと、黄色のグミも口に入れ、私をじっと見つめた。いいかい、どれだけ彼女が賢いのかよく聞いておくんだ。彼女は僕よりも賢い。もちろん、僕を結婚相手として選んだこととは別だよ。でも僕はそれで構わない。

私は彼に、「記憶」は断念した博士論文のテーマであることを伝えるのを忘れていた。

彼らは新しい記憶を作っている安定した家族だ。

それか、ひょっとすると、神様に支えられている不安定な家族なのかもしれない。彼らは毎週日曜日、教会に通っている。「神様は全能の神で、私にご自身のお姿を現してくださったんだ」と父は言っていた――しかも何度も。神様の存在を実感したのは彼にとって圧倒的な体験だった。私たちが一緒に通りを歩いていると、同じ教会の信徒たちがやってきて、エヴァンジェリンにキスをした。黒いローブを着た司祭は、サングラスをかけていた。私の両手を握りしめた彼の手は優しかった。ひそかに妻が二人の年齢差について不平をこぼしていたとしても、これがパパのもう一つの人生の最後のチャンスなのだ。古い人生から立ち去った時、彼はそんな人生があったことすら忘れてしまわなければならないとわかっていた。私だけが、彼の人生を唯一妨げるものだった。

切り傷

アレクサンドラと私は毎朝、柔らかい青いソファで話をする。

私たちは、残ったユーロを使って、新しい家族のために私が買ってきた甘いチェリーを食べている。チェリーは古代ギリシャでも育っていた——オウィディウスは山頂でチェリーを摘んだと書いている。メデューサの刺し傷が癒えるようにとイングリッドがくれたシルクのサントップに、果汁が少しこぼれてしまった。

「それは何ていう意味なの、ソフィア?」

「何のこと?」

「あなたのトップスに書いてある言葉」

私はBelovedという言葉をどう表現しようか考えはじめる。「すごく愛されているっていうことだよ」と私は言う。「偉大なる真実の愛」

アレクサンドラは困惑したような顔をする。「そうじゃない気がする」

私はすごく愛されているというのが私には合わないと思われているのかと考える。

「その言葉はもっと暴力的だよ」と彼女は続ける。

「そう、確かに、強制するような感情だよね」と私は答える。「誰かをBelovedって呼ぶのは、強い感情が関係してくるから」

昨晩はまた、イングリッドの夢を見た。

私たちはビーチで寝そべっていて、私は片手を彼女の胸の上に置いていた。ふたりともぐっすりと眠っている。私はイングリッドが「見て！」と叫ぶ声で目を覚ます。彼女は私の手形を指さしている。私の手は、彼女の肌の上に白いタトゥーを残していて、その他の部分は全部褐色だ。彼女は言う。あなたのモンスターの爪跡をまとって、敵を脅かしてやると。

ミンチした羊肉五百グラムを店で受け取って、料理人のところまで届けて欲しいとアレクサンドラに頼まれた。夕飯にムサカを作るらしい。「伝統的なギリシャ料理なのよ、ソフィア」

よく思い出せないけれど、昔よく母が作っていた気がする。


私は食肉市場まで行って、露店に並べられた羊の頭の横に立った。長い紐の先で揺れている電球の光に照らされている。アレクサンドラのスリッパについた赤ちゃん羊よりもずっと年老いた羊たち。彼らは解体され、血が流れ、冷蔵庫の中の銀のトレーには、肝臓が山積みにされ、フックには腸の紐がかけられている。この羊たちは、肉を食べる人が動物の死に少しでも苦痛を感じないようにするための形式的な儀式は行わないまま殺された。原始人にとっても、狩りに行くのは、トラウマになるような危険な行為だった。動物たちに近い所で暮らしていたので、彼らの叫び声を聞いたり、血が流れるのを見たりするのは容易ではなかった。だから殺しやすくするために、慣例や儀式を行うようになったのだ。女や子どもたちは、生き延びるために終わりのない大量殺戮を強いられていた。

携帯電話がポケットの中で振動している。スペインにいるマシューからのメッセージだった。

ゴメスを止めなくちゃ。

昨日、君のお母さんは彼のクリニックで脱水症状の手当を受けていたよ。

あのヤブ医者に必要なのは太鼓だ。

なんでマシューが母の介護に関わってるの？

私からすれば彼の携帯電話こそ、太鼓みたいに思える。このメッセージで彼が何を伝えようとしているのかは、よくわからない。太鼓を使ったメッセージの交換は、携帯電話やヘリコプターやGPSがない時代、人々の命を救うために用いられていた方法だ。木の輪に張った動物の皮を叩くメッセージがなければ、餓死や火事や敵対する部族によって、人々は全滅していただろう。

私は羊の頭が並んだ近くのスツールに腰掛けると、ゴメスに電話をかけた。彼はローズの健康状態は良好だと言って私を安心させた。日替わりで当番のスタッフが彼女についているし、薬をやめたせいで、彼女の「士気は高まっている」と。でも、母が水を飲むのを拒否したせいで、脱水症状になった。私はローズが満足する水を見つけるのはとんでもなく不可能なことだけど、南スペインの夏の天候を考えると、それは問題だと言った。

「なんにしても」と私は言って、くり抜かれた羊の眼窩の中に入ろうとしているハエをじっと見た。「水がいつも間違っていれば、それは母にとって希望を与えることになりますよね。いつか正しいと思える日がやってきたら、またいつも間違っている何かを見つけなければならなくなるんだから」

「そうかもしれない」とゴメスは答えた。「でも僕は今ではもう、歩くことよりも、水の問題に臨床的な関心を持っていると言わざるを得ないな」


真夜中を過ぎても、私は眠れなかった。寝ている部屋には窓もエアコンもついていなかったからだ。茶色いパンやチェダーチーズが懐かしく思え、母の庭に生えている洋梨の木に降りかかる秋の霧ですら見るのが楽しみになっている。バルコニーまで行ってひんやりした風をうまく使うことにしよう。私はできるだけ自分の利益になることをしようとしていて、だから枕とシーツを持って外で寝ようと思ったのだ。当然のように、アレクサンドラと父は先にそこにいた。ふたりは二脚のたて縞のデッキチェアで横に並んで座っていて、まるで海岸の端に腰掛けている老夫婦みたいだった。彼女はナイトドレスを着ていて、彼はパジャマ姿だ。私は廊下で身動きが取れなくなった。ふたりの邪魔はしたくなかったけれど、どうしても暑いゲスト用の部屋には戻りたくなかった。

どこにも行き場がなかった。いつも通りだ。ホテルに泊まるお金もない。一番安い汚い宿ですら、窓のようなものはあるだろうし、必要最低限のエアコン装置はついているだろう。

私は壁に背をもたせかけながら、クリストスが子どものような花嫁と一緒に月の光を浴びている姿をそっと見ていた。

そこでは、儀式のようなことが行われていた。

アレクサンドラは自分の膝の上に載せた箱から葉巻を取り出して父に渡した。彼が指と指の間に挟むようにしてそれを受け取ると、彼女はライターを持って彼の方に体を傾けた。彼女がしばらく待っている間、彼は葉巻の煙を吸い込んで吐き、先端が夜空の下で赤々と輝くと、彼女はライターを箱の中に戻した。もしかするとそれは、献身的な愛の行為だったのかもしれない。遠くの方では、パルテノン神殿が丘の上で煌々と輝いていた。

戦争の女神アテナに捧げられたこの聖なる寺院は、上の方へ向かってカーブを描くように建てられている。崇拝者たちが集まってきては、女神に敬意を表していた紀元前五世紀はどんな様子だったのだろう？　真夜中に、年寄りの男や若い女、あるいは女の子が、星々の下に並んで座っていたのだろうか？　彼らは生贄の肉を分け合っていた？　女の子たちは十四歳で結婚させられて、夫となる男たちは大抵三十代だった。女はセックスと出産のために存在し、糸を紡いで、編み物をして、葬式で嘆き悲しむ存在だった。親族を失ったことを嘆くのは、女と女の子の役割で、彼女たちの声はより高くて、声を出して泣いたり、服を破ったりすると更に効果があるとされていた。女が男のために感情を表している間、男たちは遠くの後ろの方で立っていた。

問題なのは、私も葉巻を吸いたいし、誰かに火をつけてもらいたいと思っていることだ。煙をふかしたい。火山みたいに。モンスターみたいに。噴煙をあげたい。葬式で高い声を上げて泣くのが仕事というような女の子には、なりたくない。

蛇、星、葉巻。

これらはイングリッドが刺繍をする時に頭に浮かんでくると話していたイメージや言葉だ。部屋まで戻ると、折りたたみ式ベッドの上にシルクのサントップが置いてあった。ほとんど毎日それればかり着ている。ココナッツアイスクリームと汗と地中海の匂いがする。お風呂でサントップを洗ってから冷たいシャワーを浴びることにしよう。エヴァンジェリンは隣の部屋でむにゃむにゃと何かを言っている。部屋の窓は大きく開いていて、彼女の柔らかくて黒い髪が風に揺れていた。

私は泡でいっぱいになったバスタブにかがみ込むと、濡れたシルクのサントップを両手に持った。持ち上げて、目の方へ近づけてみる。さらにもっと近くへ。

黄色のシルクに刺繍された青い文字を、私は読み違えていた。

Beloved（愛する人）ではなかった。

書かれていない言葉を私は勝手に作り上げていた。

Beheaded（断首）。

実際には、切断された頭と書かれていたのだ。

愛される人になるというのは私の願望で、真実ではなかった。

私はバスルームの床の冷たいタイルの上で仰向けになって横たわる。イングリッドはお針子だ。針は彼女の心。Beheaded は彼女が私のことを考えていた時に思いついた言葉で、彼女は自分の考えが作る縫い目をほどかなかった。イングリッドはその言葉を私に贈ってくれたのだ——修正されていない、糸で刻み込んだ言葉を。

Beloved は幻想だった。

白いタイルの上で横になると、蛇の一件とレオナルドに威嚇されたことが、他の不安とぶつかり続けた。私の目は大きく見開いたままで、蛇口からは夜の間じゅうずっとポタポタと水が垂れていた。

歴史

妹は私の方に顔を向けて、キラキラした茶色の目を開ける。彼女は柔らかい青いソファに座った父親の膝の上で横になっていて、アレクサンドラは彼の肩に頭をもたれかかっている。彼女の顎をそっと摑んで自分の唇の方へと近づけようとする彼は、クラーク・ゲーブル主演の古い映画で見たことのある動作を、実際に試そうとしているのかもしれない。エヴァンジェリンは私も含め、この部屋にいるみんなに愛されている（beloved）。Beloved という言葉は傷みたいに、痛い。その意味では、Beloved は Beheaded とそれほど変わらないのかもしれない。

頭痛がする。母が頭の中で誰かがドアを叩いているみたいだと言うような痛みだ。私は両手を額に持っていき、指を目の辺りまで下ろしてから、両方の小指の先をまぶたに押し付ける。すると全てが黒く、赤く、青くなる。

「目に何か入ったのか、ソフィア？」

「そう、コバエか何かがね。パパ、二人だけで話せない？」

アレクサンドラの子どもっぽい靴は半分足から脱げていて、彼女は私に微笑みかけている。太陽の光が彼らの生活空間に流れ込んでくると、矯正器具がきらりと光る。そう、それだ。生活空間。私は彼らの生活の場で強烈な生活を送っている。気づくとアレクサンドラは父の肩に腕を回していて、髪に指を絡めている。父は私と二人きりで話をするためには、彼女の少女のような母親のような愛情から、自分を解放しなければならない。

私たちは私の部屋まで歩いていき、父がドアを閉める。私は自分が父に何を話したいと思っているのかよくわかっていないけれど、助けが必要ということについてなのは間違いない。でもどこから話しはじめたらいいのかわからない。二人の間には、あまりにも長い年月が沈黙したまま過ぎていった。どこからはじめればいい？　どうやって会話をはじめよう？　これから二人で過去、現在、未来という時間の中をさまようことになるが、すでにもうその全部で迷っている。

私たちは物置部屋の中で一緒に立っているけれど、タイムワープの中にいる。窓のないこの部屋には空気がない。でも風は吹いていて、私たちは強風の中にいる。激しく吹き付ける風は、歴史だ。私の体は空中に持ち上げられ、髪は風になびき、両腕は彼に向かって伸びている。この力は父の体も持ち上げる。背中を壁に叩きつけられた彼の、両腕が、激しく揺れている。

父は歴史も、嵐もうまくのがれたいと思っている。

私たちは、一フィートくらいの距離を開けて、微動だにせず立っている。

私は母のことが心配だし、もうこれ以上為す術はないかもしれないと父に伝えたい。

父には介入しようという気があるのだろうか。

私は「介入」の意味がわからない。金銭的な援助を求めることはできるかもしれない。現状を伝える間、ただ黙って話を聞いて欲しいと父にお願いすることもできる。それには時間がかかるだろうから、父に時間を作って欲しいと頼んでみよう。私の話を聞くのは、彼にとって利益になるのだろうか？

「なんだい、ソフィア？　話したいことって？」

「実は、アメリカで博士課程を終えようと思っているの」

父はもうすでに遠いところにいる。目は閉じられ、顔は強張っている。

「勉強するのにお金が必要になる。それにローズをイギリスにひとりで残していかないといけないし。どうしたらいいか、わからないの」

彼は両手を灰色のズボンのポケットの中に突っ込む。そして「好きなようにしたらいい」と言う。「海外留学のための奨学金制度があるだろう。それからきみのお母さんについてだけど、彼女は今のように生きると決めてこうなったんだ。私の知ったことじゃないんだよ」

「私はただ、アドバイスが欲しいの」

父は閉まったドアに向かって後ずさりしていく。

「私はどうしたらいい、パパ？」

「お願いだ、ソフィア。アレクサンドラは睡眠が必要なんだよ。きみの妹に食い物にされているからね。私だって疲れてるんだ」

クリストス。アレクサンドラ。エヴァンジェリン。

彼らはみんな仮眠を必要としている。

ギリシャ神話はどれも、不幸な家族についての物語だ。私は彼らの家族の一員で、ゲストルームの折りたたみ式ベッドで寝ている。エヴァンジェリンは「朗報の使者」という意味だ。私についての報せは何だろう？　私は父の最初の妻の面倒を看ている。

私は父と一緒に初めにいた部屋へ戻り、彼は柔らかい青いソファで自分の家族と合流する。私は煙を上げて怒っている。気持ちを落ち着かせるためにじっと壁を見るけれど、そこには落ちついた空間はなく、ニヤニヤ笑ったアヒルで埋め尽くされている。ソファで妻と娘を抱き寄せる時、父はひそかに私を見る。そして私に、自分の新しい幸せな家族を、彼の視点から見て欲しいと思っている。

僕たちが静かに休んでいるところを見てよ！

聞こえるかい、僕たちは叫んだりしないだろう！

どんなふうに僕たちが身の程を知っているのか、良く見てくれよ！

みんなの必要に応じて動いてくれる妻の姿を見てくれ！

父の家族をどう見るかは、父が自分の家族をどう見るかと同じでなければならない。父は自分以外のどんな視点も、私に持って欲しくはないのだ。

私は父の視点から物事を見てなんていない。

視点は私のテーマになり始めている。

私の可能性は全部頭の中にあるけれど、頭は私の最も魅力的な部分ではないはずだ。この先妹は、私よりも父親に気まずい思いをさせるのだろうか？　彼女と私には秘密のゲームがある。毎回私が彼女の耳たぶを撫でるたび、彼女は目を閉じる。そして小さな足の裏をくすぐると、彼女は目を開いて彼女の視点から私をじっと見つめる。いつだって父は、彼女たちには目を閉じていて欲しいと思っている。

「もう寝る時間だ」は、彼のお気に入りの言葉だ。


柔らかい青いソファの上で昼寝をする彼らを残して、私はアクロポリスに向かって歩き出した。しばらくすると、暑くて歩いていられなくなったので、桃をひとつ買って、日陰になっているベンチに座った。バイクに乗った警官が、お金と交換するために金属くずを満載したショッピングカートを押している、肌の黒い中年男を追いかけていた。映画みたいなスピード感のある追跡ではなかった。男はゆっくりと歩いていて、時々立ち止まると、バイクが周りを走る間ただそこに突っ立っていたからだ。それでも追跡は追跡だった。終いには、男はカートを置いてどこかへ行ってしまった。彼は小学校の時の担任に似ていた——シャツのポケットから二本のペンをのぞかせてはいなかったけれど。

コロナキのアパートに戻ってくると、アレクサンドラとクリストスがテーブルでトマトソースがかかった白インゲン豆を食べていた。アレクサンドラは、缶入りのレトルトにパパがディルを足した料理だと説明してくれた。彼はディルに目がないのだそうだ。私は父について何も知らないので、ディル好きなことがわかって嬉しかった。そうしたことは記憶として残っていく。きっと将来、そう、父はディルが好きだった、特に白インゲン豆にかけて食べるのがね、なんて話したりするのだろう。

アレクサンドラはテーブルの上の小包を指さした。「あなたのお母さんからだよ」。クリストス・パパステルギアディス宛てだった。

クリストスは明らかに神経質になっていた。口の中に豆をかきこんで、小包に気づいていないふりをしていたからだ。

「開けてみてよ、パパ。切断された首が入っているわけじゃないんだから」。そう口にするとすぐ、私は自分が言ったことが信じられなくなった。ひょっとすると、ダイビングスクールの犬は溺れてなんていなくて、ローズはその首を切り落として、アテネまで書留で送りつけてきたのかもしれない。

父はナイフを手にとって、切手やガムテープだらけの茶色の紙の間に滑り込ませた。「何か四角いものだな」と彼は言った。「箱だ」

箱にはヨークシャー・デールズの写真がついていた。ゆるやかな緑の丘、背の低い石壁、赤いドアがついた石造りのコテージ。父は箱をひっくり返すと、野原に放牧された三匹の羊の隣に停められているトラクターのイラストをじっと見た。「ティーバッグだね。ヨークシャーのお茶だ」。メッセージがついている。父は声に出して読み上げた。「この緊縮財政時に連帯の気持ちを込めて、コロナキの家族へ。一時的にアルメリアに滞在しているイースト・ロンドンの家族より」。

クリストスはアレクサンドラを見つめた。

「彼は紅茶は好きじゃないのよ」と彼女は言った。

父の唇にはトマトソースとディルがついている。

アレクサンドラは彼に紙ナプキンを渡した。三角形にきれいにたたまれてグラスの中に入れられたものがテーブルの上に置かれている。「いつもテーブルにはナプキンを置くようにしているの。あなたのお父さんはそれを使ってお花を作るのが好きだから。そうすると考え事がうまくいくんだって」

そんなこと知らなかった。

「そうしたら」と父はナプキンで口を拭いながら言った。「きみが滞在する最後の夜、ギリシャ・コーヒーが飲める店に連れて行ってあげるよ」

アレクサンドラはヨークシャー・ティーバッグの箱に書いてある文字を読んでいたけれど、メガネは短い黒髪の上に載っていた。「ソフィア、ヨークシャーってどこにあるの?」

「ヨークシャーはイギリス北部だよ。母が生まれた場所。母の旧姓はブースっていうの。ローズ・キャスリーン・ブース」。そう言うと私は、アレクサンドラが属していないどこか別の場所に自分が属しているみたいな気持ちになった。母や彼女のヨークシャーの家族に属しているみたいに。

父はテーブルにナプキンを放った。「ヨークシャーはビターって呼ばれているビールで有名なんだよ」。

最終日、彼は約束通りギリシャ・コーヒーを飲むために〈ローズバッド〉というカフェに連れて行ってくれた。父がこの店を選んだのは、彼が無意識のうちに前妻とつながっていることを表しているのかもしれない。父はいわば、母(ローズ)がまだ蕾(バッド)だった頃に結婚した。でも彼女の棘について話しはじめるといけないから、それについて彼に尋ねようとは思わなかった。ローズという名前は、そんなことをしようと思わせる。なんにしても、彼のことを母の人生を台無しにした目に見えない虫（ウィリアム・ブレイクの詩「病んだバラ」で言及されている）だと言うのは正しくないだろう……本当はそうだと私にはわかっていたとしてもだ。私たちは隣り合って座りながら、甘くてどろどろしたコーヒーを小さなカップからすすって飲んだ。

「きみが妹に会えたことが、すごく嬉しいんだ」と父は言った。

私たちは二人とも、老女がテーブルを回って物乞いをしているのを見ていた。両手で白いプラスチックカップを抱えている。スカートとブラウスに身を包んだ彼女は、堂々としていて、洋服にはアイロンがかけられ、ほころびは繕われていて、肩にはカーディガンを羽織っている。まるで母みたいだ。大半の人はカップの中に何枚か硬貨を入れてやっていた。

「私もエヴァンジェリンに会えて嬉しいよ」

私は父が決して笑わないことに気づいた。「幸せになるために、あの子は神様に心を開かなければならないんだ」

「あの子だって独自のものの見方をするようになるんだよ、パパ」

彼は近くでカードゲームをしている男たちに手を振った。それからしばらくすると、私が身銭を切って飛行機のチケットを買ってまでしてアテネに来てくれたのが、本当に嬉しかったと言った。それに、レンタカーを借りてわざわざアルメリアからグラナダの空港まで来たことも。

「きみが帰る前に、いくらかお小遣いをあげるよ」

なぜスペインに帰る前日に父が小遣いをくれようとするのかはよくわからなかったけれど、感動した。十四歳の時から、彼がお小遣いと呼ぶものを、私は彼からもらったことがなかった。だからすごく子どもっぽく聞こえたのかもしれない。父は財布を取り出すと、テーブルの上に置いて、くたくたの茶色の革を親指で突ついた。財布に反応がないことに驚いているようだった。

父の二本の指は財布の中に入って何かを探りはじめた。「ああ」と彼は言った。「銀行に行くのを忘れていた」。そして再び財布の中に指を突っ込むと、長い間かき回してから、ようやく十ユーロ札を一枚引き抜いて、目の高さまで持ち上げた。それからテーブルの上に置くと、手のひらで皺を伸ばして、これみよがしに私に手渡した。

私はコーヒーを飲み終え、物乞いをしている女性がテーブルまでやってくると、その十ユーロ札をプラスチックカップの中に入れた。彼女はギリシャ語で何かを言って、足を引きずりながら私に近づいて、手にキスをした。アテネで誰かに愛情を示してもらえたのは、それが初めてだった。私の人生で初めて出会った男が、自分に有利になるのであれば私に不利なことでもやるというのを受け入れるのは難しかった。でも、その啓示的な出来事によって、なぜか私は解放されたのだった。

クリストス・パパステルギアディスは祈っているみたいだった。目は半分閉じられ、唇は動いていた。同時に、指は紙ナプキンの上で浮いたままになっている。彼はステンレスの箱からティッシュを引き抜くと、折りはじめ、二つ折りにしてから四角にしたものを丸くして、まるで奇跡が起きたみたいに、花びらが三枚層になった紙の花を作った。

父は捧げものをするかのように、その花を持った。もしかすると人に取り入ったり、噴水に投げて願い事をしたりするための捧げものだったのかもしれない。

私が花を指さすと、そこに花があることに驚いたように、父は曖昧な顔をして見せた。

私はもっと大胆になっていた。「その花は私のために作ってくれたんでしょ」

ようやく彼は私を見た。「そうだよ、きみのために作ったんだ、ソフィア。髪に花を飾るのが好きだろう」。そう言って父は花をくれ、私はそんな気持ちになってくれてありがとうと礼を言ったけれど、彼が求めていたのはそういうことではなかった。結局彼は、私に何かをあげられたことを喜んでいて、しかもそれを私が手放さなかったことにさらに喜びを感じていたのだ。

父親のような夫を求めているのかどうか、自分でもよくわからないので、私は父の代わりになるプランBがいない。それが親族構造の一部であるのはわかっているけれど。夫にとって妻は母にもなりえて、母親にとって息子は夫や母に、そして母親にとって娘は姉妹や母になりえて、娘にとって母親は父にも母にもなりえる。だからきっと、私たちはみんな、お互いが象徴するものの中に潜在しているのだ。父が一度も私のために姿を見せてくれなかったことは私にとっては不運だったけれど、私は姓をブースに変えなかった。人がすらすらと書き出せる名前になるのは魅力的だったはずなのに。父は私に名前を与え、私はその名前を手放さずに、その使いみちを見つけた。父の名前によって私は、簡単に言えたり書き出せたりしない名前の世界という、より大きな世界に身を置けたのだった。

二人でコロナキに歩いて戻る間も、〈ローズバッド・カフェ〉で祈っている父の姿が頭に残っていた。私は突然、アレクサンドラが心配になった。父が急に現実を遮断するのには驚いた。二人の間の物事が複雑になってくるとぼんやりしはじめることや、頭の中に電話が埋め込まれているみたいに、神に向かって声に出して話しかけることにも。

アレクサンドラは私たちが戻ると、柔らかい青いソファで、眠ったふりをしていた。クリストスはつま先立ちで彼女に向かい、つま先に羊がついているスリッパを優しく脱がせると、床の上に揃えて置いた。それから中央の照明を消して、ランプをつけ、指を唇に持っていった。

シ――――ッ。

「彼女を起こさないで」

アレクサンドラは完全に目が覚めていた。

父はいつでも彼女のそばにいて、毛布とシーツとクッションを持って準備していた。そしてチャンスがあればいつでも彼女を眠らせたがっていて、この家の麻酔医という彼女の夫の役割を演じていた。

アレクサンドラは完全に起きていた。私たちはお互いのことを、さまざまな見方で見つめていた。


翌朝、私はスーツケースに荷物を詰めると、滞在中に使わせてもらっていた折りたたみ式ベッドを畳んだ。父はすでに出社するためにアパートを出ていて、別れを告げるために私を起こすこともなかった。ナイトドレスを着たアレクサンドラがバルコニーで立っていた。彼女は近くの木の枝で飛び跳ねている手懐けられたリスに夢中になっていた。エヴァンジェリンにも見えるようにと、胸元から彼女を離してやったりもしていた。

私はアレクサンドラを驚かせてしまったようだ。別れの挨拶をすると彼女は飛び上がった。

「ああ、あなただったのね、ソフィア」

他に誰がいる？　父だったら、彼女はあくびをして、そろそろ柔らかい青いソファで昼寝でもしようかなとでも言ったのだろうか？

家に泊めてくれてありがとうとお礼を言うと、彼女は朝に話す人がいなくなってしまうから、私が行ってしまうのは悲しいと言った。

彼女の長いコットンのナイトドレスは白くて純潔で、袖と首元にレースがあしらわれていて、エヴァンジェリンに授乳させるためにボタンははずしてある。今日の彼女の短い髪は脂っぽくて、ブラシがかけられていない。

私は彼女が友達と一緒にいるところを一度も見なかったことに気づいた。

「アレクサンドラ、きょうだいはいるの?」

彼女はまたリスを見ていた。「知っている限りはいないよ」。彼女は自分は養子なのだと言った。イタリアで育ったけれど、彼女の両親――生みの親ではない親――は年老いているから、孫娘に会いにローマからアテネにやってくるのは簡単なことではないのだと。イタリアも緊縮財政なので、アレクサンドラは彼らの年金のことを心配していた。働いていた時は定期的に送金していたという。今はでも簡単にそうできないのは、パパには他に考えている計画やアイデアがあるからだ。でも彼女は、最終的にはなんとかなると思っていた。

アレクサンドラはエヴァンジェリンをまた自分の方に向かせると、ぷくぷくとした頬にキスをした。

かつて養子にもらわれた若い母親が、自分の愛する子どもをしっかりと胸に抱いているのを見るのは、聖なる体験をしているようだった。

ひょっとするとクリストスにとって、父親みたいな夫を求めていたアレクサンドラは格好の餌食だったのかもしれない。ドナルドダックのポスターや、羊のスリッパや、グミや、父の肩で眠ったふりをするのは、彼女がもう一つの自分の幼少期を作ろうとしているからなのかもしれない。捨てられることのない幼少期を。

エヴァンジェリンは母親の乳首を摑んでいて、小さなつま先は乳を吸うたびに空中で揺れ、目は大きく見開かれたままぼうぜんとしていて、まばゆいばかりの母乳以外、なにもかもを忘れていた。

アレクサンドラが瞬きをした。「ねえ、水を一杯持ってきてくれない？　手が空いていなくて」

私は冷蔵庫にあった瓶からグラスに水を注ぐと、氷とレモンを一切れ入れ、アレクサンドラのために、いちごをひとつ入れた。

彼女は疲れた顔をしていた。

私は彼女の青白い頰にキスをして言った。「妹はあなたのように優しくて我慢強い母親がいてラッキーね」

アレクサンドラは何かを言いかけたけれど、その思いを何度も飲み込んで言わなかった。

「何なの、アレクサンドラ？」

私はどんどん大胆になっていった。

「ギリシャ語を教えてもらいたかったら、この子が寝ている間に喜んでやるよ」

「どうやって？」

彼女はまたリスを見て、こんなに近くまで来るなんてどれほど無防備なんだろうねと言った。

「そうだな、スペインにいる間にあなたがアルファベットに慣れてきたら、ギリシャ語で書いたメールを送るから、ギリシャ語で返信してくれればいい。そうすれば会話ができるでしょう」

「そうだね、やってみよう」

私はアレクサンドラにまた感謝を伝え、それからギリシャ語で、ローマにいるご両親にお金の工面をすることについてもっと自由に感じるべきだと言った。

普段使わない言語で組み立てるにはかなり複雑な文章だったけれど、彼女がエコノミストであるということの方がもっとやっかいだった。

彼女は微笑んで、ギリシャ語で返事をした。「〝もっと自由に〟感じるべきだって言ったの？」

「そうだよ」

「今ほど自由だと思える時はないわ」

それはどういう意味なのかと訊いてみたかったけれど、私には言語の耳がない。とにかく、ギリシャ語を自分を捨てた父親だと思わずにいられるようになるには、しばらく時間がかかりそうだ。私は妹の小さな褐色の足裏にそれぞれキスをして、手にもキスをした。

空港へ向かうX95番のバスに乗るために、バス停までスーツケースを転がしていると、急に自分のことがより自分らしく思えた。

ひとりだ。

スーツケースに詰めた洋服の一番上には、父が頭を悩ませながら作った花が入っている。紙で作られた花。司書だった母が人生をかけて索引を作ってきた本と同じく、紙でできている。彼女は十億以上の語句で目録を作ったけれど、自分自身の願いがどのようにして散ってしまったのかを表す言葉は見つけられなかった。彼女の利益になるようにはできていない世界で、風と嵐の中に消えてしまったのだ。

ギリシャ人の女の子はスペインに戻るところだ……メデューサのもとへ。汗ばんだ夜。埃まみれの通り。アルメリアのとんでもない熱さのなか、私のもとへ戻ってくる。オリーブの木を植えないかと誘ってみよう。彼女の役目は、植えるための穴を掘ること。そのあと、風に形を決めさせないように、私は竹ざおに木をくくりつけるだろう。木は風のきまぐれで形を決められてはならない。

薬

母は水が欲しいとスペイン語で叫ぶようになった。「アグア、アグア、アグア、アグア、アグア！」まるで「アゴニー、アゴニー、アゴニー（苦痛の意）」と言っているみたいだ。

ジャニス・ジョプリンと同じ部屋にいるような感じだったけれど、母にあんな才能はない。私はグラスに入った水を持っていき、水に指を浸すと彼女の唇に塗った。

「お父さんはどうだったの？」

「幸せに暮らしていたよ」

「あなたに会えたことを喜んだ？」

「わからない」

「あの人があんまり歓迎しなくて、ごめんなさいね」

「あなたが彼の『ごめんなさい』を言うことはないよ」

「面白い言い方ね」

「彼は自分でごめんなさいって思っているから」

「あなたの気持ちはわかるわ」

「それもだめだよ。私の気持ちはあなたにはわからないんだから」

「ご機嫌斜めね、ソフィア」

母は私がいない間、膝に溜まった水に苦しめられたと言った。マシューが親切にもアルメリアの総合病院まで車で送ってくれたそうだ。どうやら靭帯を痛めたようで、診断は簡単だった。医者は新しい薬を一通り処方した。抗うつ剤を飲んでいるせいで、母は吐き気を覚えているようだった。もしかすると抗うつ剤は、めまいと胃酸の逆流を抑えるために、高コレステロールと高血圧用に出されたのかもしれないと彼女は言っていたけれど。医者は副作用を抑えるために、抗糖尿病薬、抗痛風剤、抗炎症剤、睡眠補助薬、筋弛緩薬、便秘薬をまた処方していた。

その病院のやり方にゴメスはなんと言っているのかと母に尋ねた。

「車の運転はだめだって言われたわ」

「運転するのは好きだったのにね」

「今はこのマッサージの方が好き。あなたは上手ね。あなたがビーチに一日じゅう行ってしまう間、手を切り取って私のもとに残してくれたらいいのに」

私はパブロの犬が吠えるのを待っていたけれど、解放してやったことをふと思い出した。

海の猛獣

「あなたは私にひらめきを与えてくれるモンスター！」

イングリッドと私は、崖が抉られて影になっている洞窟の岩の上で寝転んでいた。ふたりはタオルの間に大量の海藻を入れて枕代わりにしていた。私のまぶたには青いグリッターがちりばめられていて、私はイングリッドがヴィンテージショップのセール品から救出してきた白いサテンのホルターネックワンピースを着ていた。縁にシミがついているので、商品にするのは手間になるとイングリッドはみなしたのだ。今回は幾何学模様の青い円と緑の線が入った模様が首の周りに刺繍されている。インググリッドによると、それは抽象的なイメージではなく、私に邪魔される前に仕留めようと思っていたトカゲの模様そのものなのだそうだ。

私はサテン生地がお尻にかかる感覚が好きで、太ももの間を波みたいに滑るのも気に入っている。私の髪は毛先の色が明るくなってきていて、一週間くらいブラシをかけていない。今朝イングリッドは、私の巻き毛とすねと足とひび割れた唇に、ココナッツオイルを塗ってくれた。

「もっと近くに来てよ、ゾフィー」

私は彼女に近づいていく。今ではイングリッドの唇は、海藻の枕の上に置かれた私の耳に押し付けられている。

「あなたは小動物みたいに臆病で黒い目をした青い惑星だね」

私はBeheadedという言葉を読み違えたという過ちを認めることにしていた。彼女が刺繡針を手に何を考えているのかを監視するのは、私のやるべきことではない。もし彼女の考えに傷ついたとしても。

「ゾフィー、どうして蚊取り線香を夜に点けるの？」

「なんで知ってるの？」

「あなたからその匂いがするから」

「蚊が嫌いな匂いなんだよ」と私は言う。「でも私は、嗅ぐと気持ちが落ち着くんだよね」

「何か不安があるの、ゾフィー？」

「うん、そうだと思う」

「あなたのそういうところが好きなのよ」

イングリッドは両腕を叩いていた。特にこのビーチにはアブがいるからだ。彼女はいつもここに来るのを避けていたけれど、今回は私のために特別に来てくれたのだ。彼女はイングマールの商売はパブロが飼っていた錯乱した犬が溺れて以来、うまくいっているという話をする。

「気にすることないよ、ゾフィー。あなたはあの犬に死ぬ自由を与えてやったんだから」

「違う、違う、違う」（と私は彼女の耳に囁いた）

「あの犬の望みを叶えてあげたでしょ。鎖で繋がれた時点であの子はもう死んでいたんだよ。あんなの生きていることにならない」

「あの犬は死んでいなかった。彼は生き方を変えたかったんだよ」

「動物に想像力はないんだよ、ゾフィー」（彼女の手は私のお腹の上に載っている）

「溺れていなかったかもしれないよ」

「どこかであの犬を見かけたの？」

「ううん」

「最近鳴き声を聞いた？」

「ううん」

「話題を変えて、イングマールのことを話そうか？」

「うん」

　イングリッドは横向きになって薄い青色のフリンジがついたビキニ姿でこちらを見ていて、時々おへそについたピアスをはじいている。「ゾフィー、もう話してもいい？」

「うん」

「あなたがアテネにいる間、海上警察が特殊なモーターボートで地元のビーチにやってきたんだよ。それから水を調査したんだけど、ガソリンが流出していることがわかったんだって。そこで警察は海から出るように全員に命じた。イングマールはイライラしてたよ。だってあらゆる騒音は彼のビジネスの邪魔になるからね。彼は短パン姿でテントから走って行って、海上警察にそんなやり方は間違っているって言ったの。警察の検査機は正確ではないし、海は澄んでいてきれいだって。それを聞いた彼らは怒ってイングマールに海水の味をたしかめるように命じたの。彼は空のペットボトルを海に入れて水を汲み上げると、全部飲み干したんだよ。そしたらやっぱりそのとおりで、ガソリンが漏れているって納得したんだ。今イングマールは病気になって働けずにいて、水を強制的に飲まされたって海上警察を訴えようとしてる」

「パブロの犬の死骸かもしれないよね」

「そうなんだよ、ゾフィー！　そのとおりなの！　パブロの溺れた犬が水を汚しているんだよ」

太陽の光がイングリッドの長い金色の体を照りつけている。

「あなたは私から逃げて、お父さんに会いに行ったんだよね？」

「逃げてなんていないよ」

「赤ちゃんの妹について教えてよ」

私はエヴァンジェリンの柔らかくて黒い髪と、オリーブ色の肌と、ピアスのついた耳がどんなだったか説明した。

「あなたに似てる？」

「うん、同じ目をしてる。でも彼女は三ヶ国語話すようになるんだよ。ギリシャ語とイタリア語と英語をね」

イングリッドはまた仰向けになると、空をじっと見つめる。「なんで私が悪いお姉ちゃんなのか教えようか？」

「うん」

彼女は麦わら帽子を顔の上に乗せると、帽子の下から話しはじめたので、私は体を横にして、肘に寄りかかった状態で話を聞く。イングリッドは平坦な声でゆっくり話すので、何て言っているのかを一生懸命聞かないといけない。

事故があったそうだ。当時、イングリッドの妹は三歳で彼女は五歳だった。庭にあったブランコに乗っていた妹をイングリッドは押していて、力加減がわからず強く押し過ぎたのだ。妹はブランコから落ちた。ひどい事故だった。妹は腕を骨折して、三本の肋骨にひびが入った。そこでイングリッドは話すのをやめる。

「あなたはほんの五歳だった。子どもだったんだよ」と私は言う。

「でも私は妹を高くまで押し過ぎていた。妹は叫んでいたの、降りたいって。でも私は押し続けた」

私は岩の上にあった白い羽を手に取り、指をその先端に這わせる。

「それだけじゃない」とイングリッドは言う。

イングリッドと一緒にいる時にいつも感じる強い恐怖が胸まで這い上がってくる。

「妹は頭から落ちたの。頭蓋骨のレントゲンを撮ったら、割れているのがわかって、脳が損傷してた」

彼女が話をする間、私は自分が息を止めているのに気づく。私の指は羽を引き裂こうとしている。

イングリッドが立ち上がると、帽子が地面に落ちる。彼女はビーチに持ってきた魚捕りの網を摑むと、岩の間を渡りながら、メインのビーチからは見えない角の小さな入り江に向かって歩いていく。彼女がひとりになりたがっているのがわかるので、私は彼女の帽子を拾って海藻の枕の上に置く。

誰かが私の名前を呼んでいる。

フリエタ・ゴメスが洞窟の日陰から私に向かって手を振っている。髪が濡れているので、泳いでいたのだろう。瓶から水を飲んでいる。瓶を傾けて斜めにして、少なくなった水を飲む。私に向かって瓶を振る彼女は、こっちに来ないかと誘いかけているみたいだ。

私は動きやすいように、白いサテンのワンピースをビキニの中にたくし入れてから、岩の間をよじ登っていき、フリエタの横に座る。

「今日は仕事が休みなんだ」と彼女は言う。

私は浅瀬の岩に悲しげに寄りかかっているイングリッドの姿を見つめる。時々彼女は、魚捕りの網でメデューサをすくい上げている。

フリエタの歯は、太陽光の下で見るといつもよりもずっと白くて、まつげは長くてやわらかい。彼女は瓶を差し出すけれど、私は首を振る。でもすぐに気が変わる。水は冷たくて、心を落ち着けてくれる。イングリッドから妹の話を聞いた時に感じた恐怖が、夜に木の中で震えている姿の見えない虫みたいに、私の体内でまだ生きている。

「ポップ・シンガーみたいだね、ソフィア」とフリエタは言う。「あとはギターとバンドがあれば完璧。父がドラムを叩くよ」

フリエタがものすごく大きな声で笑うので、私は少し笑ってしまう。でも関心は浅瀬にいるイングリッドに向いている。彼女は私に背を向けていて、寂しそうで孤独に見える。

フリエタはクリニックの救急救命士にバイクで送ってもらってここに来て、日が暮れた頃にまた迎えに来てもらうのだと言う。彼女の父親は過保護だから、バイクに乗る時にはちゃんと彼女にヘルメットを着けさせるように救命士に指示していて、彼女はそれについて怒っていた。

フリエタは手振りで水の瓶を私に勧める。「ウオッカを飲みたいけどね。そしたら父を怒らせてやれるから。父はあらゆる薬が嫌いなの。まだ母が死んだことを悼んでいて、薬を飲めば記憶や思い出という痛みを消し去れるっていう考えに怒っているのよ」

イングリッドはまだ黄色の網でクラゲをすくっては砂浜に上げている。

「メデューサだね」と私はまるで重要なことみたいに言う。

「うん」とフリエタは答える。「刺されたらおしっこをかければ痛みが治まるっていうのは神話だよ」

私はフリエタがいる洞窟から飛び降りるようにして、海藻の枕がある場所まで戻る。その朝早く私は、イングリッドのために彼女が好きなドイツ産のサラミと、レタスと、オレンジと、ブドウを探しに町外れのスーパーまで運転していった。イングリッドは岩場まで上がってくると、屋根のないこのひどいビーチは暑過ぎると言う。そしてフリエタが日光浴をしている洞窟の方をちらりと見てから、もう帰りたいと言いだす。

「行かないでよ、イングリッド」。私の声はひどく乞うている。

私はまだ脳を損傷したイングリッドの妹の話にショックを受けていて、もう一度、それは彼女のせいではないと言いたいと思っている。彼女は子どもだったし、過ちとはいえないと。でもBeheadedという言葉が邪魔し続けている。

イングリッドは私を押しのけるようにして荷物を片付けはじめる。「私は仕事をしたいの、ゾフィー。縫いものをしなくちゃ。今私がやりたいのは、ちゃんとした糸を見つけて縫いはじめること」

近くでは、六歳くらいの男の子が桃みたいに巨大な赤いトマトにかぶりついている。汁が胸の上にほとばしる。もう一口かじると、彼は、イングリッドの銀色のグラディエーターサンダルの紐をすねのあたりで結ぼうとしている私のことを見る。

「あなたは本当に美しい人だね、イングリッド」

彼女は笑っている。本当に私に笑いかけている。

「私はあなたみたいに、一日中ダラダラしていられないの。やることがあるから」

彼女の携帯電話が鳴りはじめる。彼女をコントロールして、彼女がいる場所は全部チェックしているマシューからだろう。イングリッドが私と一緒にいることを彼が知っているのを、私は知っている。

「今、ビーチにいるんだよ、マティ。海の音が聴こえるでしょ？」

私は手を伸ばして、彼女の手から携帯電話を取り上げる。

イングリッドは返してと叫んでいるけれど、私は電話を手に持ったまま海に向かって走っていく。彼女は私のあとを追うように走ってきたけれど、銀色のサンダルの紐に躓いて転び、そこでサンダルを脱いで、砂の上に放り投げる。私に追いついた彼女は、私のサテンのワンピースの裾をひっぱる。ワンピースが破れる音が聞こえたのと同時に、私は電話を海の中に放り投げる。

私たちはふたりとも、海の中で電話が、脈動しながら静かに周りを泳いでいるメデューサたちと一緒に浮かんでから、三秒後に沈んでいくのを見ている。

波が破れたサテンのワンピースの裾をひたひたと取り囲む。

イングリッドは目をこすって砂を払い落としながら言う。「あなたは私に執着してる」

私は確かに、私を混乱させる彼女の力に執着している。彼女に大事にされていないとわかっているのに、私が確信していることから脱け出させてくれる彼女の力に夢中になっている。私が彼女を思うように、その美しさを崇拝する男たちに尽くされていることや、自分自身に手術を施すみたいに、引き裂かれたり破れたりした箇所を針で直すことにも興味をそそられている。

イングリッドは海の中へ入ってくると、全力で私の髪を摑む。「私の携帯電話を取ってきなさいよ、この猛獣」

彼女は私の頭を温かくてよどんだ海の中に沈みこませる。私がもがくと、彼女はさらに下に押しつけて、今度は膝を私の肩に載せ、ブランコに乗った妹を押したみたいに押し続ける。まるで同じことをもう一度やって、子どもの時の事故を繰り返しているみたいだ——でも、今回の相手は妹ではなく私だ。誰か別の人が水の中にいる。一本の腕、それから二本の腕が腰に巻き付けられ、私を下に押し続けているイングリッドに抗して、私を引き上げようとしている。頭の上で波が折り重なった拍子にひっくり返った私が、バランスを取り戻して水面を探ると、海の中にはフリエタ・ゴメスがいて、そばで立ち泳ぎをしながら、長い濡れた髪を絞っている。ふたりは、女性の叫び声を聞く。その高い声は岩場近くの小さな入り江の方から聞こえてくる。砂浜の上ではイングリッドが右足をつかんで飛び跳ねている。網で捕まえて砂の上に積んでいたメデューサを踏んでしまったのだ。

それを見ると、怒りが少し収まってくる。何らかの形で、私の怒りという毒を彼女の脚に移してやったみたいだ。

フリエタは私を見て、笑う。「あなたの限界は砂みたいにもろいのね、ソフィア」

「そうだよ」と私は言う。「わかってる」

一羽のカモメが私たちと一緒に波の中で漂っている。

私は岩場まで戻ると、タオルを片付けはじめる。イングリッドに私を置いて行かれたくない。どちらかといえば、今では彼女のことがもっと気になって仕方がない。記憶は私のテーマだ。イングリッドは過去のトラウマの記憶を繰り返していて、私に同じことをした。それは、私の限界が砂でできているとわかっているからだ。

「ゾフィー、あんたは手に負えないカオスだよ。借金はあるし、ビーチハウスはぐちゃぐちゃだし。それに私の携帯電話を海に投げるなんて。もう、どうしたらいいかわからない。私は仕事を失うかもしれない」

「お客さんは魚と話をしないといけなくなるね」

私はびしょ濡れのサテンワンピースを素早く脱いで、太ももを乾かしはじめる。小さな男の子はまだ巨大なトマトを食べている。彼は数秒間、私をじっと見つめてから、逃げていく。

「あの子、怖がってるよ、ゾフィー。あんたの顔は青いんだもん。アイシャドウが頰に流れちゃって、海のモンスターみたいだよ」。イングリッドはサラミを見つけて、皮をむいている。「アブやメデューサにまみれて、こんなところにいたくない」。彼女は口の中に肉の塊を詰め込むと、洞窟を見上げる。「それに、とにかく、あんたの友達が嫌い」

私に手を振るフリエタに、私も振り返す。

イングリッドは刺された足の盛り上がったミミズ腫れをちらりと見る。彼女の銀色のサンダルは入り江の浅瀬で浮いているけれど、傷に集中している彼女は気づいていない。「もし私の家に来るなら、私が仕事をしている間に、オリーブの木を植えてよ。それで涼しくなったら散歩に行こう」

これは誘いだ。まるで恋人たちが一緒に計画を立てているみたい。

イングリッドは岩の上でしゃがみこむと、刺された足の上におしっこをする。

「そんなのただの神話だよ」と私は言った。

「何が神話なの?」

それは大きな問題だ。私は神話に執着しているかもしれないと言ってもいいのかもしれない。

私たちがイングリッドの夏の家に到着すると、彼女はまず先に糸巻きを探して、ヴィンテージショップの洋服が入ったバスケットを床にひっくり返した。指の間に挟まった針はまるで武器みたいで、イングリッドは洋服を攻撃するみたいに縫い物をした。

「あなたは本当に怠惰だね、ゾフィー! オリーブの木を植えるんじゃなかったの? まずは植えるための穴を掘らなくちゃ」

どうやって木を植えたらいいかわからない。どうやったらいいのかわからないことはたくさんあるけれど、どうやって秘密を守るのかはよく知っている。マシューとイングリッドがスペインで築いてきた家を見る私の頭の中には、マシューとフリエタがいた。親戚関係を披露するというのも、マシューとイングリッドが一緒に作ってきたもののひとつだ。コルクの掲示板に写真をピンでとめて、お互いの家族を見せ合っている。マシューの母親と父親と、イングリッドの父親と、マシューの兄弟二人と思われる人たちと、イングリッドの兄弟かいとこ。彼女の妹の写真はなかった。イングリッドは針で布に穴を開けながら、私がそこにはいない誰かを探しているのに気づいた。

「彼女は幸せになれるのかな、ゾフィー？　心を失って」

「誰のこと？」

「誰だかわかるでしょ」

「ハンナのこと？」

イングリッドはまるであの夜、妹の名前を私に教えて、青い糸でBeheadedと刺繡されたシルクのトップスをくれたことなんて忘れてしまったみたいに、驚いた顔をした。忘れたいと思っていた彼女の代わりに、針が覚えていたのだ。私は怠けてなんていない。それに私は、資料提供者と深く関わってしまっているのだから、公平な研究者でもない。

「彼女の心は葉っぱみたいにじっと動かないのかな、ゾフィー？」

「葉っぱはじっとしていないよ」

「彼女は覚えているのかな？」

「心もじっとしていない」

「時々、自分のことを爆発させたくなる」とイングリッドは囁いた。

私は彼女の足元にひざまずいて、その腰に腕を巻き付けた。

イングリッドは私の髪に手を伸ばして、自分の唇の間に髪の房を持っていった。「ゾフィー、まだ私のことが好き？」

誰かが窓を叩いていた。

「あなたが『うん』と言うまで、真っ暗なんだよ」

私は何も言わなかった。何も。

「まだ暗いよ、ゾフィー。世界じゅうが暗い」。イングリッドは私の頭越しに叩いている音のする方向を覗き込んだ。「レオナルドだ」彼女はまるで光が突然戻ってきたみたいに言った。

私はレオナルドに再会するのを自分が喜ぶなんて想像もしていなかったけれど、彼の登場でイングリッドの質問に答えずに済んだ。彼女は足を少し引きずりながら私の横を通って玄関へ向かった。まだ刺された傷でヒリヒリしていた左足のことは、気にしていなかった。刺し傷は私の体にある時だけ、彼女にとって魅力的なものとして映る。レオナルドがやってきて、イングリッドは気分が晴れたみたいで、そのうえ彼が茶色の乗馬用ブーツを抱きしめているのを見ると、「ブラボー！」と叫んだ。レオナルドはそっけなく私に頷いた。きみがここにいるのは、わかってるよ。残念だな。俺がここにくると、いつもきみがいるんだから。

イングリッドが足をブーツに入れている間、風が窓をカタカタ鳴らしていた。彼女は私たちが見つめる中、革の内側に両手の親指を入れて、身をよじったり、引っ張ったりしていた。ブーツはちょうど膝下くらいまでの長さだった。レオナルドが革の鞄の中を引っ掻き回してヘルメットを取り出す間、イングリッドは背筋を伸ばし、胸を張り、頭を高く上げた。彼女はいじわるそうで、勝ち誇っているように見えた。男たちと戦う女戦士。彼女の敵はいったい誰なのだろう？

私もそのなかの一人だったりして？　何のために彼女は戦っているんだろう？

　レオナルドは貪欲な奴隷のように前に歩み出た。「俺の馬に乗る時には、このヘルメットが必要になるからな」

　彼はそれを優しくイングリッドの頭に載せると、二本の長い三編みをたくし入れて、顎の下の留め具をいじった。その間、彼女はじっと黙ったまま立っていたけれど、終わると彼の頬に形式的なキスをした。

「お返しに、オリーブの木をあげるね」とイングリッドは言った。

　彼女は新しいブーツとヘルメット姿で、勢いよく庭へ出て行き、小さな苗木を持って戻ってきた。

「私はもう四本植えたよ。ゾフィーが二本植えるから、七本目はあなたね」

　レオナルドはそれについて褒めた方がいいと思ったようで、「健康的だな」と憂鬱そうに言った。

　イングリッドは冷蔵庫を開けて、ビールを二本取り出した。そして一本を私に渡して、お尻のポケットに両手を突っ込んで栓抜きを取り出すと、もう一本のビールの栓を抜いてレオナルドに渡した。彼はよく冷えた瓶を口元に持っていき、ごくごくと飲んだ。その間、私はほったらかしにされたまま、まるで木のようにその場に立っていて、ビールには栓がついたままだった。イングリッドは明らかにレオナルドの承認というガラスの天井（グラス・シーリング）を破ったのだ。私は彼女に栓抜きを貸してと言った。すると彼女は私から瓶を取り上げて、迷いのない一瞬の動作で栓を外してみせた。私はイングリッド・バウワーをだんだん理解しはじめていた。彼女はいつも、どうにかして私を限界まで追い込もうとする。私の限界は砂でできているので、彼女は押せばそれを乗り越えられると思っているし、私も彼女にそうさせている。口には出さないけれど、同意していることを彼女に伝えるのは、たとえそれが自分の利益にならなかったとしても、次に何が起きるのかを知りたいからだ。私は自滅的なのだろうか、それとも哀れなほど受け身なのか、向こう見ずなのか、単に実験的なのか、それとも厳格な文化人類学者なのか、恋をしているのか?

イングリッド・バウワーにはどこか深く感動させられるところがあって、それはブーツやヘルメットと関係している。その二つは、彼女が自分自身に語り続けてきた、悪いお姉ちゃんであるという物語から全速力で駆け抜ける機会を与えた。でも私が思うに、彼女はその物語から抜け出せずにいる。物語との関係を清算できていないのかもしれない。私は彼女に飲みかけのビールの瓶を渡した。力を持ったことで見境がつかなくなり、ブーツとヘルメットを気に入っていて、愚かなレオナルドに見つめられているイングリッドは、瓶を受け取ると口元へ持っていって、一気に飲み干した。レオナルドは「ドウドウ!」とまるで荒馬を手懐けるみたいに叫んでから、瓶を口元に当てて、彼も、飲み干すまで瓶を下ろさなかった。イングリッドが私の方を振り向くと、釣り上がった緑の目は燃えているみたいだった。太陽の光の中よりも、暗闇での方がよく見えると言っていた目。「レオナルドは彼の馬に乗る方法を教えてくれるんだよ」

私にはひとつだけわかっていることがあった。この部屋の中で一番重要な人物は私だということ。イングリッドがレオナルドと戯れているふりをしているのは、私への欲望を隠すために計算されたことなのだ。

イングリッドは覗き見ている。

自分自身の欲望を。

今では、イングリッド・バウワーは文字通り私の頭を切り落としたいわけではなかったとわかる。私に対して感じる欲望を切り落としたかったのだ。欲望は彼女にとって、怪物のように恐ろしいものだから。

イングリッドは私の姿を、自分自身が豹変するかもしれないモンスターに変えた。

彼女は長いこと私の近くに潜んでいて、見つめたり、密かに観察したり、気味が悪くなるくらいじっと静かに待っていた。夏の間ずっと、彼女の声が頭の中で鳴り続けていた。彼女が隠れているのが見えたし、息遣いが聞こえていた。彼女の欲望の炎が呼吸する音が。

「ゾフィー、レオナルドと私は乗馬レッスンのスケジュールを立ててるから」

私はバッグを摑んで、肩に引っ掛けた。銀色の海藻が空中で漂っていた。

切断

「ミセス・パパステルギアディスの靴を脱がせてあげて」

ゴメスは診察室に座っていて、腕時計を見ていた。時間は朝の七時で、そんな早くから母を診なくてはならないことに苛立っているようだった。フリエタ・ゴメスはローズの靴を素早く脱がせると、私によこした。

母が顔をしかめると、口角が下がって、話すとひときわ目立つ顎が持ち上がった。「お伝えしましたよね、ミスター・ゴメス」と彼女は言った。「もうこれ以上診察していただくことはないって」

ゴメスは母の足元にひざまずくと、彼女のつま先を揺らしはじめた。彼の手首は柔らかい黒い毛で覆われている。「これは感じますか?」

「何を?」

「つま先に私の指の力を感じますか？」

「私につま先はないのよ」

「それは、感じないということですか？」

「もうこんな脚いらないわ」

「ありがとう」と言い、ゴメスはメモを取っているフリエタ・ゴメスに頷いた。彼の銀色の眉はどう猛だった。今日、彼はのりの効いた白衣を着ていて、髪の白い筋とよく合っていた。首にかけられた聴診器のせいで、いつもよりも医者らしく見えた。

「その変な道具を使って、私の心臓の音を聞こうって言うんでしょ」とローズは言った。

「そんな事をしても意味はないってあなたがおっしゃっていたんですから、その言葉を信じますよ」。ゴメスは私の方を向いて、白衣の前で腕を組んだ。「きみのお母さんは、私のクリニックでの診療について苦情を申し立てられたんだよ。だから二日以内にロサンゼルスから重役と、バルセロナから保健当局の職員がやってくることになった。お二人にはその場にいていただきたい。ロサンゼルスから来る男性は、ミスター・マシュー・ブロードベントの顧客だと思う。ミスター・ブロードベントは効率よく投資家たちとコミュニケーションを図る方法をその人に教えているんだよ」

フリエタの方をちらりと見ると、彼女はメモを取るのに集中していた。

私はローズに、なぜ苦情を申し立てたりしたのか尋ねた。

彼女は背すじをまっすぐにして座っていて、朝の五時から整えていたような髪は、ひとつの乱れもなく、シニョンの形にピン留めされている。「なぜって、苦情を言いたいことがあるからよ。

おかげで治療状況がきちんと管理されるようになって、ずっと気分がいいのよ」

「可能性は低いですよ」とゴメスは答えた。「新しい治療で気分がよくなるというのは。どうか覚えていてください。私たちはまだ内視鏡検査の結果を待っているということを」

内視鏡検査が何なのかわからずにいると、ゴメスが説明してくれた。「体の中——今回の場合は喉ですが——を内視鏡という装置を使って検査する処置のことだよ。長い柔軟なチューブの先にビデオカメラがついているんだ」

「そうなの」とローズが言った。「すごく不快だったけど、痛くはなかった」

ゴメスは、同じく変な雰囲気になっているフリエタに頷いた。彼女は、今後の診察は全て自分が記録することになったと告知していた。ローズの車椅子をドアまで押して行く間も、フリエタは私のことを見なかった。

「ソフィア・イリーナ。頼むから、ここにいてくれ」。ゴメスは身ぶりで私に、彼のデスクの反対側にある椅子に座るよう伝えた。

私はそこに腰掛け、別の看護師が銀のトレーを持って部屋に入ってきて、ゴメスのデスクに置くのを待っていた。そこには、クロワッサンが二つと、オレンジジュースが入ったグラスが載っていた。

ゴメスは朝食を持ってきてもらった礼を言うと、彼女に次の患者に遅れていることを伝えるように指示した。「二つ、きみに話しておきたいことがある」と彼は言った。「まず、製薬会社から来る男性について。きっときみが関心を持つ話だと思うよ」

彼はオレンジジュースのグラスを口元まで持ち上げたが、気が変わったのか口をつけずにまた下に置いた。「ロスからやってくるセニョール・ジェイムスは市場を拡張するための有効的な戦略を見つけるために尽力していてね。数年にわたってずっと私に嫌がらせをしてきたんだ。彼がやることには驚かされるよ。まず、病気を作って、それから治療薬を提供するんだから」。ゴメスは親指を髪の白い筋の中に差し込んだ。

「どうやって病気を作るの？」

「説明しよう」

ゴメスは親指を使って、まるで不快なものを取り出そうとでもするみたいに頭の上で小さな円を描き続けた。しばらくすると、彼は首の周りから聴診器を外してデスクの上に置いた。

「ソフィア・イリーナ、自分が少し内向的だと想像してみて。そうだな、きみはシャイでもう少し大胆にならないといけなくて、自分自身を守る方法を学ばないといけない。日々の生活においてね。すると、彼はそれを『社会不安障害』と私に呼ばせようとする。そうすれば、彼が考案したその病気を治す薬を売ることができるからね」。彼の唇が開いて、突然笑顔が大きくなったので、金歯に私の姿が映っているのが見えた。「でもね、ソフィア・イリーナ。きみは血の通った人類学者で、私は血の通った科学者だ。私たちは頭脳をラ・アルプハラじゅうを自由にさまよわせていないといけない。いつだって製薬会社の言いなりになってはいけないんだよ」。ゴメスはクロワッサンの載った皿を私の方へ動かした。「どうぞ食べて」

それは賄賂のように思えた。口調は丁寧だったけれど、ゴメスは確実に神経が高ぶっていた。彼はデスクの上のパソコンを見つめながら言った。「アテネではお父さんに会えたの？」

「ええ」

「それで?」

「父はもう私のことは片付けていました」

「ああ、修理できないくらい潰れた車みたいに?」

「そうじゃなくて」

「片付けられたってどういうこと?」

「私の存在を、忘れようとしているんです」

「うまくできているのかな?」

「彼は忘れることで、存在しようとしているから」

「忘れるのは、記憶とは反対のことなの?」

「違います」

「そうしたら、きみはまだ片付けられていないってこと?」

「そうです」

ゴメスは実の父親よりもずっと親切だった。私がアテネにいる間にかけた一本の電話で交わした会話で、彼は私のことをレオナルド・ダ・ヴィンチだと言い張った。明らかにダ・ヴィンチは彼を捨てた父親のもとへ飛んで行きたかっただろうし、だから飛ぶことに執着するようになったのだと思う。でも私が知る限り、ダ・ヴィンチが体を縛り付けた自家製飛行機は落ちて崩壊し、彼を地面に放り出した。

オレンジジュースのグラスに肘が当たって、倒してしまった。もうすぐ製薬会社の重役が訪れるので、私も狼狽している。

ゴメスはジュースが床に垂れていることには気づいていないようだった。また身ぶりで手が付けられていないクロワッサンを勧めている。彼は不安になっているようだけど、私は彼を信用している。彼が私に対して父親みたいな気持ちを持っているのがわかるのだ。

私はクロワッサンをひとかじりした。

「きみにはよくわからない良さがあるね、ソフィア・イリーナ」とゴメスはフランス語で言った。

「そう？」

彼は頷いた。

気付くと私はクロワッサンにかぶりついていた。私の食欲は自分の立場や大きさを超えている。食べ終えると、ゴメスはもうひとつ勧めた。

私は彼にむかって巻き毛を揺らして言った。「もう結構です。健康に良くなさそうだし」

ゴメスはパソコンを見てから、私を見た。「良い知らせはないんだ」と彼は言った。「僕はきみのお母さんを治療することはできない。彼女がまた歩くようになるかはわからない。彼女の症状は幽霊みたいに空虚なんだ。生理学的な実態がない。きみがアテネにいる間、彼女は切除手術について話していたんだよ。実際、それが彼女の望みだってね。手術をしたいって言ってきたんだ」

私は笑いだした。「冗談で言っていたんでしょう」と私は言った。「あなたは母のヨークシャー流のユーモアをわかってないんですよ。彼女はいつも『こんな脚どっかへやって』と言っているんだから。言葉のあやですよ」

ゴメスは肩をすくめた。「もしかすると冗談なのかもしれないけれど、確かに脅しているみたいだった。でもすでにローズには僕にできることは何もないと伝えてある。彼女は負けたんだよ」

彼は母の言葉や、体の一部を切り落としたいという願いを取り消すのは、自分の権限ではないと言い続けた。その代わり、治療費の大半を返金するつもりだと言った。実際、すでに手続きを終えていて、お金は翌日、母の銀行口座に振り込まれることになっていると。

二階へ上がっていく時
そこにはいない男に会った。
彼は今日もそこにいなかった
どうか、どうか彼がやってきませんように。

いったいどうしたら彼は、母が本気でそんな事を言っているとでも言うように、ブラックジョークを誤解して、彼女を見捨てられるんだろう?

彼女は私の母親。彼女の脚は私の脚。彼女の痛みは私の痛み。私は彼女にとっての唯一無二の存在で、彼女は私にとって唯一無二の存在。どうか、どうか、どうか。

「彼女にしてあげられることはもう僕にはないんだよ」とゴメスはまた言った。

「でも母はあなたを頼りにしているじゃない」と私は叫んだ。「そんなの本当じゃない、ウソよ」

彼は指先で自分の顎に触れた。「顎にパンくずがついてるよ」と彼は言った。

「本当なわけないじゃない」私はまた叫んだ。

「そうだね、受け入れるのは難しいことだよ。でも、彼女は切断手術を受けたいという強い願いを、ロンドンのコンサルタントと一緒に叶えようとしている。実際、予約ももう取ってるしね」。ゴメスは話は以上だと言った。ミセス・パパステルギアディスだけが彼の患者ではないということをわかって欲しいとも。

私はあまりにもショックを受けて、立ち上がれなかった。代わりに、ガラスの檻の中でかがみ込んだサバンナモンキーを睨みつけた。私の眼差しに表れた怒りは、彼の最後の住処（ホーム）であるゴメスの診察室を粉々にするだろう。彼を解放して、海の中へ放り込んで、溺れさせるのだ。

ゴメスの金歯がむき出しになった。「どうやらきみはこの小さな霊長類を解放して部屋中を走り回らせて、私のボードレールの初期版を読ませたいみたいだね。でもまずは自分をその椅子から解放してドアまで歩いていかなくちゃいけないよ」。彼の口調は一変して鋭かった。「山にでもハイキングに行くといい。お母さんの歩き方を真似たり、お母さんの立場になって考えたり（step into her shoes）はしないことだ」。ゴメスは私の両手を指さした。

私はずっと、母の足に履かれていない彼女の靴（Shoes）を抱えたままだった。

昨日、ギリシャ人の美女はセニョーラ・ベデロの家にある木に、三羽のめんどりが片足で縛られているのを見た。彼女はしくしくと泣きはじめた。苦しい。苦悩。この熱さの中、ニワトリが四羽死んだ。誰も彼女が苦しみ、悲しみながら脚を引きずる姿を見ることはないと彼女には思わせておこう。近くでは、戦争のように愛が爆発しているけれど、彼女はそれをはじめたのは自分だとは決して認めない。武器は何も持っていないふりをしているけれど、立ち上がる煙が好きなのだ。彼女は愛だけを必要としているわけではない。たとえ星々の下で手を繫いだり、なんて素敵な月、なんて言ったりする相手がいなくても。彼女は仕事が欲しい。私にだって、他にやることはあるのだから。

楽園

私は裸で〈死者のビーチ〉に寝そべっている。プラヤ・デ・ロス・ムエルトス。私の左眉の上には、小さなガラスの欠片が埋め込まれている。どうしてそんなことになったのかはわからない。プラヤ・デ・ロス・ムエルトスはヌーディスト・ビーチだ。裸になりたい人たちには、隠れる場所がない。十七歳くらいのすらりとした女の子二人が、透明な青緑色の海の中を裸で泳いでいる。薄汚い醜い犬が二人の間を泳いでいく。水から出てくる時、女の子たちは海岸に打ち寄せられた棒きれを見つけて、テントの杭を打ち付けるみたいに、キラキラした白い小石に打ち込んでいく。棒きれに緑の腰布（サロン）を垂らして、日よけの天蓋を作ると、その下に犬がのろのろと歩いていき、二人は犬と一緒に灼熱の太陽の中で座る。女の子の一人が水の入ったボトルを取り出して、その獣のためにボウルに注いでやる。汚らしい毛を彼女が撫でると、犬は吠える。

犬が吠えている。

撫でられているのに、まだ吠えている。

何の目的もなく、ただ吠えている。

これ以上人生は良くならないし、まだ吠えている。

あれはパブロの犬だ。ジャーマン・シェパード。ダイビングスクールの犬。どこで聞いてもあの犬の鳴き声だとわかる。パブロの犬は生きていて、〈死者のビーチ〉で吠えている。

女の子の一人がくしを取り出して、濡れた長い髪の間に通す。リズム感のあるくしの動きに興奮した動物は落ち着きを取り戻しているようで、舌を使って水を飲んでいる。彼女は髪をとかしていて、犬は水をなめている。

女の子たちは惨めな犬から目を逸らすと、息遣いが荒い犬の濡れた体にもたれかかりながら仰向けになる。彼女たちの体は水平線に向いている。三十代後半の裸の男が、小さな息子と一緒に海に小石を投げている。彼は裸の少女たちが見られていると気づくと、彼女たちの美しさから目を背けて、突然小さな岩を海に投げ入れる。彼は二人に自分の力を見せつけようとしていて、彼女たちはそれに気づかないふりをしているが、彼のことは気づいている。その男は父親だ。彼は息子と一緒に立っているのに、他の人には事実を偽証している。ひょっとすると彼は彼女たちくらい魅力的な女性を誘惑して騙したことがあるのかもしれない。自分たちの体に安らぎを感じていて、濡れた髪のほつれを解こうとしている彼女たちみたいな女性を。彼はすでにもう捕まったことがあるのに、また捕まえられたいと思っている。これは狩りだ。獲物が敵に飛びかかられて、嚙み殺されたいと思っている類の狩り。

熱い岩場。透明な海。

メデューサたちは一時休止している。今日は海からいなくなったようだ。どこに行ったんだろう？　私の顔は白い小石の上に押し付けられている。眉近くのガラスの破片を除いて、私は裸だ。何にどんな意味があるかなんて、もう知りたくもない。

白い小石の熱が私のお腹を温め、海の塩が私の褐色の肌の上に白い筋を残す。ここは楽園、でも私は幸せではない。私はパブロのものだったあの犬みたいだ。歴史は私たちの中で肝臓を引き裂く陰鬱な手品師のよう。

〈死者のビーチ〉では丸一日時間をつぶせる。

デンバー出身のダンが電話をかけてきて、〈コーヒー・ハウス〉の倉庫の壁に、新しく白いペンキを塗ったと教えてくれた。まるで、そうした些細な改装によって、私の部屋が彼の部屋になったかのような言い方だった。彼はまた、私が人類学の教科書をベッドの下に何冊か置いていっているとも言った。私の靴や冬のコートは両方ともドアの後ろのフックにかかっているけれど、私はそれらを彼にどうして欲しいと思っていたんだろう？　大惨事だ。あの倉庫は私の場所だった。一時的に生活するためのささやかな場所だったかもしれないけれど、あそこは私の家（ホーム）だった。マーガレット・ミードの言葉を書いた時、壁に自分のしるしを付けておいた。五つのセミコロンを使って、;;;;;と。セミコロンは、テキストメッセージを送る時には、ウィンクを表したりもする。

何かを深く理解する方法について私はいつも授業でこう話していた。幼児を研究すること、動物を研究すること、原始人を研究すること、精神分析を受けること、改宗して乗り越えること、狂ったようなことをやって乗り越えること。

　その夕方、私はマシューに会った。彼はヴィンテージショップから持ってきた洋服が詰まった箱を抱えていた。イングリッドがベルリンに持って帰る仕事だと説明したあとで、彼女への伝言はないかと尋ねてきた。まるで私が直接彼女に話しかけるのは禁じられていて、彼を通してだったらできるとでも言うみたいだった。

　私は八月後半の強烈な太陽の下に立ち、汗をかきながら、取り乱していた。

　イングリッドにどんな伝言がある？

　私はマシューを待たせたままにした。

「それはそうと、ソフィー。きみとイングリッドが僕のワインセラーから盗んだワインだけど、あれは中級のワインで、三百ポンドくらいの価値があるんだ。きみは半額出すべきだと思うんだけどね」

　両手が服の入った箱でふさがっていたので、彼は白いエスパドリーユを履いた片足を私の方に揺らして強調してみせた。

　私が笑うと、その声はモンスターみたいに聞こえた。「イングリッドには、パブロの犬は生きていて自由だって伝えて。あの犬は海の過去があったから泳げたんだよ」

「海の過去って？」

「子犬だった時に誰かに泳ぎ方を教わったってこと」

「ソフィー、君は相当ヤバいな」

マシューは箱に手こずりながら私に歩み寄ると、頬にキスをした。近くに彼を感じるのは嫌ではなかったから、彼の体は彼よりも賢いのがわかる。私は、もう一方のヤバい頬を、彼のヤバい唇に差し出した。

夜の十一時で、私はまた裸でいる。でも今はフアンと一緒だ。

私たちの体は震えている。私たちは、彼が夏の間に救助小屋の仕事をするために借りた部屋で、トルコ製のラグの上に寝ころがっている。

「ソフィア」と彼は言う。「僕は君の年齢は知っているし、出身国も知っている。でも君の仕事については何も知らない」

私は彼が私に恋をしていないのが好き。

私は私が彼に恋をしていないのが好き。

私は彼が市場で買った二つの小さなパイナップルの黄色い果肉が好き。

彼は私の肩にキスをしている。彼は私がアレクサンドラからのメールを読んでいるのを知っている。

彼は私に声に出して読んでと言う。

それはギリシャ語で書かれているので、英語に翻訳しなければならない。

親愛なるソフィアへ

あなたの妹はあなたを恋しがっています。友達に、私には二人娘がいるんだねと言われました。そうじゃなくて一人だよと言って訂正したら、彼女はいや、二人だよって。あなたのことを言っていたんです。私はあなたのことを姉妹だと思っているけれど、私の娘があなたの姉妹なのだと思い出しました。あなたのパパは、自分が死んだ時には、私たちのお金を全部教会に残すと言っていました。あなたには姉妹としてこのことを伝えておきます。私にも信仰はあるけれど、私は娘の面倒を看ないといけないし、彼女はあなたの妹でもあります。ブリュッセルでの銀行の仕事を私が失ったことは知っていますよね。私は自分の二人の娘が（そのうちの一人はあなたですが）そして彼の妻が（つまりそれは私ですが）彼の神様の犠牲になるのではないか、彼は私たちが投資してきたものと家を全部手放してしまうのではないかと心配しています。あなたの本当のお母さんの健康が向上し、脚が良くなっていることを願っています。

元気で、ソフィア

アレクサンドラより

ファンは私にそのメールをギリシャ語で読んで欲しいと言う。「そういうメールを読むのに正しい言語だよ」。彼は私が身震いするとわかっている場所を触ってくる。

私たちはアメリカの話をする。人類学者のクロード・レヴィ＝ストロースと、ジーンズ製造会社の創業者リーバイ・ストラウスに居場所（ホーム）を与え、もしかすると私が博士課程を終えるまでの間一時的な居場所（ホーム）を与えてくれるかもしれない国について。もし論文のテーマが記憶ならば、ファンはどこからはじめて、どこで終わりにするのか知りたいと言う。彼が私の眉上の皮膚から小さなガラスの破片を取り除く間、私はあらゆる時間の次元の中で自分を見失うことがよくあって、過去が時々現在よりも近く感じられて、将来はすでに起きているんじゃないかと不安になると打ち明ける。

修復

アテネに来る前に私が叩きつけて壊した偽物の古代ギリシャの花瓶は、ビーチハウスのテーブルの上にまだ粉々になったままだ。もう一度元に戻そうとした方がいいのかは悩むところだ。噴水のそばで水を汲んでいる七人の奴隷の女たちは木っ端みじんになり、彼女たちの奴隷の体は壊れ、頭は割れている。私は彼女たちを長いことじっと見つめてから、モルタルと刷毛で修復を施すのはやめ、その代わりに、ワインのボトルを開けてテラスで飲むことにした。

「水をちょうだい、ソフィア。冷たくない水を」

私は女の奴隷で、女のワイン飲みだ。

私は母に水を持っていく。やかんで沸かした冷蔵庫で冷やしていない水を。それでもその水は何かが間違っている。私はだんだん、間違っているというなかにも、より受け入れられやすいものがあると理解できるようになってきた。母とはもう話をしていない。彼女が脚を切断したいと思っていると聞いたのは、心底ショックだった。外科医のメスと言葉を交換した母は、私との会話を全部諦めたということだ。私は彼女の意思や想像力による暴力とは一緒に暮らせない。今はもう、自分がどんな現実を生きているのかすらわからない。何が本当なのかも。その意味では、私の足はしっかりと地面を踏んでいないし、私は現実をしっかりと把握できていない。母は全てから退位して、退陣して、放棄して、辞退して、断念して、否定して、私を道連れにしてきた。母に対する私の愛は斧のようだ。彼女は私からそれを奪い取り、自分の脚をちょん切ってやると脅している。

脚を切断するという脅しが、私に刺激を与えたのもまた事実だ。私は睡眠というのはより幸せな人たちのものであることを実感している。一晩じゅう目を覚ましたまま、アメリカで博士課程を修了させるための出願書類を書いている。できるだけローズから遠い所へ行きたい。昨晩は、砂漠の星々の下でキーボードを打ち続け、粉々になったスクリーン上で文章が形作られていき、太陽が昇り、空を前後に滑るように横断していくのを見た。でも実際は地球が太陽の周りを動き、傾き、回っているだけ。

私は一緒に回転しながら、送信ボタンを押す。

また、あのギリシャ人の女の子の夢を見た。私たちはビーチで寝そべっていて、私は片手を彼女の胸の上に置いていた。ふたりともぐっすりと眠っている。目を覚ますと彼女は叫ぶ。「見て！」彼女は私の手形を指さしている。私の手は、彼女の肌の上に白いタトゥーを残していて、その他の部分は全部褐色だ。彼女は言う。あなたのモンスターの爪跡をまとって、敵を脅かしてやると。

裁かれるゴメス

製薬会社のシニア・エグゼクティブと、バルセロナから来た保健当局の職員は、ゴメスの診察室で、サバンナモンキーが載っている棚の下に置かれた硬い木の椅子に座っていた。一人は短く刈り上げられた銀色の髪をして、痩せこけている。彼の連れはずっしりした体形で、頬はたるみ、頭皮が見えるほど薄くなった黒い髪は脂ぎっていて、小さな唇は濡れている。

痩せこけた方の重役は、右手でゴルフボールをいじっていて、親指でトントンと叩いたり、時々空中に数インチ放り投げたりしていた。ゴメスはデスクの前に立ち、フリエタはデスクの縁に腰掛けて、脚は真新しい白衣のようなものの下で組まれている。母は堂々とした様子で車椅子に座っていて、私はそのそばに立っていた。

ゴメスは二人の男に手で合図をした。「こちらは、ロサンゼルスからいらしたミスター・ジェイムス」。痩せこけた、銀色の髪の男を示して言った。「そして、バルセロナからいらしたセニョール・コヴァルビアスです」

そのあとで彼は母の方に手を振り向けた。「そしてこちらは、私の患者さんであるミセス・パパステルギアディスと娘さんのソフィア・イリーナ」

肉付きの良い体形の職員は、気を引こうとでもするかのような目つきで母に微笑みかけた。

「今日はお加減がよろしいといいのですが」と彼は言った。

「外出できるようになって良かったですよ」と母は返事をした。

ミスター・ジェイムスはゴルフボールを放ってまた取った。

「そうしたら、どうしますか?」。ゴメスの口調は丁寧だが、無愛想だった。

ロスから来たミスター・ジェイムスは、前かがみになって、母と目を合わせようとした。彼が乗り越えなくてはならない最初の難関は、彼女の姓の読み方だった。彼は厳密に言えば、実際に発音しようとしている名前でない何かを口にした。「あなたは二晩入院されていたということですが、それについてもう少しお聞かせください」

「私は脱水症状を起こしていたんです」。ローズは重々しく言った。

「そのとおりです」とゴメスは言って、たて縞のシャツの腕を組んだ。「それから生理食塩水を投与しました。ゴメス・クリニックではそれが基本的な処置になります。水分補給について心配されるのは当然です。この患者さんは簡単に水が飲み込めません。つまり彼女は簡単に薬を飲むことができないんです」

ミスター・ジェイムスは頷いて、ローズの方を向いた。「でもあなたは薬を全部取り上げられてしまったんですよね?」

「また飲むようになりました。アルメリアの病院の先生も心配されていたので」

フリエタが一歩前に踏み出した。「おはようございます、皆さん」。彼女はちらりと父親を見た。ゴメスは頷いた。まるでふたりの間で秘密のメッセージが交わされたかのようだった。ふたりとも何か別のことに気が取られているようで、空気が張り詰めていた。

「治療は続いています」とフリエタは言った。「進行中なんですよ。私たちにはやるべき仕事があります。このミーティングをできるだけ早く終わらせて、ミセス・パパステルギアディスと個別にお話できればと思っています」

「治療は終わったのよ」と母は言った。「進行中なんてことはないわ。ロンドンに戻ったら受ける予定の、他の病院での診療手配ももう済ませているしね」

セニョール・コヴァルビアスはネクタイを叩いた。彼は完璧な英語を話して、母の名字も難なく発音した。そして彼女に現在服用している薬を教えて欲しいと尋ね、それに対して母が長々と名前を挙げる間、ミスター・ジェイムスはクリップボードの質問表にチェックを付けていった。

ローズが新しく処方された薬のひとつについてもっと教えて欲しいと言うと、ミスター・ジェイムスの口調は、安心感を与えるような、あるいは興奮気味とすら言えるものになった。彼は母にひそひそ声で、アルメリアの医者は同僚で、彼が彼女に処方した薬は、患者にとって有害になりかねない〝内的な負の会話〟を抑えるものだと説明した。

「どんな会話ですって?」とローズはもっとよく彼の声が聞こえるよう身を乗り出して、尋ねた。

「自分を責めたり、被害妄想に陥ったりすることですよ」とミスター・ジェイムスは言い、もっと別の例も挙げたそうだったが、話を進めていく上ではその二つで十分だった。

「そういう会話を抑える？」

「静める(quietens)んです」と彼は言った。

「静める」と母は繰り返した。

「英語では『静かにさせる(hushes)』って言うんじゃないかな」とセニョール・コヴァルビアスは、母との会話をまたはじめたいと思っているような調子で言った。彼の携帯電話がポケットの中で振動していた。

「まずは」と彼は言った。「あなたのコンサルタントが、治療が進んでいることや、達成できたことに関して進行計画をお渡ししたことがあったかどうかをお尋ねします」

「そういった進行計画はもらっていないですね」とローズは言った。

「お時間を頂戴して申し訳有りませんね、ミセス・パパステルギアディス。でも私たちには共通の目的があるんです。私たちはこれまでの治療が、生きるうえであなたをより有能にしたかどうか知りたいんですよ」

ローズはその質問について考えていた。彼女はその問いかけに、はしごを外されたようだった。顔は青ざめ、肩は震えていた。身動きもせず、黙りこくって、陰気だった。それから母は片手を持ち上げると、私に向かって指を振るような仕草をした。私は彼女が何を伝えようとしているのかわからなかったけれど、空港の近くで見た壊れかけた家にいた子どもが、スプーンを持った手を車に向かって振っていたのを思い出した。ひょっとすると、あれはどっかへ行けという意味だったのかもしれない。

あるいは、ハロー？　それとも、助けて？

「もう一度質問を言ってくれますか？」

フリエタ・ゴメスが割り込んだ。「答えなくていいですよ、ローズ。どうするか決めるのはあなたなんだから」

ローズはフリエタの優しく澄んだ瞳を見つめた。「そうね、私は朝起きて、着替えて、髪を整えることにするわ」

スーツ姿の男たちは母が話す度に、質問表にチェックを入れていた。

「子どもの頃、私は毎日何マイルも走っていたのよ。生け垣や溝を飛び越えたりしてね。草を編んで笛を作ったりもした。でも今は、可愛そうな古参（owd）の馬よ」

セニョール・コヴァルビアスはクリップボードから顔を挙げた。「古参？」

「『古い（old）』っていう意味の昔の言葉ね」と母は説明した。

ミスター・ジェイムスが連れに代わって言った。「今回こうしてお会いすることになったのは、あなたが安全な状態であると確信できなかったからです」

ゴメスは咳払いをした。「どうかこれだけは覚えていらしてください。これまでにこの患者さんは脳卒中や、脊髄損傷や、神経圧迫、神経絞扼、多発性硬化症、筋ジストロフィー、運動ニューロン疾患、脊柱関節炎の検査をしてきたんです。それに私たちはまだ、最近の内視鏡検査の結果については話せていません」

ミスター・ジェイムスはゴメスの話を聞く間、イライラした様子でゴルフボールをいじっていた。彼はゴメスが外国語を話しているかのように眉をひそめて聞いていたが、実際その通りで、南カリフォルニアから来たミスター・ジェイムスは流暢なスペイン語を話すと言うのに、ゴメスはスペインで英語を使って話していた。

　ミスター・ジェイムスが空中に放り投げたゴルフボールが、彼の頭上の棚に当たって跳ね返った。

　何かが砕けるようなすごく小さな音――鋭いと言うよりは鈴のような音――がして、突然止まった。その音に重役たちは驚いた。二人が振り返ると、そこには猿がいた。小さな頭には白い毛がついていて、どう猛で驚いたような眉をして、長い尻尾はまるでケケケと鳴き出すかのように持ち上がっている。

「申し訳ない」とミスター・ジェイムスは言った。「そこにあるとは知らなくて」

　私が立っていた場所からは、感電した猿が彼らの頭上を空中浮遊しているように見えた。死んでいるのに輝いている猿の目は、ヨーロッパと北米から来たシニア・コンサルタントたちを見据えていた。彼らは新たに現れた偉大なる白人ハンター（グレート・ホワイト・ハンター）で、守衛や、テントの見張人や、武装した警備員や、銃の運び屋たちの一群を引き連れて、人々を奴隷にしながら、象牙のために銃を撃つ。象牙は私の母だ。ミスター・ジェイムスは彼女の名前を発音することすらできなかったのに、母は彼と掛け合って、彼の興奮誘発剤と自分の脚を交換したのだ。そうして彼は土地を勝ち取った。

　セニョール・コヴァルビアスは前に身を乗り出した。「私たちに知らせておきたい懸念事項はありますか、ソフィア？」

　部屋の中で聞こえる唯一の音は、ローズのギャングみたいな腕時計の針の音だけだった。偽物のダイヤモンドが描く円が、細い手首で輝いている。

「私は母が死んでいるのか、生きているのかわからないんです」と私は言った。

フリエタは私との関係を否認するかのように、壁をじっと見つめていた。

「どうぞ続けてください、ソフィア。専門用語は使わなくても大丈夫ですので」ミスター・ジェイムスは勇気づけるかのように微笑んだ。

ローズは車椅子の横を片手でドンと叩いた。「専門用語は私の娘にとって何の問題にもなりませんよ。彼女には一流の学歴があるんですから」

母は私の方を向くと、ギリシャ語で話しかけた。彼女がそんなことをするのはしばらくぶりのことだった。私が三歳くらいの頃から母はギリシャ語を私に教えてきた。でも家で使うことはほとんどなく、父を懲らしめるために使うくらいだった。私はその言語をすっかり消し去るために懸命に努力してきたけれど、消えてしまうことはなかった。その言語を話す舌を切り落としてしまいたかったけれど、父が家を去ってからも、その舌は日常会話の中にあり続けた。奇妙なことに、母はヨークシャー生まれの典型的な人物についての冗談を、ギリシャ語で話していた。会話のなかで彼女が英語を使った唯一の文章は「それに、私はウィペット犬も飼っていないしね」だった。

私は微笑み、母は笑った。私たちをじっと見るフリエタは、苦しんでいるみたいだった。ひょっとすると母と娘の間に珍しく生まれた共謀関係は、彼女自身の失った母親を棺から引き上げ、この部屋のどこかに連れてきたのかもしれない。ローズと私は、実際よりも幸せそうに見えた。私が自由に話していたところを、母は冗談を言って私の言葉を止めた。娘には問題などないと言って拳を叩きつけ、しかもまるで褒め言葉に聞こえるみたいに言ったのだった。

それでも、ミスター・ジェイムスは困惑し、意気消沈しているようだった。私たちは矛先を変えて軌道から逸れた。これまでも回り道や、迂回や、遅延したことがあった。ローズは車椅子に乗っているかもしれないけれど、英語のアルファベットの間を歩き回り、ギリシャ文字のアルファとオメガの間の寂しい空間を徘徊してきたのだ。それに彼女は「古参」や「ウィペット」なんていう言葉も思い付く。そうした言葉は、まるで〝真実〟かのようにミスター・ジェイムスが膝の上に置いた質問表に書き出している物語にはそぐわない。

ミスター・ジェイムスは片手を挙げて口元へ持っていくと、セニョール・コヴァルビアスに何かを囁いた。それから頷くと、ポケットの中の携帯電話を探した。彼がボールペンでチェックを入れたり、丸をつけたりしている間に、七十三件の新着メッセージが来ていた。

「ゴメス・クリニックは私に希望を与えてくれました」。私の声は震えていたが、本当のことだった。

ゴメスがすぐに話に割り込んできて、重役たちにスペイン語で話しはじめた。長い会話だった。時折、フリエタが話を遮った。その口調は手際よく、厳しくすら聞こえたけれど、彼女の感情が高まっていくのを私は見ていた。フリエタの左手は喉元に当てられていて、声が大きくなると、父親は彼女に指を振った。

感電死したサバンナモンキーが、私たち全員をじっと見つめていた。

ミスター・ジェイムスが立ち上がった。「お会いできてよかったです」。そう彼は言って、銀色の頭を母の動かない脚に向かって下げた。

セニョール・コヴァルビアスはローズの手にキスをした。彼の鼻は喧嘩をしたみたいに、少し平たかった。

「プロフンダ・トリステツァ（深い悲しみ）」と彼は疲れたような低い声で言った。そして肉付きのよい指をポケットにしまうと、新たに気を取り直して車の鍵を取り出した。まるでクリニックに停めてある白いリムジンに駆け寄って、制限速度を破ってバルセロナまで走り去る以外にやりたいことはないとでも言うみたいだった。

彼らが行ってしまうと、ゴメスは私に部屋を出ていくように言った。「患者さんと二人で話がしたいんだ」

ローズは、神妙な面持ちで無表情な担当医に関節炎の指を振った。「ミスター・ゴメス、あの剝製の霊長類が入っているガラスの檻は娘の頭のすごく近くで割れたのよ。彼女の眉の辺りには小さなガラスの破片が入っているの。どうか今後は、檻の上に布をかけておいてくださいな」

ドアの方へ向かう時、私は母から光が消えるのを見たように思った。でもそれと同時に、彼女の美しさが中に入っていくのも見た。母の頬骨、柔らかい肌――まるで自分自身を取り戻したかのように、彼女は突然明るくなった。

ソフィア征服

すべてが穏やかで、静かだ。

太陽が昇っている。

黒煙の柱が空で渦巻いている。どこか遠くで爆発があったのだ。

ゴメスのアドバイスどおり、私は山にハイキングに行くことにした。厳しい状況に身を任せながら、岩と岩との間に生えた小さな多肉植物の完璧な形、その表面の輝き、幾何学模様や多肉質の細部を見て楽しんでいる。リュックサックには水のボトルが入っていて、ヘッドフォンで塞がれた耳で、フィリップ・グラスのオペラ「アクナーテン」を聞いている。皮膚の下に潜んでいるきまぐれな恐怖を焼き尽くす劫火のように大きな音楽を聞きたかったのだ。私が空の黒煙をあとにして、乾燥した渓谷へ入り、古代アラビアの城の遺跡みたいなものが見える方へ向かう間、スニーカーの下に、トカゲがさっと姿を現した。一時間ほどすると、私は脚を止めて遺跡の日陰で休みながら、ビーチまで戻る道の跡を探した。

彼女は遠くの方で私を待っていた。

アンダルシアの馬にまたがっていたのは、ヘルメットとブーツを装着したイングリッドだった。めまいがするような空のかなた上の方では、翼を広げたワシが馬の上で円を描いていた。イングリッドが私に向かって馬を走らせてくる間、嵐のような大音量で音楽のせん妄がヘッドフォンから鳴り響いている。上腕に筋肉をつけ、長い髪を編みこんだ彼女は、太腿でしっかりと馬にまたがっていて、山の下では海が輝いていた。

最初私は、電車の窓から消えていく景色を眺めているみたいに、受け身でその光景を見ていた。でもイングリッドが近づいてくるにつれ、彼女がかなりのスピードを出していると気づいた。極限まで自分の力を出し切っている。これまでも彼女は危険を冒したり、計算したりしてきたけれど、時々うまくいかなかった。前に妹の頭を落とした（beheaded）ことがある彼女は今、私をも狙おうとしている。

私は撃たれたかのように地面に倒れると、両手を頭の上に載せてうつ伏せになった。すると体内の血液が押し寄せてきて、暗い川みたいにどくどくと脈打っていた。その間も、馬の蹄の音が耳の中で鳴っていた。馬が私の上を飛び越えると、太陽が影に代わった。馬の体から生じた熱はどう猛で、野蛮で、自分の心臓音が体の下の温かい土を打ちつけていた。

王のような馬の上に高く座ったイングリッドは、空と一体化していた。私のヘッドフォンとアイポッドは絡まって、アザミの茂みと日に焼けた石との間に落ちていたけれど、音楽はまだ鳴っていた。その音のうねりと力は、アンダルシアの馬の大きくて高い鳴き声と、目には見えない砂漠の生物の小さな叫び声とが混じり合った小さな音となってしたたり落ちていた。

「ゾフィー、なんでカウボーイみたいに地面に寝ているの？」

イングリッドは馬の手綱を引っ張っていた。ずいぶん離れたところで彼女は馬を止めていた。私は慌てて土埃とアザミの上に体を投げ出したけれど、頭からヘッドフォンをもぎ取ったのは自分の手だった。

「私が馬で轢くとでも本気で思っていたの？」

アンダルシアの馬の、太古の黒いガラスみたいな目を見上げると、その上でイングリッドが叫んでいた。「私のことを人殺しだと思っているの、ゾフィー？」

レオナルドの馬で私を骨折させようとしているに違いないと思ったのは事実だった。

地面に倒れた時に、膝を擦りむいたらしい。やっとの思いで立ち上がると、ジーンズが破けていた。

私はアザミや石の上を、脚を引きずりながら馬の方へ歩いていった。

「私のことを片付けることにしたの、ゾフィー？」

「ううん」

「じゃあ、シャツをちょうだい」

つま先立ちになると、私は汗で濡れたシャツを頭から脱いで、イングリッドが伸ばした手に渡した。

太陽が私の肩を激しく照りつけていた。

「なんで私のシャツが欲しいの？」

イングリッドは私の手を取ると、近くに引き寄せた。「あなたにプレゼントをあげたのに、お返しをくれなかったじゃない。シルクに刺繍するのは大変なんだよ。簡単じゃないんだから。滑って針が逃げちゃうの。『八月の青』って呼ばれている糸であなたの名前を刺繍したんだよ」。手綱に取り掛かっている間も、彼女はずっと私の手を握り続けていて、まるで私も馬と一緒に逃げてしまうのを恐れているみたいだった。

私は交換の規則を破った。彼女は与え、私は受け取ったのに、私はお礼をしなかった。

愛のようなプレゼントが、無償なわけがない。

八月の青。

青は失敗したり、堕落したり、何かを感じたりすることへの私の恐怖心で、青はアルメリアにいる私たちの頭上にある八月の空。イングリッドのヘルメットは目元までずり落ちている。青は彼女の涙で、忘却と記憶の間のあらゆる次元で生きようともがく、彼女の戦い。

イングリッドは私の手を離すと、膝で馬を突いた。

私は彼女がヘルメットの位置を調整してから、鞍に私のシャツをはさんで、土埃の中へ消えていくのを見ていた。それからアザミの中で絡まったままのヘッドフォンのコードをほどいて耳に着けると、すっかり熱くなってしまった水のボトルを取り出して一気に飲み干した。

真昼の太陽の下で、私はブラと破れたジーンズと汗まみれのスニーカーという姿で、家（ホーム）までの長い距離を歩きはじめた。アイポッドが後ろのポケットから顔を出していて、ヘッドフォンはまた耳に当てられている。眼下に広がる海、すごく奇妙なふうにメデューサが浮いている海を見つめると、生きている実感を覚えた。

頭上では砂漠の鳥が鳴いていて、イングリッドが私に抱く禁断の欲望は、プレゼントでは支払うことのできない借りなのかどうか、私にはよくわからなかった。背中から服を剝ぎ取られたとしても支払えないものなのだろうか。

私はイングリッド・バウワーに恋をしていて、彼女は私に恋をしている。

彼女は恋をするには安全な相手ではないけれど、リスクを取る心構えはできている。

そう、どんどん大きくなっていくものもあれば、小さくなっていくものもある。愛は大きくなり、さらに危険になる。テクノロジーは小さくなり、人間の体は大きくなり、私のローライズジーンズは一ヶ月間毎日泳いでいたせいで茶色く日に焼けた丸くたくましい腰あたりまで短くなっている。でも私の体はまだ、腰で穿くタイプではないジーンズのウェストバンドの上からはみ出している。紙コップから溢れるコーヒーみたいに溢れ出ている。自分を小さくしてみようか？自分を小さくするために地球上に十分な空間はあるのだろうか？

黒煙の渦が空に溶けていた。

ようやくビーチへ続く山道を下って行く頃には、かつてないほど自分から遠く離れた場所を旅していた——見覚えのある目印よりもさらにずっと遠くを。

私は肉体で、喉が渇いていて、欲望で、埃で、血で、ひび割れた唇で、水ぶくれのできた足で、擦りむいた膝で、あざのある腰だったけれど、年上の男の隣で赤ん坊を膝の上で抱えながら、毛布をかぶってソファで昼寝をしていないことが、とても嬉しかった。

有言実行

ビーチに近づいてみると、誰かがボートを漕いで岸辺に戻ろうとしているのが見えた。ボートは「アンジェリータ」という名前で、デザートジャスミンのアーチがある家の庭に停泊していたものだった。銀色の輝く二匹のメカジキ(swordfish)を岸へとボートで運ぶたくましい漁師の息子は、右の上腕二頭筋の周りに革のネックレスを結んでいた。メカジキはボートの中で戦士のように横たわっていて、長さは約三フィート、上顎(sword)は恐らくさらに一フィートはあった。彼の兄弟二人が、水中を歩きながらボートを砂浜まで引くのを手伝っていたけれど、それでも重たすぎて、助けを呼んでいた。私はリュックを砂浜の上に落とすと、ブラにジーンズという姿のまま海の中へ走っていき、彼らのそばでロープを握り、ボートを岸まで引き上げた。漁師の息子はずっしりとしたナイフを取り出すと、メカジキの上顎を切り落としはじめた。青い目をした銀の魚から上顎が切断されると、彼はそれを、群衆に向かって闘牛の耳を投げるマタドールみたいに、私の方へ放り投げた。上顎が足元に落ちるのを見た瞬間、私は外科医のメスで脚を切り落としてもらいたいという母の願いを思い出した。

私はおへその辺りまで海の中へ入っていった。おへそは人間の最も古い傷。気付くと私は泣いていた。母はついに私を壊すことに成功したのだ。私は海の中でひざまずくと、両手で目を覆った。子どもの時に泣いていた時にそうやって、誰にも見られていないと勝手に思い込んでいたみたいに。そう、誰にも。私は誰にも見られずに、理解されない存在になりたかった。もし誰かに尋ねられたとしても、どこから話しはじめて、どこで終えればいいのかわからなかっただろう。しばらくしてから振り向いて、崖と崖との間の空間を見つめると、そこに彼女の姿を見つけた。

確かに彼女がいた。

スカート一面にひまわりの柄がプリントされたワンピースを着た六十四歳の女が、海岸を歩いていた。左手には帽子を持っている。そう、それは彼女で、彼女は歩いていた。私は最初、一日中砂漠の太陽の下にいたせいで、幻想を見ているのではないかと思った。幻覚か、幻影か、長年の願いか。彼女は誰にも気付いていなくて、私のことも見ていない。おもわず彼女の方へ駆け寄って行きそうになった。母の元へ駆けていって、思い切り抱きつこうと思った。でも彼女はビーチをひとりで満足そうに歩いているように見えた。頭の中では不可能だと思っていることや、摑むことのできない何かに手を伸ばそうと格闘する人間の決意が感じられた。彼女に見られずに済む唯一の方法は、海の中へ戻ることだった。私はまた水をかきわけながら、今度は彼女の生命力溢れる脚に背を向けて、遠くまで泳いだ。そうしてついに振り向いて海岸を見ると、ローズ・パパステルギアディスはまだ歩いていた。きれいなワンピースと帽子を身にまとった初老の女性は、砂浜の上を裸足で散歩している。

彼女は木製のスロープを歩いてシャワーの方へ向かっていた。そこでは観光客たちが脚についた砂を洗い落としている。今まさに、彼女もそうしている。彼女の体にまだくっついている脚に、シャワーの水をかけている。私は日が沈むまで海の中にい続けて、ようやく海岸まで戻ってきた頃には、海の中はメデューサだらけだった。ジーンズを穿いたまま泳ぎ続けていると、今度はメデューサの群れを見た。メデューサの集まりを腕でかき分けながら、頭を水につけて、地中海を蹴りながら進んだ。お腹や胸を刺されたけれど、そんなことは今まで起きた最悪の出来事ではなかった。海から出ると、私は砂の上に母の足跡を探した。ここにもあそこにもある。棒切れを拾って、南スペインのアルメリアに残された最初の足跡二つの周りに長方形を描いた。ローズ・パパステルギアディスの足の痕跡。

彼女の足の指は開いていて、足は大きい。それは彼女の背が高いからで、ひょっとすると五フィート十一インチはあるかもしれない。二足歩行で、のんびりと歩く証拠が残っている。この足跡は、彼女の全てを記録したものだ。一族のなかで初めて大学に行った娘で、初めて外国人と結婚して、灰色の冷たい海峡を越えて、キラキラと温かいエーゲ海へ渡り、初めて新しいアルファベットに苦戦し、自分の母親が祈りを捧げていた神を諦め、彼女の肌が白いのと同じくらい肌が黒くて、彼女の背が高いのと同じくらい背の低い娘を産み、初めてひとりで子どもを育てた人。六十四歳の彼女はそこにいて、脚にシャワーの水をかけて砂を落としている。濡れて固くなった砂に付いた足跡は、外科医がメスを入れる前に、波がさらっていくだろう。

私は母が怖かったし、彼女が気がかりだった。

足を切断するというのが母の冗談ではなかったとしたら？　もし本当にそのとおりにして、足を切断したら、どうやって彼女を生かしておけばいい？　どうやったら彼女を守れる？　それにどうやったら自分自身を彼女から守ることができる？　私はこの世に生まれた日からずっとローズ・パパステルギアディスのことを見つめてきて、本来の自分より鈍く見えるように気遣ってきた。

あなたはいつもすごく遠くにいるのね、ソフィア。

ううん、私はいつも近くにいすぎるんだよ。

自分の知っていることだけで、決して彼女の負けを見てはいけない。私はそれを軽蔑と悲しみでもって、石に変えてしまうから。

波が寄せてきた。ビーチ沿いを歩いていると、姉妹が脚を砂に埋めて人魚の尻尾を作っている間、いつもずっと砂浜で横になっている女の子を見かけた。姉妹はその子の脚を義足と取り替えようとしている。私はその子のそばまで行くと、砂の中に両手を入れて彼女の手首を探り当て、砂の墓から力いっぱい彼女を引きずり出した。姉妹は叫んで数個先のデッキチェアに座ってタバコを吸っている母親の元へ駆けて行ってしまった。母親はタバコを砂の上に投げ捨てると、私の方へ走ってきた——私を罵る間、彼女の首につけられた重たい金のチェーンが右から左へと揺れていた。私は逃げた。速く、速く、トカゲが岩と岩の間からパッと現れるよりもっと速く。そして救助小屋に辿り着いた。

黄色いメデューサの旗が高い所でなびいていた。フアンは、観光客がビーチにやってこなくなることを郡議会の人たちが心配していると言った。彼らは、海水浴をしている人たちに「浅瀬で刺し傷の被害に遭わないように気をつけましょう」って忠告する「メデューサ計画」という戦略を立てるのに忙しいんだよ。フアンは笑って、赤い瑞々しいリンゴにかぶりついた。そして、私に背を向けながら「知ってる？」と尋ねた。「クラゲが大量発生したのは、ウミガメやマグロみたいな天敵が減ったからで、地球の温度や雨量の変化のせいなんだよ」。フアンはサンダルで行ったり来たりしていた。彼からは海の匂いがする。ひげはつやつやだ。細身の体は日に焼けていて、シャキシャキした新鮮なリンゴを美味しそうに食べている。彼は私の方へやってくると、私の目にかかった髪をよけた。その指はリンゴの果汁で濡れている。彼はスペイン語で何かを言っていた。

「僕は君よりも柔らかいみたい、それに君は僕よりも硬いみたいだね。それって本当だと思う、ソフィア？」

母殺し

母はひまわりのワンピース姿で、壁を向いて椅子に座っていた。足にはスリッパが戻っていて、麦わら帽子はまるで彼女が怒って投げ出したみたいに床に置かれていた。

「あなたなの？」

「そう、私」

私は良い知らせがあるのと母が切り出すのを待っていた。

彼女の目は壁をしっかりと見据えている。

母の脚はまるで彼女の共謀者で、いつも一緒に何かを囁いたり、企んだりしているみたいだ。

私から元気な脚を隠すために、スリッパを履いたのだろう。

「水を持ってきてちょうだい、ソフィア」

ガス入りの水と、ガス抜きの水。どっちにすればいい？

私は冷蔵庫を開けると、ドアに頬をくっつけた。母は私を裏切った。この何年もの間、私は一度も彼女の回復を諦めたりしなかった。でも母は私に希望を与えたくはなかったのだ。私は母のために間違った水をグラスに注ぎ、ふと、散歩の後で彼女はお腹が空いているのではないかと思った。柔らかいバナナがあったので、もう一度歩く体力を回復できるようにミルクと一緒につぶした。何度も、何度も歩けるように。母は、外からは完璧に見えるのに、理解できない原因に苦しんでいる女性殉教者みたいに、私からお皿を受け取った。目は下を向いていて、唇は固く結ばれ、手は弱々しい。

母はお腹を空かせていた。

「あなた、日焼けをしているし、砂まみれね」と彼女は言った。

「そうだよ、最高の一日だった。これ以上ないほどにね。ママは何をしていたの？」

「何も。いつもどおり何もしてないわ。何かやることがあるっていうの？」

「もし退屈なら、脚を切り落とせばいいじゃない」。私は濡れて絡まった髪から砂や海藻を振り落とした。「脚を切断しようとしているって聞いたよ。わざと脚を骨折して人からお金をもらおうとする物乞いを思い出したわ」

すると、母は私に食って掛かった。まるで暴力の賛美歌のようで、彼女は邪悪なナイチンゲールみたいに大声で歌った。

でも、私のブラシをかけていない髪が、その攻撃を阻止した。私は自分の知性を無駄にしてきたのだ。ありあまる感情に苦しんでいる私を前に、母は節度を保ち、平然としていた。

母の青い目は、悲しみに打ちひしがれていた。

彼女の手を握って慰めようとすると、紙のように薄くて感覚がないようだった。

母は私に寝るのが怖いと言った。

彼女は手を放すと、叫びはじめた。ガソリンの池にうっかりマッチを落としてしまったみたいに。母はとどまるところを知らず、何でもかんでも頭に浮かんでくるものはかまわず侮辱した。息遣いは速まり、頬は赤く染まり、声はかん高く、震えていた。怒りはどんな姿をしてるかって？　母の不自由な脚に似ている。

忍び足でバスルームまで行ってもまだ、母の口から吐き出される嫌悪の言葉が聞こえた。彼女は言葉で私を感電死させようとしていた。母は送電塔で、私は地面に落ちたサバンナモンキー。震えているけれど、息はしている。私はシャワーを浴びながら、温かいお湯でメデューサの刺し傷がうずくのを感じた。刺し傷はモンスターのようなことを私にさせようと煽っていたけれど、それが何を示しているのかはまだ良くわからなかった。日射病にかかって、かさぶたやあざを作って、私はそれに向けて準備をしていた。髪をブラシでとかし、目尻が上がるようにアイラインを引いた。自分が何のために着飾ろうとしているのかよくわかっていなかったけれど、何か大きなもののためということはわかっていた。頭の中にはまだ、イングリッドと彼女の馬がいた。結局彼女は、私の頭の中にずっと潜んでいたかもしれない考えに気付かせてくれたのだった。ローズがバナナと混ぜるためにもっとミルクを持ってきてと怒鳴る声が聞こえた。

「今行くよ」

私はリビングまで行くと、母の嘘つきで人を騙す手から（とはいえ、彼女の唇ほど攻撃的ではないけれど）優しくお皿を取り上げ、追加のミルクを注いだ。今回ははちみつも入れてやった。

「せめて、ドライブに行かない？」と私は言った。

驚いたことに、母は賛同した。「どこに行くの？」

「ロダルキラルの方へ行ってみよう」

「いいわね。一日じゅうどこにも出てないから」。散歩をしたあとの彼女はひどく空腹で、また新たに湧いてきた食欲と一緒に、バナナとミルクを混ぜたものをスプーンで掬って薄い唇に運んでいた。

私は長い時間をかけて車椅子を車まで押していった。土曜日の夜で、村は家族や子どもたちで溢れていた。母と私も家族なのだろう。こうして重たい物を持ち上げたりすることも全部、なんてこともない。新しく培ったモンスターの怒りがあれば、頭上に持ち上げることだってできるはずだ。母は娘を自分のそばに留まらせることを選んだ。永遠に希望と絶望の間で宙ぶらりんになるように。

母がようやくシトロエン・ベルランゴの助手席につき、私がニュートラルというギアに戸惑っていると、彼女はシートベルトをつけるのが億劫だと言った。

「つまり、私はお墨付きをもらったってことだね」

「ロダルキラルで誰かと待ち合わせしているの、ソフィア？」

「それはないよ」

私は舗装がされていない道を通って山を越えて車道に入った。暖かい夜だった。母は窓を開けて、だんだん暗くなっていく空をじっと見つめていた。硬い地面にささった錆びたポールに「販売中」という看板がかかった廃墟を何軒か見かけた。廃墟の近くには、誰かが作った庭があった。花をつけた背の高いサボテンが、実の重さで頭を垂れていて、黄色いウチワサボテンの実が、有り余るくらいたくさんついている。穴や小さな岩だらけで危険な道路は、フロントガラスに砂埃を吹き付けていた。

新しくできた高速道路を左折する頃には、私は我を忘れるほどスピードを上げていた。

「水をちょうだい、ソフィア。水が飲みたい」

私はガソリンスタンドに車を停めると、店まで走っていって、ローズのために水のボトルを買った。いろいろな種類のキーホルダーが並んだカウンターの上には、ポルノのビデオが積まれていて、渋い味のカントリーワインが一本と、陶磁器でできた豚の貯金箱が置かれていた。

再び高速道路に戻った頃には、レンタカーの時計は八時五分を示していて、室温は二十五度、スピードは時速百二十キロ出ていた。砂漠に放置された朽ち果てた観覧車は開いた口みたいで、最後に安っぽい笑い声をあげている。

私は路肩に車を停めた。「夕焼けを見よう」

夕焼けなんて見えなかったけれど、ローズは気づいていないようだった。

車椅子を出して、十五分間の力仕事。車椅子に身を沈める時、ローズはまず私の腕に、それから肩にもたれかかった。

「何を待っているの、ソフィア？」

「ただ呼吸を整えようとしているだけだよ」

遠くの方から、白い大型トラックがこちらへ向かってやってくる。うだるように熱い砂漠の奴隷農場のビニールハウスで育ったトマトが積まれている。

私は母が乗った車椅子を道の真ん中まで押していくと、そこに置き去りにした。

ドーム

夜に見るゴメス・クリニックの大理石のドームは、周りを取り囲む多肉植物の中に潜む光に照らされた、お化けの乳房みたいだった。まるで山上に建つ母なる灯台——静脈のような筋のついた乳白色の大理石が、紫のシーラベンダーから突き出ている。夜の乳房は、輝く星々の下では穏やかだけど、邪悪だ。もし本当に灯台だったとしたら、砂漠でパニックになって、全身を震えさせている私に、どんな信号を送ったのだろう。灯台は私たちを危険から遠ざけ、安全な港へと導いてくれるものだ。でも、私の人生の大半、危険をもたらしていたのは母だったのかもしれない。

この大理石の墓に足を踏み入れると、ドームのガラス戸は音を立てずに開いた。私はなぜ自分がここにいるのか、何を見つけたいと思っているのか、よくわからずにいた。こちらに背を向けた若い男の医師が柱に寄りかかりながら、携帯電話をいじっていた。照明はたそがれのように薄暗い。ゴメスの診察室まで行ってみたものの、彼がそこにいるのかもわからないし、もしいたとしても、どうしたらいいのか何も考えていない。でも他に行く場所がなかった。オーク材でできたドアをノックすると、拳が木に当たって深い音が反響した。上に何かを落としたら粉々になる大理石とは対照的だ。返事がなかったので、重たいドアを肩で押し開けた。部屋の中は暗い。パソコンの電源は消えていて、ブラインドは降ろされ、ゴメスの椅子は空だ。でも誰かがいる気配がした。部屋には変な臭いがして、レバーや血液のような、濃い内臓の臭いだった。床を見ると、部屋の隅の方でゴメスがうつ伏せになって、段ボール箱の中を覗き込んでいた。彼の靴の底と、銀色の髪の上に載っている眼鏡が見える。誰が入ってきたのか確認するために首をひねったゴメスは、私だとわかると驚いたようだった。でもすぐに指を唇に持っていき、部屋の中まで入ってくるように合図した。私は箱に向かってつま先立ちで歩いていき、ゴメスのそばにひざまずいた。ジョードーが子猫を産んだのだ。濡れたシワだらけの小さな生き物が三匹、母猫のおっぱいを吸っていた。ジョードーは横向きの姿勢で体を伸ばしていて、時折子猫たちの毛についた乾いた血液をなめてやっている。

ゴメスが私の耳もとへ近づいてきて言った。「この子たちの目が閉じているのが見えるだろ？この子たちにはジョードーの匂いがわかるんだ、まだ姿は見えないのにね。それぞれお気に入りの乳首があるんだよ。一番強いのはこの白い子で、ママの体に前足を押し付けるようにして揉んで、母乳の流れを良くしてるんだ」

ジョードーは耳の間の毛をゴメスに軽く撫でられている間、不安そうに彼を見ていた。

「ジョードーはこの子をなめて温めてあげている。一緒に生まれたなかでこの子が一番弱いのがわかる？　この弱い男の子をなめながら、彼女は匂いを付けてやっているんだよ」

私はゴメスに、緊急に話したいことがあると伝えた。今すぐに。

彼は首を振った。「今じゃない。予約を取って来なくちゃだめだよ、ソフィア。それに君の声は大きくて、動物たちが怖がっているよ」

私は泣きはじめた。「母を殺してしまったかもしれない」

ジョードーを撫でていたゴメスの指が止まった。「どうやって?」

「道路に置き去りにしたの。歩けないのに」

彼の指は白い毛を再び撫ではじめた。

「彼女が歩けないってなんでわかる?」

「歩けるよ。でも歩けないの」

「どういう意味?」

「母は速くは歩けない」

「速く歩けないってどうしてわかる? 彼女はそこまで老いていないだろう」

「でもそこまで速くは歩けない」

「でも歩けるのか?」

「わからない。わからないの」

「道路に彼女を置き去りにしたんだったら、きみは彼女が歩けるってわかっていたってことだろう」

私たちは子猫たちの上で声を潜めて話をしていた。子猫たちはおっぱいを飲んだり、叩いたり、なめたり、押したりしている。

「きみのお母さんは立ち上がって、道路の脇まで歩いていくよ」

「トラックが止まらなかったとしたら？」

「トラック？」

「遠くからトラックが走ってきていて」

「遠くから？」

「そう、どんどん近づいて来ていた」

「でも遠くだったんだろ？」

「そう」

「それなら、歩いてトラックから逃れたよ」

私の涙が子猫たちの上に落ちた。

ゴメスは私を箱から離した。

私は膝を抱えるようにして、床に座った。「母はどうしちゃったの？」

「きみはジョードーの邪魔をしている」

ゴメスは手を差し伸べて私を立たせると、診察室から足早に私を追い出した。「返金はしたよね。今から僕は庭に水をやって、動物の世話をしなければならないんだ」。そう言うと彼は腕時計を見た。「でも僕が訊きたいのは、きみはどうしちゃったんだ？　ってこと」

「母が死んでいるのか生きているのかわからないの」

「そうか。でもそれは、悲しみを抱える母親を持つ子どもならば誰もが恐れていることだよ。彼らは毎日自分にその質問を繰り返すんだ。母は生きているのに、なんで死んでいるんだ？　ってね。きみは道の真ん中に母親を置き去りにした。もしかしたら彼女はきみの挑戦を受けて立って、自分で自分の命を救うかもしれない。彼女の人生なんだ。あれは彼女の脚なんだよ。もし彼女が生きたいのなら、自分で危険を免れることができるはずだ。きみは彼女の決断を受け入れなければいけない」

母が生きたくないと思っているかもしれないなんて、考えたこともなかった。

「きみは自ら混乱しているんだよ」とゴメスは言った。「きみは無知のなかに自分の居場所(ホーム)を見つけようとしている。言っただろう、僕はもう彼女の歩行の問題には関心がないんだって。頼むから、ちゃんと話を聞いてくれよ」

村のシャーマンであるゴメスは、私に進むべき方向を示してくれようとしている。「家に戻る前に、階段を六段駆け上がるんだね」と彼は言った。

彼は役立たずだ。何もわかっていない。階段を六段駆け上がる？ 私にどこかに行ってもらいたい時に、祖母もよくそんなようなことを言っていた。

「僕たちは死者を悼まなければならないけど、死者に人生を乗っ取らせてはいけないんだよ」

それがゴメスから聞いた最後の言葉だった。彼は診察室へ戻ると、ドアを閉めた。まるで「これで一仕事終わり」と言って締めくくる、最後のお別れのようだった。ゴメスは苦しんでいる病人たちの頭の中で恍惚の舞いを踊り、娘の助けを借りながら、踊りに治療のようなものを組み入れているのだ。でも私は、苦しめられているのは母の心なのか、私自身の心なのかわからなかった。

診断

ローズはビーチハウスの窓辺に立って、銀色の海を見ていた。ほとんど人がいないビーチでは、数人のティーンエージャーが裸足で砂の上に寝転んで、夜の星々の下で笑い合っていた。

母はすごく背が高い。

「こんばんは、フィア」。彼女の声は穏やかで危険だ。

私は座って、母が立ち上がるのを見ていた。彼女は私を見下ろしている。母の姿を垂直に見るのは興味深かった……巻かれていたものが解けるのを見るみたいに。変な気持ちのまま、もしかすると母は亡霊なのかもしれないと思った。死んで新しい女性として戻ってきたのだ。エネルギーに溢れ、目標を持っている背の高い女性。薬の包みを開けることに重きを置いていない女性。

何年も前に母が、銀河系と書く時は *γαλαξίας κύκλος* と書かないといけないとか、現在のテッサロニキから三十四マイル東にあるハルキディキで、アリストテレスが銀河系を見上げていたことを教えてくれた。そこは父が生まれた場所でもある。でも彼女は、ポックリントンから四マイル先の東ヨークシャーにあるウォーターという村で、彼女が七歳だった時に見上げていた星々については話さなかった。ヨークシャー丘陵では、ユキノハナに囲まれて仰向けになりながら、人生の壮大な計画を立てたりしていたのだろうか？

　きっとそうだと思う。いったい母は何かに取り憑かれたような空のどこにいるのだろう？

「ジョードーが子猫を産んだよ」と私は言った。

「何匹？」

「三匹」

「ああ、それで母猫は出産したあとも健康なのね？」

　彼女は子猫のことを聞かなかった。

「水を一杯飲みたい」と私は言った。

　母はそれについて考えた。「〝お願いします〟でしょ」

「お願いします」

　私は彼女がキッチンへ歩いていき、冷蔵庫を開けて、コップに液体が注がれる音を聞いた。母は水を持って私の方へやってきた。

　私は生まれてからずっと彼女に仕えてきた。私はウェイトレスだ。彼女に給仕して、彼女を待っている。いったい私は何を待っているんだろう？　母が彼女自身に足を踏み入れること？　それとも病弱な自分の外に出ること？　母が絶望から抜け出す旅に出て、生き生きと暮らすための切符を買うのを待っているのだろうか？　私のためにもう一枚切符を買うのを？　そう、私はこれまでずっと母が私のために席を取っておいてくれるのを待っていたのだ。

「乾杯」。私はコップを持ち上げた。

ビーチに続くコンクリートのテラスへ出るドアが勝手に開き、そよ風が部屋を満たした。生温かい砂漠の風が、海藻や熱い砂の深い潮の香りを運んでくる。ビーチでは波が砕け、テラスのテーブルの上には私のパソコンが置かれていて、中国製の夜の星々がスペインの本物の夜の星々の下で開いていた。私は夏の間ずっと、このデジタルの銀河系の中を月面歩行していたのだ。そこは静かで穏やかなのに、私は落ち着かない。私の心は、夜になるとキツネがフクロウを食べる高速道路の端っこみたい。スクリーンを横切るように僅かに輝く道筋ができた星空の中や、仮想宇宙の埃や輝きの中に、私は足跡を付けてきた。テクノロジーがメデューサのように見つめ返して来て、その視線が私を石に変え、下に下りていくのが――さまざまな厳しいことが起きる地球へと降りていき、精算済みのレジやバーコードや、利益を得るための有り余る言葉と、痛みを表すための不十分な言葉へ降りていくのが――怖いと思うようになるかもしれないなんて、思いもしなかった。

「今日は散歩に行ったのよ」と母は言った。「自分でもびっくりしてしまって、伝えられないでいたの」

「そうだよね。いつだって私には良いことは知らせてくれないもんね」

「期待しすぎて欲しくなかったのよ」

「私を期待させようなんて思ったことは一度もないくせに」

「トラックの運転手が家まで送り届けてくれたっていう話を聞きたい?」

「いいえ。そんな男のことなんて知りたくない」

「女性だったのよ。運転手は女性だったの」

　ローズは水の入ったコップを置くと、私の方へ歩いてきた。「免許を持たずに運転するのはやめなさい、ソフィア。夜だったし、車のライトも付けてなかった。あなたの身の危険を感じたわ。あなたが運転しているところは、想像できないもの」

「そうだね」と私は言った。「でもあなたは運転するじゃない。あなたは自分の家の家長なんだから、自分の利益になることをやりはじめないといけないんだよ」

「やってみるわ」

　母は借りているビーチハウスの硬い緑のソファの上にいる私の隣に楽々と座った。「私は自分の得になることをするようにする。でもその間、あなたはアメリカで博士号を終わらせるのよね？　その姿は想像できるわ」

　私は母のどんな姿を想像した？

　母が足首にストラップの付いているスマートシューズ（インターネットにつながって歩行動作をデータ化する機能がある靴）を履いているところを想像する。ダイヤモンドがついたギャングみたいな腕時計を指さしながら、もっと速く歩くように私に指示する。そうすれば映画に遅れないからと。母はチケットを予約していて、そう、私たちの席を選んだ。もっと速く歩いて、ソフィア。もっと速く（彼女は腕時計を指さす）。予告編を見逃したくないのよ。

「話は他にもあるの、ソフィア」

「ゴメスから聞いたよ」

「彼はなんて？」

「返金しますって」

「ああ」と母は言った。「彼は本当に良い医者ね。そんなことしなくていいのに」

彼女は話し続けた。最初私は、母はソフォクレス（Sophocles）と言っているのだと思った。三回くらいソフォクレスと繰り返し言っていた。でも実は「食道（oesophageal）」と言っていたのだった。食道と。

それから母は、内視鏡検査の結果を教えてくれた。

長い時間が経過した。彼女のギャングみたいな時計がカチカチと音を立てていて、波が砂浜に打ち寄せては割れていく。

私は母の肩に頭を載せた。「そんなのありえないよ、ママ」

生きることよりも死に屈する方が簡単なの？

私は首をかしげて母を見た。

彼女は長いこと私から目を逸らさなかった。その目は乾いていた。

「そんなにあからさまに見なくたっていいじゃない」と彼女は言った。「でもあなたが私を見るのと同じくらい、私もじっくりあなたを見てきたわ。母親はそうするものでしょう。私たちは子どものことを見るのよ。でも、自分たちの眼差しに力があるとわかっているから、見ていないふりをするの」

乱流の中にあらゆるメデューサが浮かんだ波が寄せてきた。宙ぶらりんになったクラゲの触手は、切り離されて自由になったものや、胎盤や、パラシュートや、生まれた場所から引き離された難民のようだった。

訳者あとがき

本書はデボラ・レヴィによる長編小説 *Hot Milk*（二〇一六年）の全訳である。

この物語は親の介護のために、自分の人生を見失った二十五歳のソフィア・パパステルギアディスが、砂漠と地中海の紺碧の海に挟まれたスペインの小さな村で、自分を取り戻すまでの過程を描いたものである。こう書いてしまうと、どこかで読んだことのあるような、ありきたりで退屈な成長物語を思い浮かべるかもしれない。でも、違う。レヴィの詩的な言葉が紡ぎだす、ソフィアの想像の世界やヴァージニア・ウルフを彷彿とさせる心的独白の流れは、人間の弱さや脆さを浮き彫りにするだけでなく、ユーモアとアイロニーに満ち溢れている。また、簡潔で鋭い文章が、平穏な日常にはびこる驚きや悲しみ、危険や不安を浮き彫りにする。英国で刊行後、フィナンシャル・タイムズ紙は「エンターテインメント性があり、あっという間に読み終わるが、奇妙さが残る。その奇妙さ――興味をそそるような、指をくわえて見ていられない奇妙さ――が、この小説を注目すべきものにしている」と高く評している。また、同年のマン・ブッカー賞の最終候補に選出された。

ギリシャの経済危機がヨーロッパを激震させるなか、ソフィアは母ローズとともにイギリスからスペイン・アルメリアにやってくる。長年ローズは脚の病を訴えているが、どんな医師にも診断できずにきた。そこで二人は家を抵当に入れて銀行からお金を工面してまでして、この土地で謎めいた医院を営むゴメスの治療を受けることにしたのだ。ソフィアは、人類学で博士号取得を目指していたが、原因不明な病気もあって抑圧を強める母親のせいで、自分自身の人生を停滞させ、やがては自分も母と同じく病んでいるように思いはじめる。

ふたりの人生は、鬱積した恨みと苦悩で煮えたぎっている。その根幹にあるのは、ソフィアが幼いときに他の女のもとへ去っていった父親の存在だ。ソフィアは、母親に押し付けられた役割を演じることに抵抗し、自らのセクシュアリティと自立を模索しようとあがき、母親から離れようとする……。

この小説にはさまざまな神話が描きこまれている。女性や男性の役割についての社会的な神話もそのひとつで、ソフィアはそうした体系的な信念や偏見に対して、疑問を投げかける。

また、醜い人相を見つめるだけで人が石に変わってしまうメデューサのイメージは、ソフィアが傷つきやすい瞬間に繰り返し登場する。神話によれば、メデューサは敵対する力の象徴だが、ソフィアは、その姿に惑わされず、「メデューサの病歴はどこからはじまってどこで終わるのだろう」と、彼女の本性に興味を抱き、理解しようとする。メデューサは女性らしさのために罰せられ、その罰の傷跡を負わされた女性の怪物だ。本作に描かれる、男に苦しめられるさまざまな女たちの姿は、社会構造の神話化から生じる、より大きな問題を示唆していると言えるだろう。家族観、セクシュアリティ、成功、教育、経済危機もすべて、こうした神話の対象だ。そして性別や名前というシンボルは、人々に固有の価値を信じ込ませる。しかし、本当にそうなのだろうか？　とこの物語は終始問いかける。

そうした揺らぎは、ギリシャ人とイギリス人のミックスであるソフィアの不安定なアイデンティティにも見て取れる。ギリシャ人の名字を維持しながらも、ギリシャ語は話せず、父の起源とは程遠い。緊縮財政後のヨーロッパを生きる登場人物たちは、国々と同様に停滞状態にあり、発展や成長、あるいは破滅的な衰退が起こるかもしれない転換期を待っている。ソフィアとローズは、安定した神話が存在しない、見知らぬ土地スペインで、より脆弱になり、同時に習慣や長年の見解に対して、より実験的な自由を得ることができるのだ。取り返しのつかない変化を経験し、彼女たちのアイデンティティもまた、変化していく。そして、物語を読み終えるとき、私たちは、エレーヌ・シクスーの『メデューサの笑い』からエピグラフに引用された「古い回路を断ち切れるかどうかは、あなた次第」という言葉を思い出すのである。

レヴィは、声と記憶、主観と客観の間を揺れ動くような、豊かなインターテクスチュアルなスタイルで物語を紡いでいく。そのなかで特徴的なのが、シンボルの扱いだ。日常生活のちょっとしたこと（標識や文字、絵や外国語など）から、さまざまなイメージが喚起され、それがシンボルの解釈や意味の広がり、そして世界の理解へとつながっていく。レヴィ自身、The White

Review のインタビューでこう答えている。

「（この小説は）コスタ・コーヒーではじまりました。ミルクの泡を見ながら、人々がコーヒーカップを握りしめている様子、つまり私たちが持ち帰るコーヒーカップについて考えていました。（中略）チェーン店のコーヒーハウスで、ミルクが泡立った状態で本を書きはじめたらどうだろう、と考えたんです。そうしたら、牛が子牛に乳を吸わせている野原に行き着いた。牛乳を泡立てるのと子牛が乳を吸うイメージの間で、私は心気症患者が診断に逆らい、理解できるはずのない不思議な症状をかかりつけ医に提示し、かかりつけ医が診断できるかもしれないと思った途端に、物語を変えてしまうことに興味を持ったのです。医者は症状が説明されると、話を汲み取ろうとします。心気症患者は作家のようなもので、常にストーリーを変え、ある意味、物語に逆らっているのです」

劇作家でもあるレヴィは、これまでフロイトやドゥルーズの熱心な読者で、ヒステリーと幼児期神経症をテーマにしたフロイトの代表的な二つの症例をドラマ化した『ドーラ』と『狼男』は、BBCラジオ4で放送され、高い評価を受けている。体に現れる症状はいったい何を表しているのか。レヴィはこの小説を「症状のスリラー」でもあるとも述べている。

レヴィはこうしたさまざまな「物語」が人々の心に及ぼす影響を、言葉遊びや反復、多言語の使用や、名前の置き換えによって巧みに表現している。たとえば、普段ソフィアは母のことを

「ローズ」と名前で呼び、お母さんとは呼ばない。またイングリッドもソフィアを「ゾフィー」と呼ぶ。まるで名前という記号から喚起される既存の物語に抵抗するかのように。あなたは本当にあなたが思っているあなたなのか？　形を変えて繰り返しこう問われると、ソフィアと同様に、自分のアイデンティティの揺らぎを感じずにいられない。物語の前半、「人類学が何百万年も前のはじまりの時から現在までの人類を研究することであれば、私は自分自身を研究するのがあまり得意ではない」と、ソフィアはつぶやく。

作者のデボラ・レヴィを紹介しよう。和訳されるのは本作がはじめてとなるが、キャリアも長く、欧米圏では非常に高い評価を受けている作家だ。幼少期は南アフリカで過ごしたが、歴史家だった父親がアフリカ民族会議（略称ＡＮＣ。ネルソン・マンデラが率いた、反アパルトヘイトの政策集団）の一員だったことで、政治犯として一九六四〜六八年の間収監されている。九歳のときに南アフリカを離れ、イギリスに移住。父の投獄によって少しずつ声を失っていった彼女にとって、何かを書くことは、自分の声をあげることでもあった。はじめは、劇作家としてキャリアを積み、フロイトの代表的な症例をドラマ化した『ドーラ』と『狼男』で高い評価を得た。戯曲はロイヤル・シェイクスピア・カンパニーによって上演されている。

これまで刊行された小説は本作の他に、*Beautiful Mutants*、*Swallowing Geography*、*The Unloved*、*Diary of a Steak*、*Billy and Girl*、*Swimming Home*、*The Man Who Saw Everything* の七冊で、ゴールドスミス賞とマン・ブッカー賞の最終候補にそれぞれ二回ずつ選出されている。また、短編集 *Black*

Vodka はフランク・オコナー国際短編賞にノミネートされ、BBCラジオ4でも放送された。その他にも、革新的で大胆な〝リヴィング・オートバイオグラフィー（生きているうちに書く自伝）〟の著者でもあり、執筆、ジェンダー、政治、哲学、老いについての考察であるこの三部作は非常に高く評価され、最初の二巻 *Things I Don't Want to Know* と *The Cost of Living* は、Prix Femina étranger 2020 を受賞し、最終巻 *Real Estate* も二〇二二年に、LAタイムズによる Christopher Isherwood Prize for Autobiographical Prose を受賞している。

最後に本書のタイトルについて、少し述べておきたい。原書のタイトル *Hot Milk* をどう訳すかについてはよく考えた。本書には前述の通り、平穏な日常の中に潜む危険というテーマが通底している。やけどするほど熱いミルク、という意味でもあり、当然、milk には母乳という意味も含まれるため、危険な母性という意味もある。その他にもミルキーウェイや、クリニックの建物の色など、本書にはさまざまな場所で milk という言葉が使われているが、ミルキーウェイは割れたパソコン画面に見え、クリニックではイカサマかもしれない診療が行われている。改めてレヴィは私たちに問いかける。言葉の持つ意味とは？　記号に惑わされずに本質が見抜けているのか？　そもそも本質とは？　カタカナ表記にしたのは、その記号性が浮き彫りになるといいと思ったからだ。

本書を翻訳するにあたり、新潮社の前田誠一さんにはお世話になった。刊行を承諾してくださった、同社の須貝利恵子さんにも感謝申し上げたい。本当に丁寧に見てくださった、校閲者の方々、小説の世界観を見事に表した表紙画を描いてくださった荻原美里さん、また、素晴らしい装丁に仕上げてくださった只野綾沙子さんも、ありがとうございました。また、私にとって特別な作家となったレヴィの作品を教えてくれた、翻訳家の小磯洋光さんに心からの感謝を。最初に読んだときに、文章と構造の美しさにあまりにも胸打たれ、この作家をどうしても日本語の読者に届けたいと思った。そこから月日が流れ、こうして刊行できたことが本当に嬉しい。記号と神話にまみれた現代を生きる、人間の真理に迫ったこの作品が、一人でも多くの読者のみなさまに届きますように。

小澤身和子

二〇二二年六月　滞在先のロンドンにて

Deborah Levy

Hot Milk
Deborah Levy

ホットミルク

著 者
デボラ・レヴィ
訳 者
小澤身和子
発 行
2022年7月25日

発行者　佐藤隆信
発行所　株式会社新潮社
〒162-8711 東京都新宿区矢来町71
電話 編集部 03-3266-5411
読者係 03-3266-5111
https://www.shinchosha.co.jp

印刷所
株式会社精興社
製本所
大口製本印刷株式会社

乱丁・落丁本は、ご面倒ですが小社読者係宛お送り下さい。
送料小社負担にてお取替えいたします。
価格はカバーに表示してあります。

ISBN978-4-10-590182-0 C0397

サブリナとコリーナ

Sabrina & Corina
Kali Fajardo-Anstine

カリ・ファハルド゠アンスタイン
小竹由美子訳

コロラド州デンバーのラテン系コミュニティ。女たちは若くして妊娠し、男たちは身勝手に家を飛び出す。やるせない日常を逞しく生きる彼女たちの、声なき叫びを掬い上げた鮮烈なデビュー短篇集。

ハムネット

Hamnet
Maggie O'Farrell

マギー・オファーレル
小竹由美子訳

名作「ハムレット」誕生の裏に、
400年前のパンデミックによる悲劇があった——。
史実を大胆に再解釈し、従来の悪妻のイメージを覆す
魅力的な文豪の妻を描いた全英ベストセラー。

CREST BOOKS

地上で僕らはつかの間きらめく

On Earth We're Briefly Gorgeous
Ocean Vuong

オーシャン・ヴオン
木原善彦訳

生きることの苦しみと世界の美しさと。ベトナムから太平洋を渡った一家三代の苦難の歳月を母への手紙に綴った、才能あふれる若手詩人の初長篇小説。

CREST BOOKS